邢松科（1940—2018 年），京籍，出身书香世家，于 1964 年毕业于清华大学电机工程系发电机 & 高电压技术专业。他是中国医疗影像奠基人之一，于 1992 年被国务院授予"特殊贡献专家"称号，并享受政府特殊津贴。他是"万东人"，教授，正高级工程师，从北京万东医疗装备有限公司退休——"……万东，我见证！"（2015 年）

　　邢松科自幼熟读四书五经，崇尚"仁义礼智信"。他一生强调自我持守和砥砺，强调淳朴率直是一种非常重要的能力。在事业上，他把追求技术学问作为崇高志向，把能够自由地全身心投入研究当做最大的幸福。他认为"一生悬命"，提出"技术工作是我的天命"；认为真正的技术人员不仅要具有一流的技术，更需要一流的心性"精""诚"，技术人员要通过做事成就自己，也就是儒家所说的"尽己"；认为创造性是内向的，精神内守，借由诚意的功夫，长期在技术上磨砺，就能大放异彩。

1983 年摄于泰山
医学院

1989 年摄于中国
协和医科大学

1995 年摄于黄山

1987 年摄于北京万东

2006 年摄

1999 年摄于美国洛杉矶

1999 年摄于北京，与长子邢庚，次子邢政在一起。

1995 年摄于北京，与大哥邢松令，大姐邢淑敏，二姐邢松媛在一起。

我的清华老爸

人生理想
童心教育
智慧成长
家族传承

邢庚 著——

九州出版社
JIUZHOUPRESS

图书在版编目（CIP）数据

我的清华老爸 / 邢庚著. -- 北京：九州出版社，
2019.12

ISBN 978-7-5108-8917-2

Ⅰ．①我… Ⅱ．①邢… Ⅲ．①传记文学－中国－当代
Ⅳ．①I25

中国版本图书馆CIP数据核字(2020)第016019号

我的清华老爸

作　　者	邢　庚　著
出版发行	九州出版社
地　　址	北京市西城区阜外大街甲 35 号（100037）
发行电话	(010)68992190/3/5/6
网　　址	www.jiuzhoupress.com
电子信箱	jiuzhou@jiuzhoupress.com
印　　刷	北京捷迅佳彩印刷有限公司
开　　本	710 毫米 ×1000 毫米　16 开
印　　张	18.5
字　　数	270 千字
版　　次	2021 年 6 月第 1 版
印　　次	2021 年 6 月第 1 次印刷
书　　号	ISBN 978-7-5108-8917-2
定　　价	48.00 元

序　言

民国时期，我爸爸生于北平城里的一个书香世家，他在"穷养严教"这样理性、现实、有责任感的家庭环境下，生活、学习、成长，最终考上清华大学……反映出了"新文化运动"对那个时代家庭教育的影响。同时，大人围绕着"少年儿童"而建构起的"望子成龙"的环境氛围最终也扩散到了其他地方。从家庭教育、兴趣培养、学校教育到父亲树立事业理想、获得人生成就感，一方面说明了根深蒂固的家风或者说家德往往能够贯穿一个孩子的一生，另一方面提示"童心"最终决定了孩子未来会成为什么样的人——是否能成才部分缘于"童心"。

本书也是一部以启蒙青少年"童心"为主题思想的故事书籍，通过书香世家的家庭教育故事体现出"童心"教育的逻辑和基本的方式方法以及最终的目标。无论谁家的孩子，都离不开"童心"教育——是否包含书香抱负和成才抱负。书香抱负是指肯读书、能读书、会读书，喜欢读一流的书。成才抱负是指愿意追求"知书达理"，愿意追求真理，对科学有信仰！

从通识教育理论和教育心理学出发，认知孩童"童心"教育之所以重要，是因为很多长大成人的男女也依旧有着某种孩子的形象，这类成人——他们往往都刚刚从青少年进入成人世界——他们身上依旧带着强烈的"童年"精神和形象，"童心"教育的好坏可以贯穿在他们成长过程中的心境中。孩子在成长过程中，他们"童心"以及对其的理解似乎都会与之前截然不同，属于自己与自己的一种博弈。而最大的变化是哪天突然发现自己或许并不会再像过去那样轻松愉快，不再像过去时的那样时间多多、选择多多，反而突然发现失去了什么，突然发现自己真正想要的是什么，正是在"得"与"失"之间才出现了心理问题，爸爸妈妈才发现"童心"教育的重要性。

有意思的是，本书在传记写实的基础上，向读者提出了三个需要自我反思的问题：教育的本质、中国传统教育的精神内核、钱与文化的关系。

如果说教育的过程是一个"接生"的过程，教师是"接生婆"，那么人们之所以接受教育是为了寻找"原我"以不断完善自身吗？也就是说，他们认为知识非他人所能传授，而主要是靠孩子在思考和实践的过程中逐渐自我领悟吗？事实上，教育是一个观察、发现、思考、辩论、体验和领悟的过程，孩子在此过程中，逐步掌握了发现问题、提出问题、思考问题、寻找资料、得出结论的技巧和知识。教育应该如灯盏，而非拐杖。而教育的本源在于每个人出生后的"一念之本心"即童心。"童心"教育帮助孩子自己选择未来的生长方式和未来志向，是孩子精神独立的基础，从小就要为长大以后自己独立生活做准备，而不是把自己变成"利己主义者"。

一旦孩子从小树立童心，讲自己未来要成为什么样的人，就会从内心激发出无穷的动力，在成长中去努力实现自己的目标——让孩子自己知道自己未来将成为一个什么样的人是教育根本的目标。人生是一段发现自我的旅程，路要靠孩子自己一步一步地走出来。"童心"就像是孩子内心深处的一颗星星，闪闪发光，能够不断指引他们前方的道路。

童心教育能展现出超越性的一面，能实现的目标就是怎样更有尊严地活着，知道受教育其实就是为了如何更好地保全一个人之所以为人的价值，并追求至善！我爸爸说他小时读书的目的就是为了将来能够自己掌握自己的人生命运，而在清华大学读书期间，他进一步明确了，上清华读书的目的是为了让自己能够成为某一方面的科学人才，懂科学，成为科学家。

第二个问题，是借书中的故事，来反思当代中国社会家庭有德无德、有敬无敬、有诚无诚，这正关乎"童心"教育的价值所在。

在中国古代，读书被认为是一种要抱着"敬"和"诚信"持之以恒去做的事情，从小学到老。古代中国的教育实质上是一种关于社会和人生的伦理学训练，教育固然有其功利化的一面，但也有其超越性的一面：能实现的目标是，读书人通过反复阅读经典来完善自己的道德，管理家族和宗族事务，进而服务于国家和苍生。

直到民国时期，孩子所接受的教育里依然有中国传统文化中最应该被记住或者说最不能被忘记的核心价值"敬"，即自重、自尊、庄严、有序。中国绵延数千年的历史和传统文化甚至礼仪所依赖的精神内核都是"敬"。孔子所讲："三军可以夺帅，匹夫不可以夺志也。"他说这个不可夺的"志"，就是"敬"的精神。"敬"不仅是对他人而言，主要是自我精神世界的一种自生自在的庄严，可以叫"自性的庄严"，通过"童心"体现出来。"敬"是自生的，是"童心"中的一种不可予夺的内在志气，是一种人格。

通过本书中故事希望人们思考：现在有的孩子在念书时之所以能出类拔萃是与其爸爸妈妈的知识层次、思维方式及对"敬"和"诚信"的态度有关吗？是与已经形成的"童心"有关吗？

第三个问题是借书中的故事，来促使人们反思在现代教育中钱与文化的关系。

本书故事中所描绘的书香世家其"童心"教育建立在"穷养严教"的基础上，并因之来实现人生目的——每一个人都有属于自己的独特的目标动力，童心都是独特的，从小自带的。比如长大后为人民奉献出自己的价值，并因此得到人民对自己真正的尊重；比如说让全人类记住我，你只是想证明自己；比如你有个"望子成龙"的爸爸，你可能不想辜负他的期待；比如你的爸爸跟你关系很疏远，你可能想要证明自己值得他更多的关爱；比如你还可能想证明自己比那些比你富有而且经常取笑你的孩子或者邻居们更有出息；比如你想要证明你值得拥有远大前程——年轻时代的目标动力几乎都是来自于童心的，它使你想要在这个世界上留下你自己的印记。相比之下，在成长过程中，钱是很重要的，但却不是最重要的。

当热心的读者将本书故事细致读完后，会发现本书文学性很强，故事让人感动，而且具有一定的教育心理学现实指导意义——会明白爸爸承担起子女教育的重要性及必备的质素——凭着"抬眼看世界"的精神、睿智的判断、坚定的信念给自己的子女提供良好的成才家庭环境，使每个孩子的心中都一直保持着"童心"。而纯真、善意、诚信，无论在人生的哪个年龄阶段也不能丢失，同时还要牢记自己的梦想和愿望，加强领导力和学习力的培养，让孩子们更容易实现人生最高理想。

我爸爸出身书香世家，以普通人入世，以科学成就出世。我特作此书，欲广为世知，既为了缅怀我爸爸，也以志不忘任何对中华民族做出贡献的历史人物。

本书故事对于那些"望子成龙"的爸爸妈妈也有鞭策的意义。疾风才知劲草——世界上总是有那么一些人，在众人都庸庸碌碌的时候，半醉半醒，在众人都退避三舍之时却迎难而上，绽放出最耀眼的光，证明自己远比他人高贵的价值。

目　录

寄托篇 ··· 1

　一、一到清西陵 ··· 3

　二、二到清西陵 ··· 6

　三、三到清西陵 ··· 10

　四、最终的"寄托" ··· 13

　五、思念老爸 ··· 17

　六、终须告别 ··· 22

　七、此焉安息 ··· 26

出生篇 ··· 31

　八、一个男婴的降生 ······································· 33

　九、望子成龙的家庭 ······································· 37

家风篇 ··· 41

　十、二姑奶奶的育儿智慧 ································· 43

　十一、摸爬滚打的幼年 ··································· 46

　十二、精神依托 ··· 50

　十三、回到自己原生家庭 ································· 54

　十四、母亲的焦虑 ··· 59

　十五、父亲的淡定 ··· 62

十六、四岁始习书法 …………………………………… 66

十七、培养终身兴趣 …………………………………… 70

十八、"法度"意识 …………………………………… 74

十九、临帖意识 ………………………………………… 77

二十、爱书法更爱诗词 ………………………………… 81

二十一、理性的家庭 …………………………………… 85

小学篇………………………………………………… 89

二十二、就读"北京美术馆后街小学" ……………… 91

二十三、送煤童工的影响 ……………………………… 95

二十四、小学根本教育始于"敬" …………………… 99

二十五、感恩小学教育 ………………………………… 104

二十六、德育在先 ……………………………………… 107

中学篇………………………………………………… 111

二十七、"童心"决定潜力 …………………………… 113

二十八、初中就读"北京第二十五中学" …………… 117

二十九、数理崭露头角 ………………………………… 121

三十、成才离不开良好的家庭环境 …………………… 125

三十一、把大哥大姐作为学习榜样 …………………… 129

三十二、高中就读"北京第二中学" ………………… 134

三十三、享受"快乐教育" …………………………… 139

三十四、读书的"料" ………………………………… 143

三十五、明确报考清华大学的理想 …………………… 148

打击篇………………………………………………… 153

三十六、难忘的岁月 …………………………………… 155

三十七、艰困地"活着" ……………………………… 158

三十八、二姑奶奶病体沉重 …………………… 163

三十九、松理的"出走" …………………… 167

清华篇 …………………… 173

四十、什么是天才 …………………… 175

四十一、可心的"礼物" …………………… 178

四十二、父亲的殷切嘱咐 …………………… 182

四十三、崇拜大师 …………………… 187

四十四、无处不在的"领导力" …………………… 190

四十五、苦读、苦读、亦苦读 …………………… 195

四十六、建立科学学习观 …………………… 200

四十七、清华之子 …………………… 204

事业篇 …………………… 209

四十八、生存的本领 …………………… 211

四十九、成才抱负 …………………… 215

五十、"突出贡献专家"称号 …………………… 220

五十一、加入中国共产党 …………………… 224

五十二、念念不忘清华 …………………… 229

五十三、老骥伏枥 …………………… 233

见识篇 …………………… 237

五十四、注重人文素养 …………………… 239

五十五、追求"大师范儿" …………………… 244

五十六、七十不逾矩 …………………… 246

五十七、崇尚欧洲足球 …………………… 248

五十八、收养"自来猫" …………………… 252

后记篇……………………………………………………257

    五十九、与我爸爸的一次对话 …………………………259

    六十、"童心"＋训诂＝超越 …………………………263

    六十一、"童心教育"的目的 …………………………268

    六十二、读万卷书不如行万里路 ………………………274

寄托篇

一、一到清西陵

窗外，天色阴沉沉的，透过窗子向外看，马路上人车稀少。

刚好是早晨六点，我得出发了，我背上双肩包，然后从椅子上把我"老爸"轻轻地抱起在怀里，就在我妈妈的注视下下了楼。我开车去趟河北保定易县那边，我要去的地方在清西陵那边。

开车一上了东四环，我脑子里就不禁回忆起第一次去清西陵时的情景。

第一次去清西陵还是四十年前的事了，那时我才十几岁，刚上初中，那时我弟上小学，那时我爸爸是三十九岁，接近不惑的年龄。那次，我爸爸带着我和我弟，从北京坐长途车到保定易县，再辗转坐车到的清西陵。

回想起那次去清西陵，是在我和我弟都放暑假后的一天。当天，碧空如洗，万里无云，太阳高照，我爸爸意气风发，精力充沛，在去的长途车上，他就告诉我和我弟，陵区有葬有雍正帝的泰陵、嘉庆帝的昌陵、道光帝的慕陵、光绪帝的崇陵的四座帝陵，因为位于北京的西南方，统称为"西陵"。

我长大后看过徐广源先生的书籍《清西陵史话》，进一步知道清西陵和清东陵在规制上基本沿袭明代陵寝制度，是中国现存规模最大、保存最完整的帝王陵墓群。清西陵始建于雍正八年（1730 年），雍正帝的泰陵居中，西侧是嘉庆帝的昌陵和道光帝的慕陵，东侧为光绪帝的崇陵，帝陵旁还有三座皇后陵，王公、公主、妃子园寝七座，占地八百平方公里，建筑面积五十多万平方米。

第一次去西陵时，我爸爸带我和我弟每走到一处，就会给我和我弟讲一些清史故事，那情景至今还让我历历在目。隐隐记得那天到了西陵后，当时，我爸爸沿着路标带着我和我弟就走到了一座桥上，记得是一座汉白玉五孔石桥，他站在桥上四处打望，才知道是到了崇陵。他首先见到一石木牌坊，就显得很兴奋，一手拉着我，另一手拉着我弟，就快步向前。他很兴奋，随后松开拉着我和我弟的手，从包里拿出相机对着牌楼门一通狠拍。他说包括十三陵在内的很多石木牌坊原来是有色彩的，如果仔细看会在边角处看到当年彩绘的残留。虽然那原木枋上的彩绘已经剥落了，但他似乎喜欢那样旧旧的感觉，认为它是时光留下的痕迹。

我当时对那牌楼门上的五个神兽感兴趣，就问我爸爸那门上的五个神兽的确切名字，他只回答出了四个，有一个他不知道。我就带着我弟往牌楼门一旁的草丛中追蜻蜓，追着追着，忽然发现了一对石柱，我边兴奋地用手拍打着石柱，边喊我爸爸过来看。我爸爸快步地走到近前一看，就告诉我和我弟，如果在十三陵，这个石柱就叫华表，但在这里，这个造型叫作望柱，并指出望柱上雕刻着的是繁复精美的云纹、龙纹……他边介绍边慨叹简直难以想象。

等我们父子三人走过了牌楼，就见到一个重檐歇山顶的谥号碑亭，我爸爸带着我和我弟走上前看，碑亭门上着锁，但是透过窗可以看到里面是一个大石碑，他说那碑身上用满汉蒙三种文字镌刻着光绪皇帝的谥号。

继续走下去，那碑亭后面就是三路三孔桥，过了桥就进入崇陵了。呵，正面先是一座大殿，我爸爸告诉我们那是隆恩殿，面阔五间，也是重檐歇山顶。他说这殿是举行祭祀活动的主要场所，每逢清明、中元、冬至、岁暮和帝后忌辰日，都要在此举行大型的祭祀活动，每月的初一、十五要在此举行小型祭祀活动。

现在想想，那时我年龄小，我爸爸虽然讲了很多，但我和我弟却是一知半解，我只对那大殿建筑的精美和厚重有深刻的印象。

当时听我爸爸说，崇陵与众不同之处之一是隆恩殿构架用质地坚硬的铜藻、铁藻木建成，他说那梁柱有"铜梁铁柱"之称，不过我和我弟光从那外表看好像看不出来什么。他又提到崇陵与众不同之处之二是殿内四根金柱采用沥粉贴金的盘龙装饰，气势磅礴，快赶上故宫太和殿了，而且保存得比较完好。那时看得出他内心就非常欢喜，因为他自己是属龙的。但由于我是近视眼，眼神不济，看了半天，找了半天，我都没找到龙头在哪里。

后来，我爸爸带着我和我弟继续走，出了隆恩殿，后面要过带桥栏杆的小桥，然后穿过一个"三座门"——又称为琉璃花门，他边走边一丝不苟地观察着，似乎也在琢磨着什么。

现在想想，我才意识到我爷爷在世时就是搞古建和西式建筑营建事业的，我爸爸从小耳濡目染，所以那次我爸爸边走边看边琢磨着什么，兴许是他当时想我爷爷了。

那次，我爸爸就指出琉璃花门由琉璃瓦件构制而成，它是前朝与后寝的分界线，与两边的红色围墙将整个陵寝分成前后两个部分，中间的大门为神门，去世皇帝的棺椁由此进入，祭祀的大臣走右边的门，在位的皇帝走左边的门。

现在再想想，我已经记不得当时我爸爸带着我和我弟是走的左边的门还是右边的门了。

……

车已经驶上西六环了，不知不觉地将近一个小时过去了。

我边开车边回忆，边偶尔看看在副驾驶座位上的我"老爸"，我强忍着，不让泪水模糊住我的视线。我爸爸生前从未坐过我开的车，现在坐我开的车是他的第一次，也是他的最后一次。因为我们一家人虽然是北京人，却摇不到号买不了车，家里一直没有车，所以我是租的车去往西陵。

记得第一次到崇陵，后来我爸爸带着我和我弟走到明楼，他说明楼内有石碑，碑上用满汉蒙三种文字镌刻着光绪皇帝的庙号。等走到明楼后，见到一土丘，他就说那土丘被称为宝顶，那宝顶下面埋葬着的就是光绪皇帝和隆裕皇后的地宫。他接着告诉我和我弟，崇陵与众不同的地方之三是它是清西陵唯一被打开地宫的陵墓。当时他说完后，就带着我和我弟走到地宫入口，再走到里面。

……

二、二到清西陵

将近 7 点 45 分的时候，我开的车到了易县县城，总算离清西陵不远了。

我还是继续回忆着。第一次来时，我爸爸带着我和我弟下地宫时，边下，他边嘱咐我和我弟看脚下，别摔跟头，还总问我们哥俩儿觉得冷不冷，因为我和我弟当时都觉得有点害怕，所以也顾不上冷不冷的。我觉得那地宫还是挺深的，但我爸爸告诉我和我弟说崇陵地宫远不及十三陵定陵的地宫深。

那次，我爸爸边往下走边讲说 1938 年崇陵地宫被盗，盗墓贼就是在那个下到地宫的位置从下往上挖，绕过了金刚墙，打开了地宫。我们顺着墓道走，墓道不长，有四重石门，每重门由两扇整雕的清白玉石合成，每个门上面有菩萨浮雕一对，精美异常。第一道门，菩萨头带佛冠，身披袈裟，足登莲花座，善心善面地恭身挺立在石门上，护门念经。然后经第二道门、第三道门、第四道门，就能看到棺床，棺床上有两个棺椁，左边的是光绪帝的，右边的是隆裕皇后的，两具棺椁均为珍贵的楠木所做，外椁内棺，棺置于椁之中，棺四壁书梵文经咒。隆裕皇后的棺，四周镌刻有藏文和梵文经咒，刀法精细，线条镀金。

在崇陵地宫里，我爸爸随走随向我和我弟指着一些能看到的东西，告诉说这是什么石五供，那是什么祭台，祭台上还有什么石鼎、石花瓶、石蜡台，都属于一组象征性供器。我现在只记得那祭台的底部雕刻着法器图案，十分的精美。我爸爸说石五供在十三陵等帝陵常见，但这上面褐色的雕刻物是什么他也不知道。

……

等我长大后，我知道了崇陵是在民国时期被盗，地宫被洗劫一空。有一次，我和我爸爸在家里一起看清宫剧，他边看边叹息说："日薄西山，光绪续光。作为清朝最后一个成年皇帝，光绪的命运和明末崇祯皇帝有些类似，大家本来都认为光绪皇帝春秋鼎盛，并未着手修建陵寝，结果光绪忽然驾崩，只能临时修建陵寝，工程紧张时，每月在陵上施工人员都有六千人左右，整个陵寝工程花费估计551万两白银。结果还没建成，清王朝就亡了。"

……

车开着开着，我就到了崇陵了，因为我透过前车窗和路边掩映的树木，看到了远处崇陵的明楼，明楼是崇陵陵寝建筑的最高点。

尽管我看到了崇陵，我还是继续前行，因为我要去的地方就是崇陵附近的"华龙"。

半个月前，我第一次到访"华龙"，"华龙"是一座公墓，但里面也安葬着溥仪。然后顺便第二次到崇陵。

第二次到崇陵，我自己冒着凛冽的寒风，沿着当年我爸爸带着我和我弟行走的路径，边行走参观，也回忆第一次游清西陵时那时我爸爸的音容笑貌。

我第二次下崇陵地宫，是带着一定目的的，只是下去后依然觉得地宫里寒气逼人。想起第一次来崇陵时，我爸爸就告诉我和我弟关于光绪帝的故事，他说：光绪皇帝的生母是慈禧的胞妹，光绪皇帝1871年出生于醇亲王府，四岁登基，1889年开始亲政，1898年开始变法，企图通过自上而下的改革，达到救亡图强的目的，但是漏船载酒，大厦将倾，变法以失败告终，光绪皇帝被慈禧软禁在中南海瀛台，1908年死于瀛台涵元殿，时年38岁；光绪死后第二天，慈禧也去世了。

那次，通过我爸爸的讲说，我知道了慈禧那个女人很"蛮横"，在光绪生前，她不许崇陵开工。崇陵是光绪死后第二年，即宣统元年(1909)，由光绪的弟弟、溥仪的父亲、摄政王载沣开始操办兴建的，到清朝灭亡时尚未建成，后由民国政府（也有说是清朝遗老集资）拨款修建。即使这样，帝陵工程依然声势浩大，历经六年，到1915年竣工得以完工。完工后，就有不少清史爱好者会到崇陵吊唁。

而隆裕皇后呢？那次，我爸爸就告诉我和我弟：隆裕皇后是慈禧胞弟的女儿，1888 年被慈禧立为皇后，从照片上看隆裕皇后姿色甚差，而且是政治婚姻，光绪皇帝不怎么喜欢她；枯燥的生活，使隆裕皇后对养蚕有了浓厚的兴趣；1911 年辛亥革命，隆裕皇后在 1912 年 2 月 12 日在养心殿签发了大清皇帝退位诏书，从此结束了清王朝 268 年的统治；隆裕皇后 1913 年病逝，时年 46 岁；同年 11 月随光绪皇帝一起葬入地宫。《清帝逊位诏书》里也强调了这一点。

我爸爸那次还说道："经后来科学检测证实，光绪的死因是急性砒霜中毒。慈禧和光绪几乎同时死去，尽管分葬于清东陵和清西陵，却都遭到了后人的野蛮盗墓，慈禧和光绪若是在阴间碰面，也有诉不尽的苦。"

……

我第二次下到崇陵地宫的目的，是要认真看看那地宫石门上雕刻着的护门念经的菩萨，认真看那些石五供、祭台、石鼎、石花瓶、石蜡台等，然而让我印象最深刻的还是隆裕皇后的棺四周镌刻着的藏文和梵文经咒线条上的镀金，那么多年过去了，金色的字还在发着悠悠的光。

我自己重游崇陵，由于心情原因和内心的关切，没有像第一次到清西陵那样：我爸爸在带着我和我弟逛完崇陵后就赶着去下一个陵园——雍正皇帝的泰陵。我自己没去泰陵，而是赶着去"华龙"。

我第一次到访"华龙"，是因为我要选择一个陵园，为我爸爸选择一块墓地，出于比选的目的。我爸爸在 2018 年 11 月 12 日那天上午因病医治无效去世了，他的一切后事都由我出面料理，我是家里的长子。

从 2018 年 11 月底到 2019 年初的两个月里，我去看了众多的陵园墓地，我希望能给我爸爸选择一块上好的长眠之地。

我首先看了位于北京石景山区的八宝山革命公墓。八宝山是明朝永乐初年皇帝专为保护司礼太监钢铁墓而赐建的。过去那里曾是明清两代太监养老送终的世外桃源，因盛产红土、耐火土、青灰等八种矿产而得名。1946 年，国民党政府将那里改建为忠烈祠，将寺内的 50 余名道士和太监全部迁出。护国禅林寺的殿堂部分被改为骨灰堂，寺院四周则被辟为墓葬区。1949 年后，成为中国共产党领导人的长眠地，改建成八宝山革命公墓。

　　我进入公墓区后，首先映入眼帘的是革命公墓骨灰堂，安置了林伯渠、董必武、朱德、彭德怀、廖承志、溥仪（已迁出）、傅作义、李四光等人骨灰，以及一些不出名的人的骨灰，有的甚至在几十年后就会失去记载，但无论如何他们也都是为了新中国而努力过的战士们，我在那里顺便向他们鞠躬致意。出来后往东边走，便是一墓区了，一墓区最高处是任弼时墓，我去的时候正逢某机关集体在那宣誓入党。任弼时墓东侧是在 1927 年壮烈牺牲的瞿秋白，西侧则是薄一波与张澜，依次排列。再往下则有陈云、万里、彭真、蔡畅、罗荣桓、聂荣臻、李先念等人。

　　八宝山革命公墓里除了那些领导人外，还有许多文化界名人，最出名的无过于老舍，老舍在"文革"初期投湖自尽，因此设计时特地设计了波纹状的墓样式。此外，在一墓区还有欧阳予倩、程砚秋、陈强、侯宝林、柳亚子等人，而去二墓区和三墓区，便能看到闻一多、冰心、徐悲鸿和林徽因等人的墓。

　　我在里面转了一大圈，心里虽然想着念着要是能把我爸爸的骨灰安葬在八宝山革命公墓会不会更好，但是最终没选八宝山革命公墓。

　　如此只能继续辗转寻找，才有半个月前我"二到清西陵"。

三、三到清西陵

我开到了"华龙"门口，把车停好，但是我不想下车，我坐在车里，看着副驾驶座上的"老爸"，我想多陪他待一会，我舍不得马上和"老爸"道别。

过去的两三个月里，我没有跟任何亲戚朋友说我要给我爸爸购买墓地的事情，我能想得到的就是自己多走走，多看看，无论是名人墓，还是一般的。说实话，我本来想着是在北京城里或者在北京近郊给我爸爸买块墓地的。

我看过的第二个公墓就是万安公墓，万安公墓是北京最早的现代型公墓，位于海淀区香山南路万安里，始建于民国十九年（1930 年），开北平现代公墓之先河。万安公墓大门正中央颓屃驮着的碑上写有"北平香山万安公墓奠基石"，有趣的是这个"平"字是经过涂改的，我询问了门口的工作人员，工作人员表示并不知晓。刚进去万安公墓，我最先能看到的是曹禺墓、黄宗江墓和启功墓，三位文化名人在相隔不远处场面，我脑海中想到他们都出过力的 87 版《红楼梦》，也想到了老舍先生的《断魂枪》："不传！不传！"

我沿着曹禺墓、黄宗江墓、启功墓往西走，便能看到四代八卦掌传人的长眠地，第一代董海川往后，都埋在了这里。而董海川墓稍稍偏东一点，则是段祺瑞墓。询问工作人员段祺瑞墓时，工作人员并不知晓，后来我用手机在网上搜了一下，发现段祺瑞墓旁是孙中山先生的卫士长谭卫全墓，这时工作人员才知道所在地，指给了我。而当我过去寻到他二人墓时方才发现，原来段祺瑞墓上并未写有"段祺瑞墓"的字样，而是"合肥段公芝泉之墓"。

唉！想想一代军阀两次直奉三造共和，最后也只是在万安公墓偏安一隅，偏生还和孙中山先生的卫士长相伴，我不由得感慨唏嘘。而在段祺瑞墓不远处，则还埋葬了一位名人——马占山，打响了中国抗日第一枪的马占山将军千古，于是我在他坟前磕了三个头。从这个墓区出来往西走，则是李大钊烈士陵园（而李大钊儿子李葆华则在陵园外）。我发现李大钊烈士的墓前被摆满了花，墓后则是李大钊纪念馆，环抱在周围的，是中国第二代领导人每个人的题字。

出了李大钊烈士陵园，我直面的则有朱自清墓、王力墓、冯友兰墓、夏鼐墓和容国团墓等。

去了一趟万安公墓，结果我发现在万安公墓，名人墓和普通人的墓分布在一起，就觉得很适合我爸爸。然而，我向工作人员一打问价格后，我就放弃了。

之后，我又走了看了好几家，就包括十三陵附近的多家公墓，也顺便第二次去十三陵游览。明十三陵坐落于北京市昌平区天寿山麓，我小的时候，我爸爸带着我妈还有我和我弟到十三陵游览参观过。

明十三陵现在作为世界文化遗产、全国重点文物保护单位、国家重点风景名胜区、国家 AAAAA 级旅游景区，只开放明成祖朱棣长陵、明穆宗朱载垕裕陵与明神宗朱翊钧定陵，其余陵寝均未开放。原来可以买通工作人员进入崇祯皇帝的思陵，后来思陵的石五柱被盗，便不能再进去。

我爸爸曾经告诉我和我弟：明成祖朱棣"清君侧"后在南京登基，但是根据《明英宗实录》记载："正统元年七月丁未，行在刑部致仕尚书赵羾卒。羾字云翰，山西夏县人……太宗皇帝嗣位，命使交阯……使还，升刑部右侍郎，寻转工部，再转礼部，未几升本部尚书……"如此可知，朱棣刚刚即位就已经派赵羾来了北京寻找合适的陵寝所在地，也就是说朱棣很早就已经打算好要选在北京定都。

我记得当年我爸爸带我们一家人去游览十三陵，我们首先看到，天寿山有一条主神道，那是朱棣的长陵，长陵在十三陵正中间，最中间也最大。那次走了一路，我爸爸便给我们讲了一路。

直到现在，我还依稀记得我爸爸当时介绍过的大概内容：长陵修得大自然容易理解，一来它是第一座陵寝，是北京这边的"祖陵"；二来朱棣皇位得位不正，自然要靠修得大来彰显皇权。而十三陵中第二大的便是嘉靖皇帝的永陵，永陵是嘉靖亲自选定，考虑到嘉靖登基后的大礼议事件，也不难理解为何嘉靖永陵第二大。第三大则属万历皇帝的定陵，万历在四十多年的帝王生涯中，有一大半时间在和文官做斗争，也因此他必须强调自己的皇帝地位。而开放的则是长陵、裕陵和定陵，这也是可以思考的。长陵是第一座陵，自然有开放的必要。裕陵是隆庆皇帝的陵寝，隆庆皇帝在明朝十多位皇帝中存在感并不是很高，但他当皇帝的期间，有两件事非常值得宣扬，就是大清官海瑞和隆庆"开关"的事迹。至于定陵那就更容易理解了，由于明代帝陵地宫没有图纸留下，专家们始终无从得知明代地宫的真实面貌，二十世纪五十年代本想先挖开长陵，恰逢此时万历定陵一块皮脱落，露出镇墓石碑，这才先挖开了定陵，后来由于技术不到位，很多文物无法保存完好，这才定下只做抢救性挖掘的规定。既然被挖开了，自然可以让游客进去参观一番。

那次，我爸爸还说道：明十三陵在明代是不允许被人进入的，一直有陵卫军把守，李自成打入京城后才逐渐不再有人管理，明季遗民顾炎武就曾经多次拜谒，写下过七组诗。雍正皇帝即位后，找来了明朝皇室后人朱之琏，封为一等延恩侯，世袭，属正白旗汉军，看守十三陵。清朝灭亡后，末代延恩侯朱煜勋不知所踪，于是十三陵也便无人看守。崇祯皇帝本想去马兰峪寻找万年吉壤，但因为战事频繁最终作罢，李自成攻入北京城后，将崇祯皇帝葬入其妃子田氏的墓里，这就是十三陵西南角孤零零的思陵，而马兰峪则成为后来清朝皇室的东陵。

此刻，我泪眼模糊地看着"老爸"，我对他说道："老爸，我前不久也去了十三陵附近的几家公墓，不管那些工作人员怎么介绍，我一想起您说过的那句话'崇祯皇帝本想去马兰峪寻找万年吉壤，但因为战事频繁最终作罢……而马兰峪则成为后来清朝皇室的东陵。'我就觉得不能考虑十三陵了。我又去了清东陵看了，也到清西陵看了，我觉得还是清西陵这边更适合您。"

我这次来"华龙"，是我第三次到清西陵。之前，我已经走得够多，看得够多了，我不想再跑了，不想再耽搁了。我上次到"华龙"，就觉得真的很适合我爸爸。

四、最终的"寄托"

我希望能够给我爸爸选择一个合形合势合气合风合水的长眠之地。

像明十三陵附近公墓，已经不太适合。另外，值得一提的是，我那天去，顺便去明思陵，在思陵门口看到一块刻着清顺治十六年碑文的碑，然而，按照碑文含义推测到的"顺治"和"清顺治"字样居然被人为划掉了。我当时就想有人这样做的背后折射出明粉的一些想法。还有让我感叹的就是，在思陵旁二百米处的那个著名的太监坟，那便是跟着崇祯皇帝一起上吊的大太监王承恩墓。

那天下午我离开明十三陵时，正值夕阳西下，遂感叹恢宏大气的长陵和萧瑟寒风吹蚀着的思陵以及伴着思陵的王承恩墓形成鲜明的对比，既感叹日薄西山的大明帝国就此一去不复返了，也感叹崇祯皇帝，在李自成攻破紫禁城前夕，杀光了他的皇子公主，留下了"不该生在帝王家"这样的话。

清东陵，我后来也去了。清东陵位置本来是崇祯皇帝想给自己找的陵寝，却没想到被清代帝王给抢走了。当时顺治皇帝年少，还没准备要修帝陵，因此第一处清孝陵是顺治十八年才匆忙开始修建。

清东陵葬有顺治帝孝陵、康熙帝景陵、乾隆帝裕陵、咸丰帝定陵、同治帝惠陵等五座帝陵，因位于北京的东北方，故统称为东陵。顺治帝的孝陵居中，其他各陵以孝陵为中心分布。那里还有皇后陵四座、妃园寝五座，埋葬着五位皇帝、十五位皇后，以及妃嫔、阿哥、公主共一百六十一人。

清承明制，因此东陵在陵寝规格上也仿照明制颇多，一条主神道连接着祖陵顺治孝陵，其余帝王共用，只有康熙景陵有自己的石像生，这是因为雍正皇帝认为康熙的功业彪炳千秋，必须用高规格才能彰显康熙的文治武功。孝陵石牌坊是中国现存面阔最宽的石牌坊，仿木结构形式，五间六柱十一楼，面阔

31.35 米，高 12.48 米，经过两次大地震 330 余年仍完好无损。

野史传闻，雍正皇帝因为篡了皇位，才不敢睡在康熙皇帝的景陵旁边，其实这是不对的，因为无论是从《清圣祖实录》还是从传位诏书中都能看到，康熙皇帝属意的本就是雍亲王胤禛，因此绝不像野史传闻的那样，而雍正皇帝近年来的形象也逐渐在变化，正逐渐褪去"暴君"的帽子，越来越被人重视。

雍正登基后，锐意改革，无论是士绅一体当差、一体纳粮，还是摊丁入亩和取消贱籍，抑或是西北征讨，都是赫赫有名的功业。雍正皇帝十分自豪于自己的丰功伟业，而他认为清东陵所在地已经没有非常好的"风水"了，为此他多方选择，最终选在了易县。保定易县和唐山遵化的正中间正好是北京城，呈对称分布。

而到了乾隆，则犹豫不决了。如果自己葬在清西陵，那么会担心后世子孙冷落了清东陵；而如果自己葬在清东陵，又担心后世子孙冷落了清西陵。最终乾隆颁布诏书，自己葬回清东陵，儿子葬在清西陵，后世子孙按照昭穆制度依次交替。于是，乾隆成为历史上唯一一个替儿子生前就选好陵寝的皇帝。

本来按照这套制度也没什么大不了，但是没想到到了乾隆孙子道光时，这条规矩就给破了。道光是历史上出了名的节俭皇帝，衣服破了也不换，要打补丁。但他在修陵寝的事情上却从未节俭过，尽管表面上说不要立神功圣德碑了，但他修陵寝耗费的财力却是有清第一。

首先，道光皇帝的陵寝本来修在了妃子墓旁，但后来觉得不好，便下令拆了再选。后来定在了清东陵，然而没过多久渗水了，道光皇帝不愿将就，立刻要求拆掉重建，这时才不得不选在了清西陵，而在东陵处留下了道光陵遗址。其次，尽管道光皇帝的慕陵没有碑楼和石像生，但他的隆恩殿是完全用金丝楠木制作而成，相比于其他帝王，实在是低调的奢华。

事实证明，雍正选在清西陵是有道理的，乾隆好不容易选了一处东陵好地，没想到地宫渗水严重，至今仍然。更加晦气的是，可以进地宫的正是乾隆皇帝的清裕陵和慈禧太后的定东陵，由于这二位财宝众多，因此时常被人惦记。民国时期，孙殿英便来炸毁了二陵，掠走了大量的珍宝。事后清点，只有几件小物品在淤泥中未被带走而已。当后来人清理时，在地宫里发现乾隆皇帝的尸骨和皇后的已经混在一起分不开了，只能胡乱将他们混在一起，丢在同一个棺材里头。值得一提的是慈禧太后的定东陵，某种意义上说定东陵是超规格了，首先它的石雕特地选用的是凤在上龙在下、凤在飞龙在追，用意不言而喻。

上次我独自开车往返清西陵，边开车边注意路两边风景，就注意到这清西陵果然是块环境幽静的吉壤。西陵北有永宁山，南有易水河，群峦叠嶂，风景幽雅，难怪雍正皇帝相中了这里。我觉得这块吉壤同样符合我爸爸的神气，符合我爸爸的出身，符合我爸爸的高贵。最终，我把视线转向了西陵附近的"华龙"这处公墓。我满意这里的环境，合形合气合山合水，而且费用上符合我的预算。当然还有诸多因素，让我做出决定。

华龙皇家陵园里有季羡林、张鲁、于是之、梁左和唐杰忠等人的墓，而溥仪墓距离光绪皇帝的崇陵后围墙仅有二百米。

宣统皇帝溥仪是中国最后一任皇帝，无论是按照清朝算还是算上袁世凯的中华帝国和康德皇帝溥仪的伪满洲国，溥仪都是中国的最后一任皇帝。溥仪于1967年去世，最初安葬在八宝山，于1995年迁葬到清西陵旁的这个公墓，也因此这个公墓改名叫了"华龙皇家陵园"。

我思考对比一段时间之后，还是选择了清西陵这边。我把"华龙"作为我爸爸最终的"寄托"——长眠地，还因为易县的历史文化典故。

易县，为何叫做易县？因为它有易水。既然提到易水了，那自然而然地想到易水送别："风萧萧兮易水寒，壮士一去兮不复还。"在易县城西南一公里处的荆轲山村村南的荆轲山山顶上，有一处荆轲衣冠冢，燕太子丹诀别荆轲，知其有去无还，便收其衣冠造土假冢埋入，故为荆轲衣冠冢。荆轲的大名如雷贯耳，大辽乾统三年（公元1103年）在荆轲衣冠冢上建圣塔并寺院，之后历代各朝都有重建修葺。事实上，荆轲墓在全国有三四处。易县除了有清西陵，有荆轲墓，还有易水湖和狼牙山。

虽然易县"华龙"离北京城远了些，甚至很远，但要经过涿州，我就想起涿州那有个卢植墓。《汉书》中曾有过记载，原来卢植是西汉初年卢绾的后人，卢绾后来逃去了匈奴。而到了汉景帝中元六年，卢绾的孙子卢他之又以东胡王的身份向汉投降，被封为亚谷侯，封地便是现在的涿州。也因此十二世后，卢植诞生。卢植是刘备的老师，是曹操素来敬仰之人，死后便葬在了家乡涿州。

据有新闻报道：卢植墓早年间荒得很，后来因为韩国总统卢武铉、卢泰愚均是其后人，因此特地前来认祖归宗修缮宗祠，这才出现了"范阳卢氏宗祠"，进去后能查到卢氏家谱。卢植墓便在范阳卢氏宗祠的最深处，左侧是卢泰愚手书的"同祖连孙，和睦相交"。

涿州是卢植故里，自然也是刘备和张飞故里了，有一景点张飞庙，据传本是张飞故居，里头有张飞的衣冠冢，应当是后人伪造。而当年明武宗朱厚照听了刘瑾讲述桃园三结义故事后，特地前来修了三义宫，据说现仅存山门一座及明正德碑一通。

以前，我爸爸对我讲过，他说："选择寻访名人圣贤陵墓有特殊的好处，我喜欢。如果时间充足，我愿意坐在名人墓旁，和他们对话，聊聊他们，聊聊我自己。首先，古人墓葬能反映出很多东西，即便没有被挖掘，我们也能从外在看到墓葬的规格，看出当时人对墓主人的看法和念想，以及后来人包括后来的古人和现代人对墓主人的尊崇与建构；其次，相比于很多已经现代化的古迹，比如滕王阁等，古人墓其实才是被保存得相对完好的遗迹之一；最后，最重要的是，阅读历史能让我不再焦灼。读很多历史就会发现，现实中很多事都不需要太过于计较。比如卫青，那么厉害的一个历史人物，在史书上也就几百字的记载而已，死后也就是孤零零一抔黄土。"

五、思念老爸

我爸爸住院后，尽管他预感自己要离开了，而他没有慌乱，没有悲伤，像是一头狮子，仍然有着狮王该有的"王者风范"。每天，他静静地躺着，像是狮王躺在一片生他养他的草原上，而他不想闭眼，他想多看一会，看看他的儿子孙子族群，看看他的孩子是否真的长大了……

我爸爸临终前，他接连数日，一会将手抬起指向病房天花板，一会又将手指面，向我示意。唯一日上午，精神时，又虑忧家事，他握住我的手，边说，边连握数次。从那日下午开始，他每天就是昏睡，什么声音都没有。

到11月的一天上午，我爸爸走到了生命的尽头。他去世后的样子像是睡着了，轻轻地睡着了；像是把身体留给了这片"草原"，为下一代们创造了更多的有意义的生命。他这一生，有嗷嗷待哺的懵懂，有壮志凌云的情怀，有功成名就的统领，原来他就是为了来这世上走一遭。

生命的尽头，医生还能做什么？我就是医生，可是在我爸爸闭上眼睛的那一刻，他是否在想要见我最后一面，而我那时却在单位为救治其它的患者奔忙。医生们对于人心跳停止后会发生什么一直争论不断，比如人心跳停止后会见到什么？人是否能意识到自己已经死亡？我一直认为，当人的心脏停止跳动时，大脑还会继续运转。换言之，人类的大脑会意识到自己已经死亡这个事实。也就是说，当人心跳停止的一刻，会知道自己死了，因为大脑不会一下子停止运转，能够让自己意识到身体发生了什么，世界发生了什么。

这意味着，我爸爸在心跳停止后，即使是在很短的一段时间内，他还存在意识，但基本被"困"在自己的身体里，可是他去世时的面容很安详。

我学医是由于我爸爸的缘故，是1985年我报考大学时，他替我填报的志愿。

我学医当学生的时候，我并没有学习过"死"，也没有遇见过"死"。离死亡最近的一次，就是听说某床马上要出院了，然后突发肺栓塞，下床的时候一下子死了……

我毕业前亲身经历过最类似死亡的事情是一次，老师说，邢大夫你去做个心电图。然后我就领了一个患者到心电图室，我忘了我做了什么，那个患者倒在了心电图机边。我吓得赶紧奔出去找老师，其实患者就是疼得晕厥过去。只有那次，我觉得好像跟死亡有了一点接触，但是其实又完全不是。

开始当医生后，我才接触了第一例死亡。那是一个中年男人，40多岁，得了风心病，在心外科手术顺利，但出院后没多久发生了严重感染，呼吸功能衰竭，被送回医院抢救。我值班的那一天，他要死了，呼吸困难，氧低，抢救时要用一个呼吸机，黑色的罩子，罩在他脸上。我那时候就一直按着面罩，看着他喘气，急促呼吸时把密密麻麻的小血滴喷在呼吸机的面罩里。我现在已经记不清当时我是否有恐惧，或者任何想法。因为我的工作比较简单，按住面罩就行，其他所有事情都是别的同事分工在做——指挥用药，跟家属谈话，又把总值班叫来帮助用药，跟家属谈话，然后再用药……我只是从头到尾按着面罩。

最后患者死了，我竟没有什么特别的感觉，我应该做什么？是否能够做得更好？什么都没有，这就是我年轻的时候。

后来，医生的这份工作让我迅速成长。一方面，我为自己在医院工作而自豪，但很快我又觉得不应该学医，那么累挣钱还那么少。同时我也觉得自己变得厉害，处理这个患者、那个患者都没有问题。有时候，我会经常和我爸爸沟通，我会告诉他，我作为医生，有一个非常真实的成长心路。

在这个成长过程中，我逐渐遇到很多困惑。尤其当遇到很多老年病人，我们病房里好几个老年的患者，平时根本见不到他们的子女人影，子女只是找护工24小时照顾他们。他们有的很想去ICU，很想活下去，我知道他们有的就要在病床上离世。当然，也有个别的患者家属联系我，一定要见一面。我就约在会议室门外，匆匆忙忙跟家属见一面。家属问："邢大夫，真的没有办法了吗？"

我记得当时我的回答是："真的没有什么方案可以用了。"

然后我就没有别的话可以说了。面对家属绝望的眼神，我很无力，只能看着家属无助离开的背影……这样的事情让我非常痛苦、非常困惑。之后我一直在想，我怎么能帮助这些患者？我已经是一个非常有力量的医生，应该怎么帮助他们？我不希望我爸爸妈妈以后也是那样的结局，我希望我也不是。

在面对死亡这个问题时，患者和家属都是畏缩后退的，不敢往前想，哪怕往前想一点都觉得是"罪过"。我想说的是，即便是专业的医务工作者，也可能很难预知死亡。有一次，我和我爸爸聊到我工作中遇到的问题，涉及到生死问题时，他当时对我说："其实，没有人就天生知道应该如何面对死亡，你作为医生也是。其实，很多医生也对死亡闭口不谈，只谈'怎么活'。但死亡总是会来的，如果医生、患者和家属都没有充分准备，死神突然来临，每个人都很难接受。"

如今，我却无法摆脱我中年丧父的心痛，尽管我已经从一个懵懂的医学生，成长为临终"幽谷伴行者"。2016 年是我爸爸妈妈结婚五十周年金婚，我们全家四口特意照了张全家福。我通过新华出版社出了部小说《北京老炮儿梦想爱情漂流记》作为献给我爸爸妈妈金婚的礼物，我在那部书里特意写到"谨以此书献礼亲爱的父亲邢松科和母亲吴晓晴结婚 50 周年纪念，并祝父母长命百岁！"

2018 年年初，我爸爸开始说头晕，因为他有糖尿病，我带他做了体检，没有查出他患癌症。

2018 年 9 月 15 日，我带我爸爸在北京朝阳医院急诊室做头部 CT、腹部 MRI 检查，却查出他患癌症，而且处于晚期多发转移，也转移到脑部了。得知这个事实，我的脑子里霎时间一片空白，欲哭无泪。医生对于死亡的判断也没有那么准确和敏感，医生判断的生存时间往往比实际更长，我也是。我安慰我爸爸说："没事儿的，还有很多时间。"

结果我爸爸很快就离世了，真的让包括我在内的家人和他本人都没有充分的心理准备，我想我爸爸生前还有很多很多事情没有来得及交代，或者没有想清楚如何交代，他在临终前最放心不下的就是我妈妈的身体。

……

我爸爸长眠了，含泪屈指数来，我爸爸去世整整一百天了，我思念爸爸的心情难以表达。按风俗，我提前做了祭奠。

老爸……老爸……我的内心在呼唤，百日来仿佛还在梦中。

我看着副驾驶座位上的"老爸"，想着爸爸过往慈祥的容貌。爸爸您刚毅的眼神记录了您劳碌沧桑的一生：您经历了一生下来就被亲戚抱走、四岁试读、最亲近的人故去、"文革"冲击、家里排行最小却要承担起整个家族事项的管理、次子一去美国长久不返、晚年辛勤照顾病妻等的悲运，在无助中您坚强地挺了过来，不但带着一家人走过了艰难困苦的岁月，还创建了您自己人生事业的辉煌成就。

老爸，您走了以后，我心里空空，成了没有父亲的孩子了，尝到了没有父亲是什么滋味……

老爸，没有了您的督促，没有了您依赖，没有了您，我就像没有了根。

老爸，您说会不会有来生，如有来生，我还要做您的儿子，前半生我依赖老爸，后半生老爸却没有依赖儿子，多想老爸可以依赖儿子，我们相扶相伴。

老爸，到了今天我好像刚刚醒了过来，您真的走了，走得那么远那么远，让我怎么看也看不到您。都说百天的时候，老爸能回来看我们，老爸您托个梦给我，让我再看看您……

老爸，您是我有生五十余年来所认识的人里，让我最认可的读书人，是一个真正意义上的知识分子，您比现在很多所谓的名人要帅很多。同时，您也是一个极聪明的人。您生前留下了丰厚的技术文献和藏书，却没能同时留下自己人生的一部文字记录。

老爸，您看了我写的那部自传体长篇小说后，不但非常赞许我的勇气，还提出想写一部关于您自己成长经历的书。您举例对我说过："早在民国时期，就有适之先生鼓励同时代的人写自传，可以留给后人更多的资料。他自己就是这么做的，40岁的时候，就写了《四十自述》。尤其胡适在自传里所塑造的'自我'，很值得读书人去审视。所以，我想写写我自己，有时候也想写写你爷爷，可是一直没有时间。"

我知道，在美国读书时候的胡适，就大胆地提出了"文学革命"的口号，而且给《新青年》写了一篇文章《文学改良刍议》。陈独秀看了之后大赞，紧跟着写了一篇跟帖，标题叫《文学革命论》，他们都鼓励同时代的人写自传。胡适写了英文的小型自传，也接受唐德刚的访谈，做了个人口述史。

老爸，您告诉过我，一个人如何爱自己、如何爱别人都能通过写作自传表现出来。

老爸，您知道吗？在您生前的支持和鼓励下，我的第二部长篇小说《京漂》也已经出版了。和《北京"老炮儿"梦想爱情漂流记》一样，《京漂》内容里也有点滴关于您的事迹，但那些点滴事迹远远不足以反映您的一生是怎样度过的，远远没有反映出您是如何成长为一个共和国教授的，远远没有反映出您是如何成长为一名优秀的共产党员的。

老爸，我已经开始构思写作您的一生，书名暂定《我的清华老爸》。

老爸，您知道吗？我现在在清西陵这边。您第一次带我和我弟来清西陵时，您不曾想过在四十年后的今天，我带您来了清西陵这边。您临终前虽然没有留下关于后事的遗嘱，但是我作为长子，我现在要为您做些事情。

在现场工作人员的协助下，我按照自己预设的步骤，先将我"老爸"请进地宫，安放好，接着将我爸爸生前赏玩和常用的几件物品含写书法用的一摞宣纸、两个彩色的泥塑娃娃、陶瓷马一个、玩具小狗一个、两尊铜制佛像、一张彩色照片和一摞银圆在地宫里依序放好。之后，工作人员封闭地宫门，填土，封土。

六、终须告别

工作人员离开后，就剩了我自己一个人，空中开始飘落一粒粒雪花，我仰望着天空，任凭寒风吹拂着我的脸，任凭泪水在脸上流淌，内心止不住的悲伤。

老爸……老爸……我第一次来到"华龙"后，我自己孤身一人又去了崇陵，旧地重游，我内心十分地伤感，因为您不在了。

老爸，我还记得第一次到清西陵，在崇陵地宫，您告诉我和我弟：……地宫被盗时，随葬物品被洗劫一空，其中包括隆裕皇后口中的珠宝也被盗贼取出。但庆幸的是盗贼未发现光绪皇帝的棺椁底下的"金井"，后来考古工作者从中掘出珍珠、翡翠、玉石、子母铁球等珍贵文物二百多件。您指着两个棺椁两边摆放着那好几块方形的汉白玉石头，问我和我弟有没有看出有什么玄妙吗？您说那石头上的雕刻都是彩色的。您说也许古人并不喜欢素素的阴间世界，喜欢一切还是像活着时一样色彩鲜明。

老爸，您不要怪我！我无法给您配置那种雕刻的护门念经的菩萨，无法给您配置那些石五供、祭台、石鼎、石花瓶、石蜡台等，无法给您配置珍珠、翡翠、玉石、子母铁球等……

此时此刻，我前所未有地希望2018年赶紧过去，因为除了我爸爸，今年有太多从小在书里、收音机里或者屏幕上看到的人离去。就像网友说的，"他们像进行着交接仪式一般，把世界交到我们手中。"

信息太多了，再了不起的人离去，大家也会很快遗忘，继续做手头的事情。这当然没有错，因为我们的生活还要继续。但我希望有一天，当你偶然打开九州出版社出的《我的清华老爸》这部书，你会和我一起想起那些名字，想起那些人，想起他们曾经如何影响了我们的生活，甚至让我们成为今天的自己。

2018 年一月去世的有小红莓乐队主唱桃乐丝（Dolores O'Riordan）、英国演员西蒙·巴恩斯（Simon Barnes）动画片《天线宝宝》中"丁丁"的扮演者、相声表演艺术家丁广泉先生，作曲家姚明、为世界创造了一个"家具主题乐园"的宜家的创始人坎普拉德（Ingvar Kamprad）。

2018 年二月去世的有"乾爸"乾德门、和钱钟书一起就被称为"南饶北钱"、和季羡林一起就被称为"南饶北季"的饶宗颐、"周星驰御用阿婆"侯焕玲。

2018 年三月去世的有奢侈品牌的创始人于贝尔·德·纪梵希（Hubert de Givenchy）、台湾作家李敖、"诗魔"洛夫。三月去世的还有英国物理学家霍金（Stephen William Hawking），我爸爸告诉我："据资料记载，霍金的生日正是伽利略逝世的日子，而霍金离去的那天，正是爱因斯坦的诞辰。观其一生，也许这样一个人物来到世上真的就是上帝的安排。"

2018 年四月，接连失去了三位导演，发掘提携宫崎骏、久石让和铃木敏夫的日本动画界灵魂人物之一高畑勋、导演李大为、二十世纪 60 年代"捷克新浪潮"的代表人物导演米洛斯·福尔曼（Miloš Forman）、当代语言学泰斗韩礼德（M.A.K. Halliday）、美国侏儒喜剧演员凡尔纳·特罗耶、创作出 Wake me up 等精彩作品被尊为 A 神的瑞典 DJ 的 Avicii。

2018 年五月去世的有著名演员王丹凤、歌手西城秀树。五月还有一位语言学家离开了我们，他叫郑张尚芳，本来姓郑，后来改成了父母双姓，是浙江省温州人。

2018 年六月去世的有刘以鬯（chàng），他创作于 60 年代初的小说《酒徒》被认为是中国第一部意识流长篇小说，正是这部小说给了导演王家卫灵感，才有了电影《2046》，而他的另一部长篇小说《对倒》，又让王家卫拍出了《花样年华》。六月去世的还有时尚设计师暨时尚品牌创立者 Kate Spade、《安东尼·波登：未知之旅》作者安东尼·波登（Anthony Bourdain）、XXXTentacion。后者是一位既狂躁又温柔的嘻哈天才，他的名字很长，暂且叫他 X。他突然去世之后，Billboard Hot 100 单曲榜中，X 一共有九首歌曲上榜。

2018年七月去世的有计春华、田家炳、第一代职业动画摄影师王世荣、被称为"黑泽明背后的男人"的桥本忍。

在中国，捐钱不算最多，但是把自己总资产的80%都用于慈善事业的，可能只有一个人，他就是田家炳。截至2018年7月，田家炳在国内已累计捐助了93所大学、166所中学、41所小学、约20所专业学校及幼儿园，称他是"中国百校之父"一点也不为过。1994年3月26日，中国科学院紫金山天文台将该台发现并经国际小行星中心编号的2886号行星命名为"田家炳"。

2018年八月，几乎每隔一天就听闻一则讣告，好像生怕我不知道今年上帝有多缺人才。去世的有与丁聪、华君武并称中国漫画界三老的方成先生，歌手卢凯彤。八月去世的还有声优石冢运升，他曾经演绎了《神奇宝贝》中的大木博士、《海贼王》中的黄猿、《火影忍者》中的桃地再不斩、《头文字D》中的藤原文太等角色。樱桃子三浦美纪也走了，她的代表作《樱桃小丸子》。英国文学移民三杰之一奈保尔（Naipaul）在家中逝世了，他是诺奖得主，他也是放浪形骸的浪子。梁文道专门在《八分》里谈论过这一位"恶棍天才"。令人遗憾的是著名女歌手艾瑞莎·弗兰克林（Aretha Franklin）去世了，当2008年《滚石》杂志评选出了"史上最伟大的百名歌手"，第一名既不是MJ，也不是"猫王"，而是她，是第一位进入摇滚名人堂的女歌手，拥有20首R&B冠军曲，获得了21座格莱美，被称为"灵魂乐女王"，也是有史以来第一个登上《时代》杂志封面的黑人女歌星……还有被誉为世界上"最忙碌的和平使者"的首位黑人联合国秘书长安南也去世了。

2018年九月去世的有小提琴家盛中国、评书表演艺术家单田芳、北京人艺表演艺术家朱旭、著名歌手臧天朔、相声名家张文霞、相声名家师胜杰、相声名家常宝华、日本演艺界令人尊敬的前辈树木希林。九月份去世的有一位不能不提的科学界人物，前香港中文大学校长、诺贝尔物理学奖得主、光纤之父高锟。可以说，如果没有他，就没有今天的互联网。

2018年十月去世的有法国传奇抒情歌手Charles Aznavour，他被CNN和《时代》周刊评为二十世纪最伟大的演艺家。十月去世的还有李咏、金庸、蓝洁瑛。我爸爸知道金庸去世后，就对我说："……然后我才明白，不再捧读金庸，并不意味着金庸的世界自此消失。它虚构了一个中国，但也诡异地结构了现代中国人的眼界，让我们以为中国就是一个江湖，并且自始至终都是一个江湖，这就是你走不出去的中国。"

2018，终究教会我告别。当我想到他们，即便只是粗略点过这些人名，我也会轻易地发现，生命有多无常——他们当中，有人安然离世，有人在病痛中离世，有人选择亲手结束自己的生命；有人兢兢业业地走完一生，有人在生命刚刚绽放的时候戛然而止，也有人辉煌过最终黯淡……但正是这些人，正是这些不同领域、不同文化、不同生命轨迹的人，在自己的痛苦和快乐中，为人们带来了一个不一样的世界。

十一月，我爸爸也去世了，我默默地祈祷，祝愿他在天堂不要孤单，在天堂会有很多人与他相伴。

雪下得越来越大了，天也变得越发阴沉，但我满脑子里还是我爸爸的影子，还有他临终前对我说过的话。我从包里拿出最后一件——一瓶北京牛栏山二锅头酒，我把瓶盖拧开，把瓶里所有的酒都洒在那封土上。虽然我舍不得我爸爸，但是看着那封土和上面落下的白色的雪花，我知道，我真的是再也见不到我爸爸了，我爸爸不在了。

离开"老爸"时，我抹干了脸上的泪水，看了看眼前的封土，又看了看周围四处林立的墓碑，心里默默地念着：老爸，您就在这里长眠吧！和他们一起长眠吧，和他们一起长眠！

七、此焉安息

老爸……老爸……您放心，我以后凡清明、中元、冬至和岁暮都会祭奠您的。

老爸，您生前每年都会祭奠咱老邢家祖先，祭奠我爷爷奶奶，给他们烧纸，以感谢他们对咱家后人这么多年来的生活事业的庇佑。您曾经告诉我和我弟："有今天的吃喝，有今天的家业，有成功的事业，皆祖宗积德荫佑所致。幸而我几十年来，时刻铭记家风，所以一无所失。"

老爸，您曾经还告诉我和我弟："祭奠，祭祀，烧纸是怀念祖先、纪念祖先、效法祖先，继承祖先的美德，这样做确实给中国社会带来淳厚的风俗，和谐的社会，礼仪之邦，长治久安，能产生很大的效果，所以汉民族在世界上三千多年的历史，还能屹立至今，就是得力于祖宗的教诲，这是你们现代人应当要感恩戴德的。继承圣贤伦理、道德、因果的教诲，通过纪念祖先，要找三个根，然后接着专攻中国传统文化，铸造今天的事业，成就今天的善果。"

老爸，您说过的每句话，我会牢记的，我牢记着。

老爸，以后我来祭奠咱邢家祖上，祭奠我爷爷奶奶，祭奠您。您知道吗？您的墓志铭我写好了，内容如下：

邢松科，京籍，书香门第，1964年毕业于清华大学电机系，从北京万东医疗装备有限公司退休。教授，正高级工程师，创中国放射医学影像技术之先河。于1992年被国务院授予"特殊贡献专家"称号，享受国务院政府特殊津贴；于1994年获得国家科技奖。是一名热爱自然和真理的科学家。

庚子念慈父养育之恩深，既哭而铭之：慈父骨髓归土，神气不磨。蹉跎一世，辛劳一生，此焉安息。

我看着我爸爸的墓碑的文字，默念着，同时想着我爷爷奶奶去世后连入土都没有，遗体、骨灰都被草草地处置了，不禁悲从心来。

驾车离开"华龙"之后，我开车把清西陵全都绕了一圈，路过清西陵神道时，我忽然想起这条神道曾经在某部电视剧里出现过——这里似乎是86版《西游记》里唐太宗李世民送别唐僧的取景地……眼前的清西陵告诉我，用最奢侈的形式，承载了最漫长的寂寞，用最漫长的守候，践行着最淳朴的信仰：漫漫神道，抛在身后的还有多少未尽心事？石像肃穆，可曾听见陵中人幽幽叹息？望天吼，腾龙壁，历经百年风雨；蕴一腔慨叹，汇一身厚重，述不尽的沧桑，写不尽的沉思。今日今时，复留足迹于此；他年他月，谁又能踏上这寂寂青石路？

路上，我的心情似乎终于好些，因为心头上的最大的一个压力终于释放出去了。虽说今后的趋势是海葬，但是我还接受不了把我爸爸海葬。哪怕墓地只有半平方米，我也要把我爸爸归土。

孔子说："慎终追远，民德归厚。"忽然，我想到孔子说过的这句话。

著名日本学者稻叶君山也曾感叹："中国的皇族、贵族、世家制度有何价值？关于此点，试看他们把'孝'看作至上的道理，即可了解。"

直到上了高速，我的心情虽然渐趋平静，但是依然在想很多事情，脑子里像过电影一样。我首先想到了北京朝阳医院、解放军301医院、北京和平里医院接诊负责过我爸爸治疗的那些医生，想到了医科院肿瘤医院年迈的教授孙燕主任，他们都为我爸爸的救治出过力，我打心里感谢他们。

医生的成长很不容易，医生也不像人们想的那么强大。其实对于死亡，我和其他患者家属一样，知道的不见得比主管医生少。所以主管医生更鼓励患者和家属有要求、有困惑就提出来，要和主管医生商量。不要觉得主管医生肯定比我知道得多，主管医生肯定会告诉我最好的答案。主管医生也需要来自患者和家属的信任和鼓励，大家一起想办法，才能更好地制定患者的治疗方案，更从容地处理好患者宝贵的临终时光。

我爸爸患了癌症，由于是晚期，没法做手术，没法做化疗，没法做放疗，不像有的癌症患者在早期，或者发现了复发后，去到肿瘤内科做化疗，或者到放疗科做放疗，一次一次地做。做完化疗、放疗，做评估。还不错，再做；进展了，换方案再做；又进展了……直到有一天实在没有办法再化疗、放疗。我爸爸没有经历放疗、化疗带来的痛苦。

从我的实践中，我觉得绝大多数医务人员并不知道死亡相关的帮助细节，因为没有接触这样的专业教育，他们也不知道家属遇到问题时可以如何帮助。作为一个医生，不是天生就知道关于死亡的知识。有时候医生也很矛盾，我如何告知坏消息？什么时候开始说？这种实践在开始的时候是非常困难的。

我爸爸患了癌症，但令包括我在内的所有人惊讶的是，当然也包括他的主管医生和护士们在内，发现我爸爸很安静，他从来不说痛，似乎没有什么癌性疼痛。

我每次去看望我爸爸，我都会问，"老爸，您觉得疼吗？"

然后我爸爸说，"我不疼，我啥时候疼呀？"

我就回答道："不疼好啊，祝贺您哦，我也不希望您疼。"

"以后我会疼吗？"我爸爸有时问我。

"不是一定，但有可能，医生会给您开止痛药，他们会告诉您用哪个、怎么吃。"我回答道。

……

一想到这里，我又开始劈里啪啦掉眼泪，停不下来。我爸爸从进病房的那天起，直到去世，从来没有向主管医生提出过任何要求。换了别的患者，早就对医生的救治提出各种各样的要求，甚至苛责。

我按照我的理念向我爸爸的主管医生提出"缓和医疗"，也就是姑息治疗。当然，无法想象能让我爸爸在国内医院体验到国外的那种姑息治疗环境——医院会专门给临终患者开辟一个病房，还有志愿者、厨房和钢琴——国内简直闻所未闻。我爸爸的主管医生的态度是：国内缓和医疗，只有热情，技术上还不够成熟。我觉得很挫败，我没有再提出任何建设性的意见。我很想帮助我爸爸，但是我只有想法，却没法实现。

我爸爸无论在事业上，还是在生活中，他都是一个雷厉风行的人。以往每次身体不舒服，他都独力扛着，他从来的说法是小病不用麻烦家人，甚至说"不看不为病"之类的话。他以往每次去医院检查，都是自己去，做完检查走人。回到家后，还不主动告诉家人检查结果。

想到这里，我就鼻子更加发酸，在车里直接哭了起来。

我每次都是一个非常能干负责的医生，很多时候面对各种各样的患者提出的"我这个病下一步会发展成什么样子"，"我准备在家里，不去医院，可是家人不知道怎么照顾我"，"你可不可以跟我家人讲讲，我后边什么样子，他们应该怎么样去照顾我"等林林总总问得最多的十多个问题，我都会认真从容作答。那些时候的我，很有同理心，能发挥同理心的力量。可是为什么到了我爸了，我却无能为力？为什么？

九月十五日那天凌晨，我用轮椅亲自推着我爸爸进了北京朝阳医院急诊室，他已经很没有精神了。

后来，接诊的大夫问我，"邢大夫，您父亲有这些问题。您看，我现在该做什么？我看了您父亲的各项结果，我觉得您父亲的时间不太多了。"

"是吗？"我有些怀疑。

"是的。不知道您怎么打算？其实可能需要做一些准备，因为他要走了。家里人有没有要探望他的？他嘱咐过什么吗？还有没有什么心愿需要家人帮他实现？"接诊的大夫问我，我非常认真地听，且皱着眉头。

我回答道："我想想吧。"

……

在我爸爸入院之后，我一直希冀他的病情能出现奇迹，能多活十年，能活到九十岁。他住院后，直到去世，每当我去看他，进病房后，我看到他时，他总是很安静，他曾经那么能干的一个人，一下子就变得那么形销骨立，而且腿已经不能动了，显得十分瘦小，我特别受不了。只要我看到了他的正脸，呆了几秒钟，我就忍不住开始哽咽。我心里真的很替他难过，他要走了。我想说的是，即便我是专业的医务工作者，也可能很难预知死亡。因为那个时候我只是一个惊慌失措的伤心的儿子，不是医生。

我渐渐地知道该给我爸爸提供什么样的帮助，我不再像刚开始的时候那样，非常执著地劝说他按照医生的意愿去做，去穿刺，去活检，去化疗，因为我觉得他已经很明白自己想要什么了。我陪伴他 57 天后，他安然离世，我觉得这个帮助的过程很成功。

我擦掉眼泪，侧头望着北方远处连绵不绝的永宁山，我想我爸爸在天有灵的话，他会满意我给他选择的长眠地。

老爸，您去世后，我就在找，为您找了好几个地方。我就在想，您属龙，我给您选寿宫一定要选龙气葱郁的宝地，那样的吉壤一定会有山作为背靠，哪里有山呢？找来找去，我最终为您找了易县这处地方，挺好的。

老爸，您这辈子辛苦了！您在天之灵要继续保佑咱邢家子女及后裔平安顺利，家业发达！

出生篇

八、一个男婴的降生

我的思绪回到了《我的清华老爸》，我开始构思怎么写《我的清华老爸》这部书，从我爸爸的出生写起？说说我爸爸如何成长的？讲讲我爸爸是怎么自己励志考上清华大学的？重点叙述下我爸爸在事业上取得的成就？还有我爸爸的人生思想启迪？

1940年的6月，在那个夏天里一个大雨滂沱的午夜，电闪雷鸣之下，在北平城里东四牌楼附近的铜钟胡同的一个院落里诞生了一个六斤重左右的男婴，这个男婴就是我爸爸，浑身带着一种湿气。

在1940年，我爷爷邢寿山已经年近五十岁了，快到知天命的年龄。我爷爷那时在北平城的营建行业里算是翘楚，家庭富裕。为什么这么说呢？

在民国时期的北平城里，一个小学老师或者普通公务员一个月能挣七八块大洋，一家人可以租个一间小房子过日子，可以做到小康，一个中学老师或者中等级别公务员一个月能挣二三十块大洋，不但能租个好点的大点的房子住，日常外出还可以像模像样地租个黄包车，里外都显得更体面一些；一个大学老师或者高级公务员一个月能挣上百大洋甚至几百块大洋，几年下来可以在北平城里买个不错的小院儿，例如当时的北大校长蔡元培月薪六百块大洋，文科学长陈独秀大概能挣四百块大洋，例如鲁迅先生在1920年之前花费了五百块大洋就在北平西三条胡同买了一处四合院。胡适、李大钊、周作人、钱玄同、刘半农等北大教授的月工资都在二三百块大洋之间。

而我爷爷呢，在四十岁出头，就不但在北平城里开了营建公司，还买了地自己建了一所中西结合的宅院，建筑面积七八百平方米。我爷爷快五十岁时在老家河北通县乡下置办了一千九百亩土地，然后出租给佃户耕种。可以说，那时我爷爷取得了一定的社会地位，虽然还不完全稳固，但至少他年少时希望自己以后能有出息、有恒产、有恒业的目标基本已经实现了。

我的奶奶崔建华出生在河北通县台湖镇的一个贫苦家庭，十八岁就嫁给了我爷爷。我奶奶虽然没怎么读过书，但聪明贤惠个性开朗。

我爷爷奶奶在一起，我爷爷既忙事业也十分注重家庭，并且对感情十分的专一。我奶奶天生聪明贤惠，为人大方。自从我爷爷奶奶结婚后，我奶奶帮助我爷爷，尤其是鞭策我爷爷心性成长，使我爷爷事业发展。我爷爷奶奶婚后从第三年开始，家境就由穷变富。

说实话，在那样的战乱频仍的年代，我爸爸能出生在北平城，能出生在一个有着传统观念又富裕的家庭，我爸爸已经足够幸运了。我爷爷奶奶观念传统，也不传统。那时他们在生我爸爸之前，已经生育过五个孩子，他们喜欢孩子。尤其是我爷爷，在他眼里，他觉得一个男人有自己的事业，有自己的追求，能获得成功，能让老婆过得安稳舒适，能多生几个孩子，能让孩子上学受教育，是一个男人最根本的价值，所以他们在结婚生子家教方面的观念是传统的。

不传统的地方在于他们似乎都很理性，比与他们同一层次的人理性。自从我奶奶怀上我爸爸后，我奶奶就信了基督教。她信教后，就告诉我爷爷，她在生下我爸爸之后，就不再生孩子了，我爷爷一听也欣然同意。我奶奶在孕期不但保持着积极乐观的心态，还尽自己所能地料理家务。他们夫妻两个平时可能也思考过他们所做的一切以后会带给孩子将来怎样的人生影响——给孩子做个好榜样，那么以后孩子也是一个爱动脑的机灵孩子？孩子长大后就会聪明勤奋事业有成？

从1940年春节过后，我爷爷奶奶的心就更多地系在了我爸爸这个还未出生的孩子身上，可能希望我爸爸出生以后最起码能有个好的身体。我爷爷奶奶在生我爸爸时的年龄都属于大的，好在他们夫妻体质一直较好。

我的大学专业是学医的，工作后分配进医院工作，也一直开展医学心理学工作。我知道，心理生理学家公认女性最佳的怀孕阶段在18—23岁之间。因为这个阶段的女性身体各方面发育都比较成熟，生命力旺盛，卵子质量高，给胎儿的营养也最全面，所以这个年龄段的孕妈可以给胎儿创造一个良好的孕育环境。而我奶奶生我爸爸时已经过了四十二岁了，还是她怀的第六胎，那时她在心理生理上都是承受了很大的压力的。

在 1940 年 6 月 28 日，我爸爸终于出生了，是一个哪哪都不缺的身体健全的孩子，我爷爷奶奶看了后都很高兴。还有一个原因让他们两口子高兴，因为 1940 年是龙年。在民国时期，人们都比较迷信，包括迷信生肖。我爷爷就看重生肖，他和我奶奶觉得我爸爸生肖属龙必然天生贵气，即便自家不属于大富大贵人家，但是觉得我爸爸以后的命会非常的好，会气质非凡，不会有什么大的烦恼。

然而，没过多久，我爷爷奶奶就由喜转为一脸愁容，完全没有了刚开始的满脸喜色。我爷爷奶奶之所以从喜悦转为发愁，原因很简单。也难怪他们发愁，因为那时我老姑才两岁，我二大爷才四岁，都乳臭未干，我大爷已经离家去外地念书，我大姑正在上小学，我奶奶产后身体需要调理恢复，我爷爷得忙工作事业，所以发愁如何再照顾得过来我爸爸这样一个新生儿。

在我爸爸降生将近一百天的时候，就在我爷爷奶奶都还在犯愁之时，我爷爷的二姐（亲姐姐）在乡下听说了，就兴冲冲地赶到北平城里，主动向我爷爷奶奶请缨要把我爸爸抱回乡下抚养。我爷爷的这位二姐就是我爸爸后来总跟我提到的二姑奶奶。二姑奶奶那时也是小六十岁的人了，家在乡下，家境虽然不算富裕，但是生活过得闲适。

二姑奶奶为人热情豪爽，也通情达理，更喜欢孩子，再加上看到我爸爸一生下来就白白净净的，眉清目秀，尤其当我爸爸看到二姑奶奶的一刹那，我爸爸的眼睛一下子变得更加明亮，一闪一闪地看来看去，让人一看就是聪明的，令二姑奶奶就更是喜欢我爸爸这个眼睛明亮且面皮白净的小婴孩。

其实，科学依据已经表明，小孩的眼动越灵活，他的逻辑反应能力就会越强一些，视觉摄取能力更强，智力也会相应地高。

二姑奶奶愿意帮着带我爸爸，我爷爷奶奶自然非常高兴，一是安全，二是值得信赖，三是在我爷爷奶奶眼里，家庭兴旺是好事，但是让孩子从小生活在一个怎样的环境里对孩子有好处，他们不是没有商量过，他们的想法是一致的，无论男孩女孩，都要"穷养"。农村有句谚语：坐箩筐的小孩能挑重担，抱在怀中的小孩没承担。如此的话，让我爸爸一生下来就去乡下家里慢慢长大，刚好符合"穷养"的想法。

后来，事实证明经历在农村乡下的几年的生活，对我爸爸"童心"的建立有着非常正面的作用。虽然那时我爸爸还在襁褓里，但是他以后耳濡目染的主要是乡下农民的勤劳节俭。农村的环境注定充斥着小农意识，你不勤俭持家和辛苦劳作的话，就饿死了。

九、望子成龙的家庭

中国民族的教育受封建教育影响深厚，"望子成龙"的念想十分强烈。我们邢家"望子成龙"的根基是什么呢？是"穷养严教"，而且形成了家族传统和原生价值观。

我爸爸提到过：我爷爷出生于 1893 年，而在 1893 年这年出生的领袖级人物和名人有很多。我爸爸举例，在 1893 年 1 月 27 日宋庆龄诞生；在 1893 年 12 月 26 日，毛泽东诞生。在 1893 年诞生的历史名人还有很多，如白崇禧、顾颉刚、朱家骅、王铭章、舒新城、阿炳、叶问、杨虎城等。

我爸爸说我奶奶出生于 1898 年，而在 1898 年这年出生的领袖级人物和名人也有很多。我爸爸就举例，在 1898 年 3 月 5 日周恩来诞生；在 1898 年 10 月 24 日彭德怀诞生；在 1898 年 11 月 24 日刘少奇诞生。在 1898 年诞生的历史名人更多，如许广平、丰子恺、朱自清、郑振铎等；还有，如让我爸爸敬佩了一辈子的柯蒂斯·汉弗莱（美国物理学家）、威廉·詹姆斯·席德斯（是一名悲剧性的天才人物，一名拥有极高数学和语言天赋的美国神童）、黄鸣龙（有机化学家，发现黄鸣龙还原法，是数千个有机化学人名反应中以中国人命名的唯一一个反应）、叶企孙（中国物理学家、教育家，中国近代物理学奠基人、中国物理学界的一代宗师）。

在我爸爸眼里，小鸟依人、楚楚可怜等的这些词语和我奶奶八竿子打不到一起。我爸爸认为我奶奶的内心是正直、善良，而且脆弱的，其实只要你真心的关怀她，在她受委屈的时候，给她一个大大的拥抱，她会非常满足。

我奶奶从生第一个孩子就希望孩子首先能够健康，身体素质出色；其次希望子女长大后性格稳重做事认真，是责任心极重的人；再次希望子女们未来的生活和事业不一定要大富大贵但也不要遭遇太大的变故。

相比别的男人，我爷爷很有大智慧，为人低调不喜欢刻意表达自己，做事有自己的原则，同时对父母十分孝顺。平时的他不喜欢和别人计较，从来不喜欢占小便宜，知道吃亏是福的道理，所以他喜欢装傻代替自己的情绪。他一生坚信"动中生财"，他一生坚信所有的付出都会得到回报，可迎来好福报，生活顺利，事业上升。

我爷爷遇到我奶奶，觉得对方与自己各方面都非常契合，可以说是天作之合。婚后没几年他们夫妻同心，就能发财，谁也不缺钱，谁也不破财，总能让家庭生活过得和和美美有滋有味。更重要的是他们教育子女的观念相同，他们希望几个孩子包括我爸爸在内以后长大了都能够有出息。

我爸爸在 1940 年出生，与他同年出生的人里，他经常跟我提起高行健（法国小说家，诺贝尔文学奖获得者）、库切（2003 年诺贝尔文学奖得主）、彼得·本奇利（美国作家，小说《大白鲨》的作者）。跟我爸爸同一年出生的中国名人还有李小龙、雷锋。

我爸爸性格大度心胸宽阔，善于识人，具有很强的判断能力，有着不错的人缘。在家里，我爸爸和我爷爷奶奶之间的关系相当好，我爸爸毕业工作之后也能够与身边的同事、领导打成一片。

我爸爸一生都没有为了金钱而发愁过。整体来说，工作按部就班，事业一直以来都是非常不错的。很多方面的能力都很强，尤其学习能力。又肯努力，想要不功成名就都难。

我爸爸晚年一半信自己。一半信自己在于，事业中担当过更加重要的职位，获得过同行业中更高的地位，尽量多结交正能量的朋友。在事业上，他以往对于成功的期盼会一一实现，自己一直以来的努力终于得到了回报，带旺个人事业，也开导朋友相信耐心和恒心总会得到回报。通过不懈努力，不用多久，肯定会成为事业人中的佼佼者。

我爸爸晚年一半信命，原因在于他在对我和我弟的教育方面，他觉得他没有做到心想事成。我和我弟大大地让我爸爸失望了，我和我弟都不是安分守己、安于现状、墨守成规的孩子，导致在很长一段时间生活工作都多磨难，让我爸爸担心不已。

无论怎么样，我爸爸一生已经做得足够好，不但没有让我爷爷奶奶担心他的未来，相反，他在竞争中成长，工作中有几次重大的机会出现，他都把握住了。在他眼里，他身边的同事也是他的职场贵人，在关键时刻伸出援手。虽然竞争压力大，但他能凭借坚持与毅力出色地完成自己的工作，在竞争中赢得了一席之地。他事业达到巅峰，工作方面做起事来更加得心应手，想法和能力都能得到最大限度的发挥，抱负和志向得以实现。

我爸爸也比较谦虚，尤其在家人面前，在他的大姐邢淑敏面前。邢淑敏是我大姑，是我的亲姑姑，北京中日医院妇产科教授，同样在1992年被国务院授予"特殊贡献专家"称号，享受国务院政府特殊津贴。她是一名德高望重的妇产科专家，是著名妇产科专家林巧稚的学生。

有句话说"有其母必有其女"，我奶奶作为一个母亲，在教育子女时外表看上去不如别的母亲那样充满柔情，她是一个内心很火热的女人，她独立自信，顽强又勤奋。

我爸爸经常告诉我，我奶奶为我爷爷舍弃很多，自身的聪慧贤德能够帮助我爷爷的事业，又会持家，不乱花钱，能成为很好的贤内助。关键是子女既能看到她坚强的外表又领略了她火热的内心，有了这样的母亲，就能让所有子女保持一颗积极、健康、向上的心态和价值观。

民国时期中国的教育特色是更注重贯通中西，以西学为主，治学以严谨著称，越富裕的家庭越注重子女启蒙教育。我爷爷奶奶正是在这样的大背景下，把"望子成龙"的念想融入了西方哲学至善的理念，一方面落实在自己的一言一行中，而不是空谈；另一方面又用日常点滴诱导子女。在家庭教育方面，我爷爷奶奶都做出了很好的表率。

我爷爷奶奶一辈子最开心的就是子女争气，子女争气就会有喜鹊在门前放肆叫。他们告诉子女，只要努力，美好的人生就在不远的前方等着你们。我爷爷奶奶把各自的优点毫无保留地遗传给了所有子女。

　　就在这样一个"望子成龙"的家庭，我大爷邢松令毕业于北平辅仁大学；我大姑邢淑敏先毕业于北平燕京大学预科四年，后进入协和医学院学习四年，全部学完八年，毕业于协和医学院；我二大爷邢松理毕业于上海同济大学；我老姑邢松媛毕业于天津大学；我爸爸毕业于清华大学。他们兄弟姐妹五个人个个德才兼备，刚毅果断，谦虚礼让。

　　我爸爸能考上清华大学，并以优异成绩从清华大学电机工程系毕业，绝对是与他从小受到的家庭教育有关。在"穷养严教"这样的家庭环境熏陶下，我爸爸这一辈子无论做什么都非常理性，非常自信。

家风篇

十、二姑奶奶的育儿智慧

二姑奶奶在把我爸爸抱回乡下临走之前，问我爷爷奶奶有没有给我爸爸起好大名。

由于在我爸爸之前，我爷爷奶奶生育的子女，在邢家的家谱里轮到"松"字辈儿，所以我爷爷起初就给我爸爸起名叫邢松科。二姑奶奶不明所以，就问我爷爷为什么要用"科"这个名，我爷爷便解释说"科"的含义是厚望，代表一个良好的期待，往弱了说就是期待我爸爸长大后能写会算，无论什么技艺学科能占一科，能有一技之长。

听了我爷爷的解释后，二姑奶奶就对我爸爸的这个名字赞不绝口，她赞我爷爷道："嗯，这名字深奥，希望这孩子长大以后，顺顺利利，事业有成呗。这孩子生肖龙且心地善良，命格后福深厚，是个吉祥之人，长大后肯定差不了。"

……

临走时，我爷爷奶奶面对襁褓里的我爸爸，即便舍不得，但实在没有更好的办法，就一狠心还是将他交给了二姑奶奶带到乡下去抚养。

二姑奶奶把我爸爸抱到乡下养育之后，刚开始一个时期，他日夜啼哭，样子可怜，二姑奶奶日夜对他是寸步不离，陪伴在他身旁。二姑奶奶对他视同己出，二姑奶奶一家吃喝什么，他就吃喝什么。他后来对在二姑奶奶家的那几年的情况的模糊回忆是："二姑奶奶是一位普通的老人，没有渊博的知识和文化，但是二姑奶奶非常善良，也非常智慧。在经济层面，你爷爷自然会每个月提供经济用度支持，二姑奶奶都会合理使用，从不与别人家攀比富养孩子，但是也不会对我抠抠索索。"

其实，我们老邢家自清末家道中落以后，有太长一段时间家庭生活特别贫苦，我爷爷小时有时候连吃上一口饱饭都成了奢望，家族里的很多亲人一个接一个去世，我爷爷当然从小就尝尽了生活的辛酸。

自从我爷爷事业有成以后，一家的生活发生了很大的改变，照理说我爷爷可以心满意足了，但是我爷爷却非常乐于助人。他的观点首先是别人有困难的时候你就要去帮助人家，如果不帮人家，人家有可能做出绝望的举动；其次，如果乡亲邻居之间相处得不好，是不可能在遇到困难的时候互相帮助的。

我爷爷懂得感恩，没有忘记曾经善待过他的人、家族里的人和乡亲，所以他接济老邢家家族宗亲，也经常给乡下那些佃户减免地租。我爷爷用实际行动告诉了家人子女"远亲不如近邻"这句话的含义。

二姑奶奶知道我爷爷骨子里不是一个懦弱的男人，知道我爷爷潜力巨大，所以二姑奶奶有意识地培养我爸爸，希望我爸爸从幼小时就能看到大人生活的不易，希望我爸爸从幼小时就能比别的同龄的孩子更懂事。那二姑奶奶怎样有意识地培养我爸爸的呢？

有一次，我爸爸对我回忆说道："我二姑奶奶特别会哄我，她哄我的办法就是在每天从早到晚，只要我是睁着眼睛的，她就喜欢和我叨叨叨地说个不停，不管我是能听懂还是不能听懂，还总逗我笑。她似乎总在关切我，关切我的小脑袋瓜，关切我在想什么，她喜欢我和她说话，她愿意让我和她多交流。她还总拿着小家什小玩意儿给我玩，让我认。我对一些东西好奇的时候，当我指着一个陌生的东西或者一个陌生的人的时候，她就会力所能及地告诉我一些事情。还教给我玩游戏，背着我去逛庙会，给我买好吃的小食品和糖葫芦，给我买风车，让她的孩子带着我去看放风筝。"

我听了我爸爸的一些回忆和描述后，就对二姑奶奶是个什么样的老人非常感兴趣，因为二姑奶奶竟然知道要花更多的心思提高幼时我爸爸与大人的沟通能力。

呵呵，小男孩较之小女孩落后的语言能力，是众所周知的，也是让很多家长比较发愁的。据神经心理学家 Jenny·Harssty 医生的研究发现，想要避免小男孩发生学习和语言问题，可以采取许多方法加以协助。例如从婴幼儿时期，就可以开始帮助小男孩学习更好的沟通技巧，以让他上学之后拥有更好的阅读、书写和说话能力。

由于有二姑奶奶从旁协助，我爸爸幼小时就比较容易度过在语言方面出现的困难阶段：二姑奶奶可能是循序渐进地教我爸爸说话，在他处于某个语言学习的阶段时，对他说下一个阶段的话，比如对牙牙学语的我爸爸，重复他可能想要表达的单字，当他说"牙、亚"并指着他的玩具鸭子时，二姑奶奶就说"鸭！宝宝的鸭！"，这样他就很快会说鸭了；当我爸爸说出一个词语，例如"葫芦"时，二姑奶奶就可以加上相关字串例如"冰糖葫芦"，这样就可以帮助他组合词汇；我爸会说出两三个词汇时，就可以开始借由模仿二姑奶奶的话而说出整个句子，例如他说"我要妈妈！"二姑奶奶可以回答"宝宝想要妈妈做什么？宝宝的竹子车在这里！"等等。

当然，我只是在推理二姑奶奶曾经在我爸爸幼儿时期带给我爸爸的助益，那时二姑奶奶把握机会对我爸爸解释周遭事物，我爸爸幼时的大脑借由沟通对话成长。也就是说，对话对于幼童大脑的影响，比起往后任何昂贵的教育都有效。

我爸爸还曾经开心地告诉过我："二姑奶奶会给我讲很多故事，她总给我讲故事，也会教给我一些儿歌或者顺口溜去背诵，例如'读书郎、读书郎，学文化、写诗难，诗不正，要翻船。看一看、写一写，没好诗，让人烦。说的我自己，自己打屁股！'"

其实，即使小男孩儿才一岁，也可以一起享受念诵那种有押韵和重复句式的语句的乐趣。

我爸爸这样的回忆加上有趣儿的描述，倒让我突然想起我爸爸这一辈子就是个很风趣的人，进一步让我联想二姑奶奶是否也是个很风趣的老太太，我爸爸身上的风趣是不是从小就从二姑奶奶身上学来的？幽默的特点就是风趣但不要说得太过头，在面对别人时，不会让别人因为听不懂而觉得无聊。

十一、摸爬滚打的幼年

我爸爸在乡下过的幼年虽然闲适，但二姑奶奶一边有意无意地在训练着我爸爸习惯与人交流，锻炼我爸爸的记忆力，随时解答我爸爸满嘴的"为什么"，另一边就随时管理我爸爸的成长。

人们常说"三岁看大，七岁看老。"也就是说，从男孩子小时候的一些表现就能看得出，他长大以后能否成功。那么看哪些表现呢？还是拿我爸爸做例子吧！据传呢，我爸爸小时候就有一些"臭毛病"，如话多、爱模仿家人的动作、多动坐不住、眼睛不停转来转去、强烈的好奇心，等等。

我爸爸从生下来就开始眼珠不停转来转去，但是眼睛却是比较呆呆的样子，给二姑奶奶的感觉是这个孩子有点憨，二姑奶奶觉得没有什么不好。

关于话多的问题——现在很多家长都头疼，以至以为小男孩话多这是一种不好的表现，有的男孩子无论在幼儿园还是在家里，都会叽里呱啦地说个不停，有的时候更是喃喃自语。在我爸爸幼时有这种情况时，二姑奶奶不但不着急，反而觉得是一件好事。

我爸爸小时候爱模仿别人的动作，当别人冲他做鬼脸拍手掌的时候，他也会跟着别人做出相应的动作，甚至有时候高兴的时候就会手舞足蹈，二姑奶奶就会鼓励他，配合他。二姑奶奶的做法可以让幼时我爸爸的反应更快，刺激他的大脑发育。

每个孩子生下来后都带有强烈的好奇心和探索欲，尽管所有的孩子都具有极强的好奇心，但大多数小男孩的注意力是极容易分散的，只要大人一打岔，他们马上就会把刚才自己坚持想要得到的东西抛在脑后。但是，一个具有强烈好奇心和探索欲的孩子则不然，我爸爸幼时就是这样，当他想要弄清楚那东西究竟是怎么一回事的时候，他会倾注全力的。

多动，坐不住——说到这里大家容易想起"多动症"，其实小男孩们原本就是生动的、好动的，不要由于他们爱动就觉得是病，这是由于男孩子们的运动细胞兴旺，这类孩子常常有着较强的入手才能和实践操作才能，非常需要家长的正确诱导。在这方面，二姑奶奶在抚育我爸爸的过程中，一直坚持要把我爸爸从小就培养成为具有男子汉气质的理念——在农村那种广阔的天地里，二姑奶奶更愿意让我爸爸去尝试做些事情，比如让大孩子带着我爸爸一起去摘毛桃，让大孩子带着我爸爸一起下地采甜根，让大孩子带着我爸爸一起下河游泳，或者摸小鱼儿。

总之，让我爸爸动起来。

我爸爸回忆最多的他小时候的情形："那时候，我喜欢攀树杈子，二姑奶奶就在旁边接着我；那时，我随小伙伴们到河边玩水，二姑奶奶总是在远处能看得到我的地方待着；我要是有一点不合理的举动，二姑奶奶就会马上制止我。二姑奶奶既能满足我的好奇心，也让我摸爬滚打地成长，尽可能地在安全范围内让我尝试，以满足我的需要。"

在二姑奶奶眼里，农村孩子本来"初生牛犊不怕虎"，孩子不怕水，不怕黑，不怕摔跤，不怕病痛，摔跤以后往往自己不声不响爬起来继续玩；在二姑奶奶眼里，城里有的孩子胆小爱哭那往往是父母和祖父母造成的；在二姑奶奶眼里，父母在孩子有病痛时表现惊慌失措，娇惯的最终结果是孩子不让父母离开一步，这样的孩子就从小打下懦弱的烙印了，这样的孩子会变得胆小无能，丧失自信，养成依赖心理，还往往成为"把门虎"，在家里横行霸道，到外面胆小如鼠，造成其严重性格缺陷。

二姑奶奶肯定不懂很多科学的育儿常识，更不懂得什么让孩子在两岁多就背一二百首唐诗宋词，也不懂得让孩子在两岁多背乘法表、加减法表，不懂得让孩子在三岁左右就认识三千个汉字，但是她有自己家传的养育孩子的道理——只要自己的孩子在正确的年龄开始受到正确的影响，孩子的脑袋瓜就会有非常好的反应。比如孩子有了最喜欢的故事时，你可以玩"预测"游戏：例如"然后小猫会……"让孩子接着说"喵喵"。孩子还小时，就开始讲故事给他们听，给他趣味，进而启发他的思考。

二姑奶奶是在对的时间让我爸爸学习对的技能，达到事半功倍的效果。例如在二姑奶奶的引导下，我爸爸在快到四岁时就学会了游泳。游泳可说是婴儿本能，毕竟孩子在离开母体之前，十个月都是在水中生活。事实上，我爸爸在从六个月到三岁时，通过和大孩子一起浸入河水中、漂浮和划水，多少学习到一些基本的游泳技能。另外，平时在洗澡时，也慢慢培养习惯水中的感觉：比如互相轻轻地玩泼水游戏，慢慢适应。到了四岁，我爸爸的手脚协调性较高，就学会更多游泳技巧。

就这样，我爸爸从一生下来到四岁多点儿一直跟着二姑奶奶，就跟二姑奶奶非常亲。

有人会说，再怎么亲，乡下毕竟是乡下，孩子肯定要吃苦，过得不如城里的孩子。但是如果孩子经历过吃苦，学会了吃苦，适应了艰苦的环境，又何尝不是一件好事呢？

后来，事实证明经历在农村乡下的几年的童稚生活，对我爸爸以后的心性成长有着非常正面的作用。虽然那时我爸爸还很幼小，但是他耳濡目染的主要是农民的勤劳节俭。所以，我爸爸在乡下的成长中避免了一些不良的意识习惯，比如特殊待遇、过分注意和轻易满足等。

特殊待遇是指孩子在家庭中的地位高人一等，处处特殊照顾，如吃"独食"，好的食品放在他面前供他一人享用……这样的孩子自感特殊，习惯于高人一等，必然变得自私，没有同情心，不会关心他人。

过分注意是指一家人时刻关照他，陪伴他。过年过节，亲戚朋友来了往往嬉笑逗引没完，有时候大人坐一圈把他围在中心，以他为中心。这样的孩子自认为自己是中心，确实变成"小太阳"了。家里人都要围着他转，并且一天到晚不得安宁，注意力极其分散，"人来疯"也特别严重，甚至客人来了闹得没法谈话。

轻易满足是指孩子要什么就给什么。有的父母亲戚还给幼儿和小学生很多零花钱，孩子的满足就更轻易满足了。这种孩子必然养成不珍惜物品、讲究物质享受、浪费金钱和不体贴他人的坏性格，并且毫无忍耐和吃苦精神。

在二姑奶奶眼里，如果从小迁就孩子，孩子在不顺心时以哭闹、睡地、不吃饭来要挟父母，溺爱的父母就只好哄骗、投降、依从、迁就，害怕孩子哭闹的父母是无能的父母；打骂爸妈的孩子会变成无情的逆子，在性格中播下了自私、无情、任性和缺乏自制力的种子。

十二、精神依托

我爸爸幼小时在乡下生活的那几年里，虽然我爷爷奶奶也会惦记在乡下的我爸爸，但是他们不会质疑二姑奶奶带我爸爸的能力和抚育观念，而二姑奶奶在带我爸爸的过程中该怎么做，事实上应该心里比我爷爷奶奶有数得多。

我爸爸有一次回忆着对我说道："在乡下，除了二姑奶奶的陪伴，我还有很多小伙伴，也有年龄比我大好几岁的孩子，由于二姑奶奶对这些孩子特别贴心，所以这些孩子并不排斥带我一起玩，我也没有感到不合群，也没觉得自己比别的孩子笨。关键是，那些小伙伴里，哪个喜欢我，哪个不会欺负我，哪个愿意找我玩，我都能一下子感觉得到。"

通过我爸爸对他幼时在乡下生活的有限描述，我深刻体会到我爸爸内心对幼时在乡下生活的满足感。

在那个时代，乡下孩子有共同的话题，也无非就是和泥巴啦，上树掏鸟窝啦，下河抓小鱼儿啦，逮蛐蛐啦，等等，不像城里孩子会有尊卑之分、学业之分、前途之分，所以那时我爸爸没有感到特别的不合群是理所当然的。何况我爸爸那时年龄小，爱玩是天性，自然可以很快融入孩子堆里，谈不上谁比谁笨、谁比谁聪明的问题。关键在于，就是那时二姑奶奶成为我爸爸的精神依托，我爸爸把二姑奶奶当成"靠山"，从而获得一种安全感。

时光荏苒，到了1944年夏秋之交，在我爷爷奶奶觉得自己可以照顾得过来所有孩子的时候，他们初步判断已经步入四岁的我爸爸这个时候具备有一定的辨别能力，无论是头脑反应能力还是四肢的协调能力都要比过去强许多，这样孩子大了点了，就特别方便照顾。所以，我爷爷奶奶就决定把我爸爸从乡下二姑奶奶家接回北平城里自己的家。

在交接我爸爸的日子里，让我爷爷奶奶感到惊奇的有两点：第一点是他们发现二姑奶奶把我爸爸抚育得非常好，虽然皮肤晒得很黑，但是小身板儿非常敦实，能跑能跳，能吃能喝；还有一定的自理能力，最起码的自己吃饭，自己上厕所，都比较熟练；更重要的是他们发现我爸爸的回话速度、反应都很及时，发现我爸爸的思维顺畅，思路清晰，爱说话，虽然也调皮但是没有一点越界的行为。

第二点是发现我爸爸很会睡觉，由于二姑奶奶平素里仔细观察我爸爸的睡眠状态及各种征兆，并培养我爸爸固定的睡眠习惯，循序渐进地建立起规律的睡眠。为了有好的睡眠，睡前二小时内，二姑奶奶不让我爸爸玩得太兴奋，每天务必让我爸爸可以得到九到十一个小时的睡眠。

临分别之际，二姑奶奶和我爸爸互相依依不舍，我爸爸哭着喊着不愿意离开乡下二姑奶奶家，我爸爸已经离不开二姑奶奶。而二姑奶奶也是老泪纵横，舍不得我爸爸离去。在就要离去的一刻，我爷爷让我爸爸跪地"嘭"地给二姑奶奶磕了个响头，口中念着"感谢二姑奶奶抚育之恩"。

充满了农村的夏日阳光、无尽的田野和花鸟创造了我爸爸的幼年时光，在乡下居住，生活中没有跌宕起伏的情感转折，也没有强烈的善恶冲突和某个明确的主题表达，它似乎就是一个轻松娱人的儿童故事。虽然美好，但是却要"离开"，是第二次"离开"，这对一生下来没多久就被从父母身边抱走已经带来过一次无法忽视的悲伤和阴影一直都在幼小的心灵中流动着的我爸爸而言，很糟糕，心情非常糟糕。

在乡下，在二姑奶奶身边，我爸爸身上带着强烈的"幼童精神"。无论从教育心理学还是从生理心理学的角度讲，在男孩从出生到六岁的启蒙阶段，童真的心情是最宝贵的。也就是说，小男孩长大过程中需要的第一堂课是亲密，由信赖、温暖、趣味和善良表现出来的亲密，幼时的我爸爸也一样需要亲密，而不是离别。和小女孩相比，小男孩的反应比较慢，不太擅长社交，所以更特别需要非常了解他们的、有时间且能保持心情愉快的家人的帮助，幼时的我爸爸也一样需要家人的帮助，而不是别离。

从心理学角度而言，赋予"幼童精神"的是一系列关于幼儿的经历、认知和观念的发现与创造，更多时候与幼儿联系在一起的始终都是某种关于"原初"的界定，诸如白纸、纯洁、天真无知等，以及与自然的联系……幼童不是"小大人"，而是人生阶段的初始部分，不属于成人世界，还未受成人世界的"污染"。所以，在幼童内心世界中的诸多事物和思想往往都与成人世界形成对立。

……

在二姑奶奶眼里，我爸爸"幼童精神"强，这是一个好的表现，所以她就觉得我爷爷奶奶作为家长需继续给我爸爸做一个正确的引导；在二姑奶奶眼里，我爸爸的模仿能力也是很强的，就属于那种特别聪明的孩子，凡事看一遍就能抓住里面的神韵，所以她就希望以后我爷爷奶奶可以多多陪伴我爸爸，同时要维持我爸爸的童真的心情。

在对待我爸爸这样一个在家里排行最小的男孩子时，我爷爷刚开始还有些旧有的观念——就是父亲对待男孩通常比较严厉，更喜欢女孩，较少和男婴说话，甚至经常因为调皮而打男孩，我爷爷以前是那样对我大爷和二大爷的。但是到了我爸爸，二姑奶奶告诉我爷爷：小男孩其实需要更多的温柔、笑容以及身体的亲密接触。二姑奶奶还告诉我爷爷：不管我爸爸什么时分哭闹，什么时分调皮，都千万不要谴责呵责我爸爸。

梁启超常说"人要生活在趣味之中"，要想尝到生活的趣味，就要学会放松。很多研究显示孩子和有趣的爸爸玩耍时的方式更有活力。得到爸爸疼爱，经常和爸爸一起玩的男孩，会和爸爸比较亲密，想要学习模仿，如此一来，和其他男性的相处就更从容自在了。

二姑奶奶希望我爷爷懂得，我爸爸的幼年生活就像沙子，握得紧的话，可能流得快，体会不到更多童年的乐趣，所以希望我爷爷要培养我爸爸对生命的爱心。

最后，二姑奶奶不忘嘱托我爷爷几句话："你这个小儿子，在他三岁时，我就发现他是一块读书的料，你以后一定要供他好好读书。"听了二姑奶奶的话，我爷爷奶奶就很开心，自然是对二姑奶奶千恩万谢表示一番。

二姑奶奶一直对她的这个亲弟弟也就是我爷爷寄予了厚望，当然也对我爷爷奶奶生的几个孩子包括我爸爸寄予了厚望。

在我爸爸的记忆中，二姑奶奶一辈子在封建思想的夹磨下过得非常艰难，也很难掌控家庭的大局。但是，二姑奶奶对老邢家这个家庭的信仰，就是必须让老邢家的孩子读书。二姑奶奶认为没出息的孩子，问题就出在家庭教育跟不上，认为孩子长大后没出息，一定是父母种下的根源。

十三、回到自己原生家庭

我爸爸在四岁多点回到了北平城里，回到了自己的原生家庭，带着童真的心情。

我爸爸自小就很外向，回到自己家后没多久就适应了，每天都要爬上爬下跑里跑外好几次，有时就比较急躁。而我爷爷早就对我爸爸回到自己家后的管理有所考虑——对我爸爸的教育的头等大事就是尽快让我爸爸懂得什么是"家教"。

无论是"家风"方面还是"家教"方面，总是会多多少少涉及经济生活层面，自己家其实和二姑奶奶家的生活品质几乎一样的，怎么讲呢？就是我爷爷奶奶都是很看重实际，看重未来，非常朴素，是在生活品质方面并不怎么讲究的人家，所以我爸爸能在很短时间内就适应自己原生家庭的氛围。

我爷爷奶奶全家住的是里外两进院子。进大门后，对着大门的是一字砖雕影壁，绕过影壁就是外院儿。北有三间过厅房，两侧耳房各一间，正房和耳房通过抄手游廊连接。从外院儿到里院儿需通过一道回廊，进入里院，还有倒座房两间。对应着正房耳房的总面积，还有同等面积的半地下室。家里有专门的客厅、书房、洗手间、浴缸等。民国初年，张元济家的浴室里已装有煤气热水炉，点燃后 20 分钟即热。此外室内还装了一个类似水汀（暖气）的煤气炉，便于冬天洗浴。张元济规定，每星期全家洗一次澡。吴晗曾回忆西南联大时期的闻一多："他住在乡下史家营的时候，一家八口（连老女佣）光包饭就得要全部月薪的两倍，时常有一顿没一顿，时常是一大锅清水白菜加白饭。敌机绝迹以后，搬进城，兼了昆华中学的国文教员。每月有一担米，一点钱，加上刻图章，勉强可以维持。"

但在生活品质上，我爷爷奶奶不比北平城里其他人家讲究，有钱就主要用在创业和子女上学受教育上。

当今的人，没有人了解清末民国初年北平城里一些寻常人家的真实生活，在老舍先生的笔下就形象地描绘过大部分人家的生活方式：有钱人真讲究，没钱人穷讲究——他们玩鼻烟和鸟，通过这些无用的事情来提高自己的文化，对天下的大事却不闻不问，他们的一生过得明白而又糊涂。

举例有钱的、讲究的人家，如袁世凯的某个儿子在燕京大学念书时，不住宿舍，公馆安在海淀，他每天包车去上学，佣人跟着，等在教室外，课间休息时，佣人要递擦脸手巾、香片茶、三炮台烟——这是属于特别讲究的。有些注重"西化"的有钱有学问的人家，他们的女儿从小学弹钢琴，进入最好的私立女校念书，还经常参加一些文化社交活动，接受了西方的人文观念，对西方的音乐、舞蹈、美术都有很好的感悟，对漂亮的裙子尤其礼服感兴趣；他们的儿子由于显赫的社会地位和优渥的生活条件，在日常生活中有着比同龄孩子更丰富的文化素养，更愿意学拉一手好小提琴，更注重体育锻炼，同时不忘追求学习成绩。他们那些家庭都有个共同的特点，就是看不惯八旗子弟，他们都喜欢西风东渐带来的新思想、新科技、新文化。

有钱没钱都讲究的主要是那些八旗子弟人家，曾经享有一切特权，他们继承祖上的爵位，世袭着祖辈入关时占有的旗地和产业，获刑了也由专门的慎刑司处理，可以享受免刑、宽刑等优待；八旗子弟，七岁时开始坐食全份俸禄，朝廷隔三岔五给他们发放赏银，或许就是因为这，不劳而获的八旗子弟坐享其成惯了，开始迅速地腐败和堕落。酗酒、嫖赌、斗鸡、斗鹌鹑、斗蛐蛐是每天的兴趣之事，他们盗窃抢劫，放印子钱，做的事只有想不到没有做不出。许多旗兵甚至将军械和盔甲拿去典当换钱，以贪图享乐。

到了民国那一时期，可以这样说，北平城里的那些个八旗子弟人家就创造了一种独特风格的"美好"生活方式，有钱没钱都"讲究"，唯独对天下大事国家兴衰一无所知，毫不关心自己的命运，所以很快没落。如老舍先生的原生家庭，他小时候家里穷，小学毕业时，每人要交两张照片，他家掏不出照相的钱，后来卖了一个破箱子，老舍这才算毕了业。

我爷爷年轻时就认为一个男人无论穷富都要争取自己掌握自己的命运，在自己以后结婚有了孩子后，也要教育孩子长大后要掌握自己的命运，那最好的办法就是从小读书，读有用的书。他凭着这样的信念，使自己的事业步入了上升阶段。

那一时期，刚刚处在上升阶段的人，举例熊十力教授，他是北大名教授，住沙滩附近，离我们家很近，他是独居。我爷爷进他那屋里后一目了然，一张木板床，被褥等不仅旧，而且脏和破。没有书柜，书都堆在一个破旧的架子上。屋里有两个箱子，一个是柳条的，几近朽烂，另一个是铁皮的，底和盖竟然不是一回事。

再举例杨丙辰教授，在北大西语系任教时，每月领到薪水，都要端坐在教员休息室的书桌前，一边在一张纸上写数字，一边把钱分成几份。有人问他为什么这样做，他答：怕报假账露了马脚，必须先算清楚。又问他为什么要报假账，他再答：每月要给穷朋友一点钱，怕家里太太知道了不高兴，要找理由瞒哄过去。

由于事业处在上升阶段，我爷爷奶奶当然都希望自己的孩子能生活得好，但是孩子的心性和脾气受什么样的外界环境和家风影响关系还是很大的，对未来的人生发展影响也十分重要。所以，我爷爷不但以家风的标准严格教导我爸爸，教育他温良恭敬，甚至一举一动都要"俨然端坐"，中规中矩。

我爷爷向子女强调自家的家风，有三条。第一条是"习劳"。我爸爸把我爷爷的话转述为："'习'就是练习，'劳'就是劳动。看看自己的身体，上有两手，下有两脚——这原为劳动而生的。若不将它们运用习劳，不但有负两手两脚，就是对于身体，也一定是有害无益的。换句话说，若常常劳动，身体必定康健。要知道：劳动原是每个人本分上的事。不管是一般穷人家，还是有钱人家，也要常常劳动才可以的。"

我爷爷是这么说，我爷爷也是一辈子都做到了的。按照我爸爸的说法，我爷爷晚年时还经常劳碌，或者是亲自下到施工现场，或者是在家里日常扫地洒水清洁。我爷爷绝不像现在社会上一些慵懒老年人倚老卖老要无赖，凡事都要人家伺候，自己坐着享福。

在我爷爷眼里，"习劳"就是凡事自己动手去做——只有这样，才能做到把握自己的人生命运，而且"习劳"可以从小培养孩子的独立性，不可依赖别人。

第二条是"慎行"，这两字的意义，是类似"持戒"，但是做起来难。我自己 2015 年在北京广济寺受戒时，整云师傅就曾告诉我："我们不说修到菩萨或者佛的地位，就是想来生再做人，最低的限度也要能持戒……要知道：受戒之后，若不持戒，所犯的罪，比不受戒的人要加倍的大。"

而我爷爷呢，我爷爷的态度是：不用说是杀、盗、淫、妄，就是喝酒吃大鱼大肉的，也会让他讥嫌，抽烟也会让他讥嫌。

第三条是"自尊"！我爸爸把我爷爷的话转述为："'尊'就是尊重，那么'自尊'就是自己尊重自己。可是人都喜欢人家尊重我，而忽视我自己尊重自己。必须从我自己尊重我自己做起。"

在教育孩子自尊方面，我爷爷就表现在反对我奶奶带孩子时太过于宠溺，例如冬天太冷了怕着凉就不让孩子出门，例如担心大人身上的疾病过渡到孩子身上，就不让外人接触孩子。更甚者，孩子不小心磕绊倒了，恨不得一个箭步飞到孩子身边，又是哄又是心疼。

我爷爷往往采取放养的态度，让子女从小学会自己穿衣服，自己吃饭，等等。在我们老邢家这样的原生家庭里，放养不是对孩子放纵，而是有意识地培养他可以独立，让孩子没有骄娇二气。摔倒了，能够自己站起来，而不是趴在地上号啕大哭，等妈妈来扶。同时，我爷爷在忙碌之余，也会多抽出时间来陪伴孩子，让自己坚毅的性格来熏陶孩子，孩子将来长大了才会懂得承担责任。

由于各种原因，我爷爷可以接触到很多名人，就包括熊十力。熊十力学贯古今，在民国被称为一代开宗大师、现代新儒学思潮的哲学奠基人。1932 年，他出版了《新唯识论》，对这一理论进行了大胆的解释。当时的学术界确实对他的书评价很高，蔡元培更是称他为"二千年来以哲学家之立场阐扬佛学最精深之第一人"。也因此，他被蔡元培赏识，并被聘为北大教授。我爷爷了解到他原名熊继智，"十力"是他自己给自己起的名字，是指十种无坚不摧的力量。我爷爷佩服他"举头天外望，无我这般人"的才华和豪气，并从他那里认识到广博的学识对给孩子起名字的重要性。只要有机会，我爷爷就愿意向一些大学者请教各种各样的问题，包括子女教育和家风建设。

确实，孩子长大以后成功与否，与父母对孩子从小的家风教育是否正确息息相关，与家教有关。孩子的健康成长，是离不开父母的正确关心和教育的。不过，让每个家庭的孩子都有良好的教养，却是十分不容易的，那是离不开家长的又养又教的，家长本身必须或者最好是善于学习并且以身作则过来的。

十四、母亲的焦虑

根据教育心理学的观点，在家庭生活中，妈妈容易有"不由自主地控制感"，所以更容易产生焦虑。

那时，对我奶奶来说，把我爸爸接回自己家了，一方面她高兴，另一方面她觉得精神负担挺大，我大爷、大姑、二大爷和老姑都是她一把屎一把尿地亲自带大的，而我爸爸在襁褓时期就和她分开，一生下来到四岁之前没有跟过她，回到原生家庭后的我爸爸对原生家庭充满了陌生感。她不但不了解我爸爸的脾气秉性，而且内心还对我爸爸有深度的负疚感和补偿心理，所以她感到焦虑，何况是她也一直没搞懂为什么带男孩和女孩的差异很大。

女孩生下来后往往整天吃了睡睡了吃，儿子一放下就会哭，哭就哭会儿吧，可是经常歇斯底里号了半小时都不肯停；女孩坐在那一玩就两三个小时，男孩往往一刻不停地做动作，一不留神就已经从父母身边溜达走了。可是尽管男孩闹哄哄，居然有时也会脆弱得一塌糊涂，"妈妈妈妈"地喊个不停……男孩有多难带，我奶奶似乎有一把辛酸泪。

我奶奶没有学过医，更不懂什么叫生理心理学，当然也就不懂她自己带儿子和女儿为什么差别那么大？因为我奶奶不知道，在男孩女孩还是六周大的胚胎时，就有了自己性别特定的大脑结构和形态，他们是按照完全不同的轨迹思考。

我奶奶不懂得，男孩脑干中有更多的脊髓液，血液中的多巴胺含量比女孩更多，这使他们精力更旺盛，体力更出色，所以小男孩总是没有小女孩来得"天使"样，大脑的活化让他们睡得少。

我奶奶只知道，小女孩出生后回到家很多立马能进入"吃吃睡睡"模式，但是小男孩睡不多，如果他不想睡，就会哭，而且号起来完全没个头。男孩总是有使不完的劲，上蹿下跳，你得 24 小时跟在他后面。男孩潜在的荷尔蒙的攻击性转化成了动作性的游戏、竞争性与领袖欲，而女孩则可以安静地坐在那玩上半天。

我奶奶不懂得，对于声音，小女孩的敏感度高太多，小女孩所听到的噪声量是小男孩的两倍，所以对于噪声，小男孩不会有小女孩的烦躁和不舒适。女孩强大的感知能力能帮助他们记忆，男孩却不行，他们只好用手去探索他们周遭的小世界，然后忙着系统地分类和排序，以便更好地记住。

我奶奶不懂得，男孩的胼胝体（负责连接两个脑半球的部分）小，所以他左右脑联系起来的能力比女孩弱，交流没有女孩流畅。

我奶奶不懂得，对于情绪的理解，女孩似乎在一出生就会了。她们比小男孩更喜欢注视你，所以女孩总能比男孩读懂更多有关面部表情的细微差别。男孩的情绪都集中在右脑处理，表达感觉的语言却在左脑做处理。要想流畅的表达需要左右脑的联系，因为联接的部分小，他们总没有女孩来得容易和顺畅。也许两岁的女儿已经会对你说，"妈妈，你生气了吗？"但大多数儿子却要到三四岁才知道怎么去正确表达每一种感觉，而且他们依然有可能会用错词，比如他明明想表达自己生气了，却会对你说"我恨你"。

我奶奶不懂得，女孩的大脑重交流与人际，男孩的大脑执着于物体。女孩大脑中的热点是那些发展语言能力和鼓励眼神交流的区域。所以她们从小就对人充满兴趣，想要琢磨你的情绪，了解你的情感，所以两三岁的她们已经可以像小大人那样与你甜蜜互动啦！女孩能和你深情对视，男孩却完全不能，男孩们就连一点眼神接触都想着最好能回避。因为男孩子可能会把直接的眼神看成一种敌对的行为。所以妈妈们如果想和儿子聊天，最好的方式是坐在他身旁，而不是一开始就死命地喊他的名字，期望他能抬起头看着你。男孩更感兴趣的不是人，是物体，他们的世界里除了形态、逻辑还有就是任意涂写。

我奶奶不懂得，女孩们的大脑直接发展手指的精细动作，因此在蹦跳伸展肢体、打球或者游泳方面经常需要协助。女孩的大脑功能呈现"扩展性"分布，零星散布在左右脑，而男孩的大脑泾渭分明，他们会对大脑活动进行划分区块。所以女孩面对多项任务总是要轻松一些，但频繁地转换任务，男孩子会很晕。也因为大脑单纯且集中的分布使男孩更专心，有时候他在做事，你喊他，他没听到是真的没听到，因为他不能一心好几用。

我奶奶不懂，就大脑而言，男孩比女孩脆弱得多。男孩的大脑更容易受到外界的侵袭，也更容易紧张。他们的大脑额叶也比女孩发展缓慢，所以他们的自制力较弱，对世界的正面或者反面的事件反应得也更激烈，所以他们需要妈妈更多的关注和安抚。男孩从妈妈的身上学习爱人，他们将妈妈视为第一个亲密和爱的典范与对象，妈妈在教导和谈话时展现的乐趣，有助于男孩的大脑发展语言功能，也能让他更容易与人相处。

我奶奶不懂，除了她做妈妈的贴身爱护之外，你要让男孩知道，他并不需要在你面前掩盖自己脆弱的感情，你是可以让他依靠的。如果在男孩很小的时候，妈妈突然消失了，带走了她所有的关爱和温暖，他为了抑制自己的忧伤和痛苦，大脑会选择关闭与母亲有联系的方面，那么长大之后，他们就很难和自己的太太、孩子表达自己的关怀和柔情。所以无论男孩子多大，都记得时刻给他们拥抱。

那时我奶奶就是觉得不知道怎么带我爸爸，而我爷爷也不会懂得什么医学，不懂得什么叫教育心理学。尽管如此，我爷爷对如何引导我爸爸成长却是非常自信，也有着他自己的一套观念。

十五、父亲的淡定

由于我爸爸刚回到北平自己的原生家庭，虽然很快适应了家里的一切，但是面对城里的景象还是充满了好奇。

我爸爸曾经对我说过："我回到城里后，北平城里的生活真是让我开心。比起乡下安静的生活，北平城里日子口儿上的庙会杂耍和杂技表演，一些遛弯儿的老爷子手里拎着的画眉鸟和鸟笼，新年时在寺院里比赛摔跤的人，卖面条的，以及摆着各种架势舞枪弄棒的人，都让我开心。我还记得，在戏园子里，台上演员艺惊四座，而跑堂的在走道上奔忙着，把热毛巾抛给闹哄哄的看客。他们一边看戏，一边嗑香瓜子，随嗑随吐，弄得满地都是瓜子壳……"

现在，当我想起我爸爸对他幼年时的那些独一无二经历的鲜活记忆时，我就想怎样才能把他这样一个幼时在乡村里摸爬滚打长大的男孩回到北平遭遇到的一切，用写作的方式表现出来。

在法国学者菲利普·阿利艾斯的专著《儿童的世纪》中，他通过考察欧洲中世纪的绘画、日记、游戏、礼仪以及学校课程的演变追溯了"幼童"的诞生。在中世纪，断奶后的小孩就被当作"小大人"来看待，他们混在成人之间，穿着与大人相仿的衣服，与其一起劳动、竞争、社交和玩耍。但从中世纪末期开始，父母逐渐开始鼓励小孩与成人分离，由此以幼童及对幼童的保护和教育为中心的新的家庭观开始发展。

自此之后，"幼童"以及"童年时期"便成了一个特殊的人生阶段，这一观念由此在西方现代思想中生根发芽，并在其后影响到其他国家。在近代中国的新文化运动中，"幼童的发现"和"人的发现"与"妇女的发现"一起成为现代文学的重要组成部分，幼童文学由此也成为周作人、钱玄同等新文化领袖所积极关注的作品。

我不知道那时我爷爷有没有接触过或了解些"新文化运动",在"新文化运动"中,父母们被告知每个幼童都是父母的天使,最了解孩子的人还是父母,具体实践中,需要根据孩子的兴趣和成熟度来决定让他们做些什么。

面对那时每时每刻都容易激动的我爸爸,我爷爷非常淡定。我爷爷奶奶商量后决定首先要给我爸爸灌输"自我保护"意识,毕竟我爸爸已经四岁了。为了不至于使我爸爸变成野孩子,或者说为了不至于每天为我爸爸的安全提心吊胆,所以,在我爸爸稍微懂事之后,我爷爷奶奶就开始排演各种状况,让我爸爸明白不要跟陌生人走,因为我爷爷奶奶发现我爸爸比他们想象得更容易相信陌生人。

事实上,在孩子四到五岁以后,可以开始帮孩子塑造自我保护意识让孩子更好地保护自己。

不过,与教导孩子自我保护相比,更重要的是民国时期中国社会处于巨大的转型期中,从农业社会逐渐转型进入了资本社会,当时的国人对资本主义和社会伦理本身的认识不完整,很多大人在引导教育小孩子方面都陷入一个慌乱中间。

在我爷爷眼里,答案很简单,就是"有其父必有其子,有其母必有其女!"——你给孩子什么"东西",孩子未来就是什么样的人。

那时我爷爷充分考虑到我奶奶带我爸爸时面临的精神负担,就想到了要帮我爸爸提早做好以后的上学读书准备,再加上二姑奶奶的"嘱托"言犹在耳。我爷爷遂决定试着让我爸爸"做点儿什么",他告诉我奶奶说:"人生要是不大胆地冒险,便是一无所获。"

还有一点不得不提的是,我爷爷多少有点"望子成龙"的观念。

不管当初是对我大爷,还是对我二大爷,都望子成龙!到了我爸爸了,我爷爷对我爸爸就是更加有过之而无不及,希望我爸爸以后能比我大爷和二大爷更聪明更有出息。可是在我爸爸是否适合提早上学问题上,我爷爷的一个美国朋友,是个美国牧师,不建议我爷爷那样做。

这个美国牧师告诉我爷爷：男孩不适宜过早上学，因为在五六岁左右，也就是孩子真正上学的时候，男孩的大脑发育比女孩慢了六到十二个月，其中所谓的精细动作协调发展得尤其迟缓，这是因为他们仍然处于粗略动作协调的发展阶段，手臂、腿部和身体肌肉的神经还在发育，总会忍不住想要动一动身体，因此无法安静坐好，在粗略动作协调发展完成之后，他们才会开始学习精细动作协调技巧。

这个美国牧师还告诉我爷爷，可以尝试着从小培养我爸爸的兴趣或者从好的习惯做起，从"童心"教育做起。

美国的心理学家认为，童心教育对一个孩子的影响是至关重要的，启蒙教育是不可替代的，它往往奠定一生事业的基础。也就是说，虽然一位家长可能受教育的程度不高，但是他在孩子很小的时候仍然能够培养孩子的学习习惯、学习心情和学习乐趣。对孩子们来说，学到多少知识并不是最重要的，而习惯、心情、兴趣的全面培养，才是决定其终身事业与人生态度的关键。

我爷爷听了这个美国朋友的话，就觉得是说得很有道理——孩子到学校去，教得好，那是学校老师的问题。而孩子要形成良好的教养素质，是离不开家长的关心和教育的。

这个美国牧师随后还建议我爷爷，让我爷爷鼓励子女以后"学医"。

在观察和思考了一两个月后，我爷爷面对我爸爸虽然幼小但是精力充沛的情况，就面临着引导我爸爸释放旺盛的精力；我爷爷面对我爸爸在乡下生活闲散惯了的情况，就面临着如何花更多的心思与我爸爸沟通。总之，我爷爷思前想后，就觉得还是要趁早帮我爸爸建立学习的心情，培养长久的读书习惯。

我爷爷很有冒险精神，在他眼里，人需要一点冒险精神，思前想后，犹豫不决的人或者惧怕改变，裹足不前的人在避免遭遇失败的同时也拒绝了成功的机会。最终我爷爷决定请一位资深的教书先生教我爸爸练习欧阳询的书法，同时教我爸爸学诗词古文。这样一来，一些做学问和做人的态度，也能在文章中都体现出来。

教书先生一辈子读儒家经典，一开口就是"五经"中的句子。教书先生在和我爷爷奶奶的交流中也一定要运用到那些经典的句子，以此来展现自己的博学。

十六、四岁始习书法

我爸爸学习书法时是四岁出头，那时他还穿着开裆裤就开始练习写毛笔字，同时开始识字。

现在想想，我觉得我爷爷那时的心态就是"狂者进取，狷者有所不为也。"

对于书法的态度，我爷爷很认同书香世家对子弟教习观念，就是教习孩子从小从练习书法做起。如此可见他自己早就是非常重视书法艺术的，我能理解他那时的心态和当时的大环境。

无论过去还是现在，书法写得好的人士都是备受尊崇和景仰的。尤其在民国，一个大老爷们儿如果毛笔字写得不好，那当土匪军阀都不好意思！

民国，是一个军阀混战的年代，也是一个名人鹊起的大冒险时期，而一提到民国军阀，人们总是联想到粗野土匪、混沌枭雄、文盲将军，而事实如何，难以评说。但是他们除了在政坛上叱咤风云外，其实在传统文化上的造诣也不凡。单就书法而言，我爷爷便很佩服他们中的一些人。

比如吴佩孚（1874年4月22日—1939年12月4日），民国时期著名的军事家、爱国者、中国国民革命军一级上将。秀才出身，其人格品德更甚高，既讲求五伦八德，也醉心佛老之道，有《循分新书》《正一道诠》《明德讲义》《春秋正义证释》等著述传世。吴佩孚平生注重修身，廉洁自守，为人忠直，至性至情，体现在书法上，其书法笔力遒劲，气势磅礴。吴大帅在北平住东四牌楼附近什锦花园宅邸那些年，与我爷爷交往甚密，我爷爷登门拜访过他几次。吴大帅去世前一年，把他用过的实木写字台和实木文件柜送给了我爷爷做纪念。后来我爷爷又留给了我爸爸，我爸爸又留给了我，一直保存到现在，基本完好无损。

比如段祺瑞（1865 年—1936 年），民国时期著名政治家，号称"北洋之虎"，皖系军阀首领。出身贫寒，幼时曾在私塾读书，后来接受过西方教育。书法涉及正、草、行、隶诸体，其行楷最见功力。

比如阎锡山，在吸收了何之笔法、结字等技巧后又有自己的追求及风范，通过他写给自己的那幅挽联"有大需要时来，终能成大事业；无大把握而去，终难得大机缘"上的字，即可看出其秀润、古朴、苍健、自然的书法风格，在民国时期书法界，拥有一定名气。

还有，徐世昌的书法气宇轩昂。到 1939 年 6 月徐世昌死之前，日方几次设法争取他的合作，始终为他所拒。

冯国璋（1859 年—1919 年），北洋军阀首领，其书法刚劲有力，不可多得。

我爷爷也佩服民国其他几位重要人物的书法，如袁世凯的书法笔画有如银钩，遒劲有力，在笔锋间透露着一股英气。作家郑逸梅在《珍闻与雅玩》中就言及袁世凯善书法，其看到袁世凯书法的感觉是："其书法雍茂劲遒，甚为堂皇。"

如蔡锷将军（1882 年—1916 年）是中华民国初年的杰出军事领袖。蔡锷的书法，楷隶行草都有所涉及。代表作有《行草王维诗轴》等。遗墨多见于《蔡松坡军中遗墨》，几乎都是电报文稿，以行草书写，迅笔疾书中，清雅瘦劲，未施功拙。

如张学良（1901 年—2001 年），年轻时虽然性情放浪潇洒，喜好颇多，但书法功底已现，尤以篆书最为人称道。中年遭幽禁后，更常以书法自娱自乐。

如张作霖（1875 年—1928 年），自幼出身贫苦农家，这位被誉为"东北王"的大军阀，其实只念过三年书，经常被讥笑为文盲，但千万别以为张作霖不会写毛笔字，可能写得比你好多了。

如李宗仁（1891 年—1969 年），他的书法从《圣教序》入手，遍学诸家，取其精华，参以本意，自成一体。李宗仁毕生戎马，在硝烟和炮火中经历过无数次死活考验，再加上数十年猛烈政治让步的磨砺，使得他的书法包含人生阅历，广受收藏家的青睐。

诸如以上各位，清一色的大老爷们儿，他们小的时候不是私塾里的天赋男孩，就是十足的捣蛋鬼，但他们其实从小就具有领导力潜能，那时如果能够引导他们的精力往好的方面发展，他们在学习上就会表现优异。如果忽略甚至否定他们，那么他们的自尊心可能就会建立在攻击成人上，许多问题也接踵而至。从这个意义上讲，我爷爷认为人的一生就是一场未知的探险，从出生到幼年的蹒跚学步，再到初入社会，人生的每个阶段都会遇到挑战，只有具备冒险精神的人，才能涉过险滩。

在民国时期，还有一些才子，书法也是很好，让我爷爷非常赞叹。那在民国时代，男孩子有着什么样的才艺才能被认为是才子呢？举例，袁克文就是一位才子，他是袁世凯次子，母亲是朝鲜公主，他是民国四公子之一。

袁克文熟读四书五经，喜好诗词歌赋，精通书法绘画，他更是一位书法大家，他师承严修、方地山。

严修是近代天津四大书家之一，袁克文得其真传，尽至臻境。袁克文的字体清俊超逸，毫无匠气。他写字不用桌子，把纸悬空，由人拉住两端，他挥毫淋漓，笔笔有力，而纸无损。他写小字更妙，因为他终日抽大烟，懒得起床，便仰卧在床上，一手拿纸，一手执笔，凭空书写，但字体娟秀，绝无歪斜走样。他还爱喝酒，三杯酒下肚，写起字来纵横驰骋，豪情奔放，大有苏轼之风。

民国四公子除了袁世凯之子袁克文书法靓丽外，书法好的还有少帅张学良、恭亲王奕　之孙溥侗，还有就是张伯驹。

张伯驹为人涵养方面，叫人高山仰止。袁复辟失败后，其子袁克定人见人躲，他收留袁克定长达十年，只因为袁克定不与日本人合作。他酷爱书法，自创鸟羽体书法，潇洒超逸，可见其自在心性。更重要的是，他喜欢收藏书画。例如《平复帖》，是现存最早的书法真迹，当年溥儒张口就要二十万大洋，一个子儿都不能少。他拿不出，为此彻夜难眠。直到溥儒母亲去世，急着用钱，他出了四万大洋，抱回《平复帖》，泪流满面。例如宋徽宗题李白《上阳台帖》也是他收藏的。当时马霁川怕事情闹大，只好让价到二百两黄金。他一咬牙，把宅子给卖了。那是李莲英的旧宅，占地十五亩，要是搁到现在，光拆迁就得两三个亿!

　　书法说起来是深深印入炎黄子孙血脉里的艺术，尽管笼罩着一层神秘的面纱。

　　必须要承认的一点是，书写汉字必须从小练起。我爷爷尝试让我爸爸在四岁开始练习书法，似乎跟现在社会的小孩两三岁就进幼儿园的性质差不多。

十七、培养终身兴趣

民国时期，小学生一年学费两块大洋，我爷爷每个月要给那个教书先生四块大洋。要知道，在民国时期，两块大洋就够一个人一个月的生活开销，那时四个人在东来顺吃一顿涮羊肉火锅，有酒有肉，就得要一块大洋。

我爷爷愿意在孩子教育上多花钱。在我爷爷眼里，钱财是用来办事的，如果挣了钱舍不得花，那么也没有什么意义。或者说是对待自己孩子教育舍不得花钱，那么孩子长大后的道路就有很大可能越走越窄。

在我爷爷眼里，正如储蓄不能直接转化为投资一样，上学也并不意味着一定能接受到好的教育，但是学前能学到扎实的文字功底并具备较强记忆力，将转化为上学后尽快适应学习环境和所学知识的源泉和支撑。在民国，幼童从习简单的字开始，既是练习书法的入门之道，也是强记强背训练的开端。

如今，我爸爸虽然走了，但他卧室里的那张旧写字台面上还摆放着他生前用过的毛笔、毛笔架、笔筒和两个砚台，这些书法用品都跟了我爸爸一辈子，有的还是我爷爷在世时送给我爸爸的。写字台的抽屉里有一摞厚厚的宣纸，每张纸上都有我爸爸写下的毛笔字。

我爸爸的书法功力很好，是与他自幼生长的那个年代文化氛围和家教严两方面有关。我爸爸有一次回忆着告诉我，还在他穿开裆裤的时候，在他四岁多点时被从乡下二姑奶奶家接回北平城里的自己家，回到家没多久，我爷爷就让他写字识字，有时还亲手教他写毛笔字。

有一次，我爸爸对我说："虽然四岁开始学书法已经是很遥远的事情了，但还是有些记忆的。因为无论是大人还是孩子要学书法，怎么学？先学什么？是常常面临的主要问题。除了教书先生教写字，你爷爷也会现场示范给我看。刚开始时，虽然没有共通的语言，可教书先生斯文有礼的鞠躬和笑容，已足以让我们很快成为要好的朋友。他每天在厨房的餐桌上，摊开写书法的材料，简直像是要准备一席讲究的盛宴：六七支大小不一的毛笔，完美有序地排列在一侧，砚台和墨条摆放在另一侧；中间铺开的宣纸，和毛笔正好构成一个方形。教书先生教我握笔，研墨，蘸墨，运笔，恪守远古时期制订的严格笔顺法则。除了教书先生，我时常被你爷爷抓着我的手写毛笔字，我的小手被你爷爷的大手紧紧地攥着，再加上毛笔的笔杆儿又硬，不一会儿就把我的小手儿夹得生疼，至于写的什么字，有时根本顾不上认，何况写的一些字笔画太多。"

那次我就问我爸爸道："那您四岁就开始练毛笔字，那后来是一直被我爷爷看着练吗？中间有荒废过吗？"

"呵呵，我四岁是开始练毛笔字，你爷爷要求我练习欧阳询的楷书以及国诠的楷书，我就慢慢练呗。有时候，你爷爷也和我们几个一起练习。"我爸爸那次回答我道。

听了我爸爸的叙述，我能体会到我爷爷对包括我爸爸在内的几个子女练习书法是何等严谨用心。

在我爷爷眼里，楷书，往上可以学隶书，往下可以学行书，笔法丰富，法度严谨。更重要的是，知之者不如好之者，好之者不如乐之者。学楷书首先是因为魏晋唐宋时期的书法大家影响力太广泛的缘故，像二王和欧颜柳赵他们，影响意义深远。其次楷书更实用，更容易书写。再次楷书端正大方，更容易为幼童所接受。最后从书法角度来讲，楷书的法度要严谨，更完善。

在我爷爷眼里，书法之所以能一直传承下来，楷书是这其中基础。唐朝是中国书法的一个制高点，尤其是楷书，是一座不容易攀登的高峰，其他朝代和唐朝相比要逊色很多。唐朝的小楷也是一个高峰，唐朝人写经不仅仅书写虔诚，而且尽显小楷之精妙。再说了，唐朝人写经有很多名不见经传的小人物，虽然他们既不是什么大家，也不是有名的书法家，但是小楷水平却是十分的精湛，国诠就是其中一位，他的小楷作品《善见律》就成为后人学习小楷的范本之一。《善见律》在小楷历史上有着承上启下的作用，是初学小楷的最佳范本之一。总之，我爷爷认为子女学楷书更有实际意义。

我知道，书法是深深印入炎黄子孙血脉里的艺术，但是总是笼罩着一层神秘的面纱。无论是大人还是孩子要学书法，怎么学？先学什么？是常常面临的主要问题。必须要承认的一点是，书写汉字必须从小练起。

不过，我更关心我爸爸从小练习书法这个事情，尤其是我爷爷有时候也和我爸爸他们一起练习。一般来说，父亲更容易融入孩子们的教育中，更自信，也更放松。我爷爷能做到这一点实属不易，那时我爷爷已经快奔六十岁了。

于是那次，我又一口气连着问我爸爸好几个问题："我爷爷的书法好吗？他有什么练习书法的心得吗？怎么没有见过我爷爷留下来的字呢？"

"你爷爷总是跟你大爷、二大爷和我强调练楷书简单。呵呵，你爷爷虽然不是书法家，却也写得一手好的楷书。在你爷爷的认知中，学习书法，就一定要从楷书入手，等到学会楷书精髓，才可入行入草入隶入篆。尽管从时间而论，相对于篆隶行草，楷书是最晚出现的书体。"我爸爸微笑着回答道，又补充说道："你爷爷总说，学习书法是没有止境的，学好书法绝非一朝一夕就能够做到的，需要投入大量的时间和精力，才会悟到正确的方法。我觉得你爷爷说得很有道理，你爷爷自己也做到了，你爷爷一辈子在事业上也有所成就。我就是受你爷爷影响，练习书法成了习惯，才能坚持到现在。"

"嗯嗯，明白！"我点头称是，我觉得我爸爸从那时起就已经被我爷爷培养出了某种童心，或者说是一种学习心情。

……

现在的社会，随着经济的发展，人们的生活水平也越来越高，现在很多家长出于各方面的考虑就会把孩子早早地送到幼儿园或者学前班，这似乎是现在特别常见的状态。有些家长觉得自己孩子上幼儿园的年龄都是最合适的，这个年龄就是最好的年龄。大部分的家长认为孩子越早入学那么学的知识就会越多，孩子就会越来越聪明，比别的孩子智商就发展得高。而在民国那个年代，"智商"这个词还没有被发明，"情商"这个词也没有被发明，大人们还不懂得什么叫智力，观察一个儿童是否聪明伶俐几乎全靠大人的"经验"。

幼年时的我爸爸在习字练习书法上是一个听话的孩子。除此以外，童年的他也是一个悟性很强的孩子。悟性这种东西是否是天生的，我不知道，但他从小练习书法时就被我爷爷培养得要先理解有关书法常识理论，理解了再写，就容易得多。理解了，接受了，喜欢了，就容易了。

就这样，我爸爸幼时在练习书法时便是如此，他从小练习书法时就被我爷爷和教书先生灌输悟性，重在思考，培养了几个悟性意识，如"法度"意识，如"临帖"意识。

十八、"法度"意识

我爸爸从四岁开始练习书法，到七岁上学前，就已经理解和接受了几个有关书法艺术的理论意识。比如"法度"意识。

法度、法度，什么是书法的法度呢？我爸爸告诉我，教书先生和我爷爷曾经间断地给他解释过几次关于书法法度的问题。

第一次的解释是，自古以来，人们都在书法中要强调一个法度的问题，法度就是规范、规则、秩序。自有了文字以后，这个法度就一直持续着，是后人学习前人的汉字书写法则，进而不断深化、演变，逐渐形成了各种书体的不同书写规则。因此，法度是书写的法则和汉字书写的规范。

第二次的解释是，从甲骨文开始，后人就模仿这种字体，后来形成了大篆，其他书体以此类推，但那时没有理论上的文字记述，最早提出"法度"一词是东汉书法理论家崔瑗，他在《草书势》中提出了"法象"的概念，用自然之物描写汉字的法象之态，"观其法象，俯仰有仪，方不中矩，圆不副规。"用自然中的物，连接汉字中的笔画，是一种规范性和秩序性，这种表述同时也道出了汉字之美。

第三次的解释是，最能体现汉字法度的应当是唐朝，以欧阳询、颜真卿、柳公权为代表的书法家，为唐楷书法树立的规矩的典范，因此，"唐尚法"也就成了唐代书法尤其是楷书的自觉要求。

第四次的解释是法度从笔画、笔法、结构、章法等各个方面都有一定的规定，遵循这些书写规定，才被认为是尊"宗"，后人也在不断归纳、总结了前人的书写法则，比如有人根据欧阳询的楷书总结出了《三十六法》，对其书写规律进行了全面汇总，成为学习楷书书法的基本教材。

　　由于我爸爸从小学习实践书法法度，我爸爸自己在写欧体楷书时就追求点画遒劲有力，行笔粗细对比明显，尤其以粗笔为主，竖笔长于粗笔，并且粗笔没有什么变化，一粗到底，转折处方笔明显，棱角分明。欧体楷书一直被我爸爸视为书法艺术中的精髓，我爸爸从小到大一直练的都是欧体楷书，练得很辛苦，因为追求法度。

　　当然，我爷爷让子女练习楷书书法还有更深层次原因。有一次，我爸爸向我转述我爷爷说过的话道："咱们邢家人的品质基本是好静的，不是好动的。什么意思呢？就像书法分为动态书法和静态书法。书法中隶书和楷书都是属于静态书法，而行书和草书则是动态书法。其实，人也一样，有好动的和好静的两类人。你爷爷嘱咐我，一是咱老邢家人做人就是要追求规矩，不用追求华丽；二是做任何事，需要有悟性，这样做什么都能做得长久安稳，否则就会容易落魄。"

　　一直以来，在很多读书人眼里楷书只能算是规矩字，谈不上艺术；在那些读书人眼里，真正的书法艺术讲究线条如凝脂，碧玉润滑，墨色适中，张扬有立体感，书写时没有迟滞、美化之嫌，还需做到流畅潇洒，才可称之为艺术。

　　这么多年过去了，现在我终于体会到，我的父辈确实喜欢安静，安静地求学，安静地成长，安静地做人。

　　我爸爸那次还告诉我，他说道："我小的时候，你爷爷总强调书法是最难学的，难就难在需要长时间的坚守。有的技艺学习只需要三五年，而书法则需要几十年的修炼，甚至是一辈子。能守得住书法这门技艺的人总是有出息的，因为能守得住法度，就能守得住家，就能守得住业，想荒废都荒废不了！"

　　我爸爸通过自小练习书法，养成了良好的法度意识。在他眼里，既然规定了书法的书写规则，那么，它就有三个作用：首先，这是文化继承的需要。如果后世不沿袭前人的书写规则，自成一体，那么，书法会出现什么样的后果呢？这是非常可怕的一件事情。只有遵循着一定的书写规则去学习、继承，书法才会在一个有效的通道之中完成它的生命持续。其次，这是书法欣赏的需要。欣赏书法首先要看它的继承性和艺术性，如果离开了继承，作品自然就没有了生命力，何谈艺术性？只有在某个规则约束的情况下，欣赏书法才能找到它的艺术"根源"，进而对其进行分析、对比，得出书写者的水平。最后，也是文化继承和文化创新的需要。中华文化是需要一代代人来传承、发扬光大，而书法作为文字的一种形式，更需要有人在继承的基础上，不断创新，将其发扬光大，为后世的学习继承提供保证。

总之，书法就是这样，书法的法度其实就是我们的先人，对于汉字的书写方法的一种总结。这种汉字的书写方法，其实就深深植根于汉字自然的书写状态，因为它就遵循汉字本来的样子，进行的一种总结性的经验。因此法度的理念就深入到我们的骨髓，深入到我们的血液，甚至渗透到我们生活中的每一个细节，它甚至影响着我们每个人与他人的相处。

书法有法度，人生是否也有人生的法度呢？

我爸爸长大后把法度意识运用到人生实践里，自然生出许多感悟。例如，他有时给我举年羹尧的例子，他告诉我说道："年羹尧为臣有失法度，书法却写得法度严谨。雍正最后是不喜欢年羹尧的，但是民间对年羹尧还是比较喜欢的，是个大英雄嘛。年羹尧做臣子，有失法度，但是他写书法却心存端正，把书法的法度视为不可违越的规矩，他的书法就有正宗气象，有书法家的功力，书法写得法度严谨，不可小看。"

我爸爸还说："不过，年羹尧如果按照写书法的法度做臣子，可得善终，不会被主子所灭吧。但话又说回来，老老实实写书法，不知有突破的人，也立不下战功显赫。年羹尧有勇武之才，有突破之思，做人做事自然不会守旧，有违法度在所难免。书如其人，对于年羹尧的书法来说，是不切意的。书法有法度，为臣失法度，完全是书不如其人的结果。"

……

十九、临帖意识

民国那时，我们老邢家家里经济条件虽然很富裕，但是家里气氛很凝重，子女学习方面更是如此。我爸爸在练习书法方面是怎么做的呢？按照我爷爷的要求和教书先生的要求，我爸爸就努力做到听、看、思考、再临帖。

笔法是书法的精髓，历代书法家对此都十分重视，元代赵孟曾经这样论道："书法以用笔为上，而结字亦须用工。盖结字因时相传，用笔千古不易。"

一句"用笔千古不易"多少年来一直影响着人们，提醒着人们。不论学习哪一种前人法帖，都要在运笔方法上狠下功夫才能步入书法之门，才能收到事半功倍的效果。

古人讲："千里之行，始于足下"，"合抱之木，起于毫末"。

事实上，只有认真临帖，才能对书法艺术有所渐悟，即便临帖是寂寞的，是枯燥的，是单调的，是乏味的。在这方面的习惯上，我爸爸经常说我爷爷在事业上是"大器晚成"，说我爷爷在书法方面也是属于"大器晚成"的典型。

我爷爷年少时因家境不济，被迫辍学，随长辈亲友做房屋维修和营建生意，大部分时间都要跟在外面跑腿，无论风吹雨打还是烈日炎炎；上阵挑土啦砌墙啦上梁啦，无论轻活儿重活儿都格外地卖力，所以别说练习毛笔字，就是读书的时候都少。好在那老板对我爷爷很关心，赞赏我爷爷悟性高，尤其赞赏我爷爷对数字敏感和手勤腿勤两个方面。于是，那老板后来就让我爷爷尝试着逐渐独当一面，激励我爷爷更加上进。在这种情况下，我爷爷年轻时越发意识到只有抓紧时间好好读点书，只有动脑思考，必须写得一手好的毛笔字，才能使自己在和客户进行生意谈判时让客户信服。

我爷爷人到中年，自己开始做大事，开办了北平城最早的建筑设计工程公司，和很多外国学者、牧师和工程师建立起了良好的私人关系和业务关系，承建了老北平城隆福医院、几个教会建筑、两所学校等几座知名建筑，参与过北京协和医院的改造工程，在民国时期北平城里土木工程行当坐头把交椅，被时人称为"邢掌柜"。即便如此，他依然自视为一个"粗人"，从不敢让他人以"先生"的称谓称呼他。

我爷爷事业成就之后，并没有像很多有钱人家的男主那样，拿出一些钱和时间收藏书画、古玩等，或者做京剧、昆曲票友。用我爸爸的话来说，我爷爷忙起来的话几乎没有时间照顾子女，陪伴家人，只顾忙事业，应酬客户，但稍有闲暇时间就是看书读书、学习英语和临古帖。

在学习书法方面，我爷爷除了临帖，就是临帖。我爷爷认为练习书法就必须临帖、临帖、再临帖，要老老实实地临帖。

我爷爷曾经给我爸爸举例，临帖时特别要注意提按的问题。学习、理解书法中的提按技法，并不是一提一按那么简单，也不能一味地提或者一味地按，而应当在基本提按技法的基础上，深入到点、画、章法、整体等各个环节中，按照一定的法则，正确处理好提和按的关系。我爸爸转述我爷爷的话说，一味地提和按，书法就失去了变化，没有变化的书法是不会有神采出现的，因为一个字中过多或者过少地提按，都会影响字形，提和按是相对的，是符合"道"的要求，只要符合人们的审美关系，提和按就处理好了。

我爸爸告诉我，说我爷爷在练习书法方面从来不耍小聪明。我爷爷通过临帖在学习书法方面"大器晚成"，几十年如一日临古贴，而且强调要临得像，临得"呆"，临得不走样，从笔画到结构，再到章法，一点都不能马虎，也从不急躁，一直保持着定力。

在我爷爷的谆谆教导下，我爸爸从四岁练习书法，临古人字帖，一直到上小学前，差不多用了三年左右的时间进行写字识字。如此，三年下来，使得我爸爸在幼小的心灵就刻上了学习书法要强记强写的烙印，并且从小培养了一些好的品质意识，例如书法方面的法度意识、临帖意识。

关于临帖意识，我爸爸曾经对我说过："我四岁练习书法到上小学前，练习欧体楷书，就是通过临帖、临帖、再临帖。那个年代，你爷爷忙工作，你奶奶不识字，你大爷已经离家了，你大姑也已经离家了，就剩我和你老姑、二大爷，不用你爷爷和你奶奶督促，我就自己主动练习，临古帖。我从四岁开始学习书法，到上小学，再到长大，在书法方面，一直是老老实实地临古帖，从来没有投机取巧过。因为我的兴趣是楷书，行书、草书对笔法和章法的要求很高，要求的意境脱俗，我不敢练习。"

如今，我爸爸虽然走了，但是当我看到我爸爸留下的那些毛笔字，内心很不平静。我爸爸的楷书每个字都写得端正大方，从审美的角度看，不失清秀挺拔；从书法角度而言，我爸爸写的每一个毛笔字也都追求法度。

无论在中国古代，还是在近代民国，才子佳人莫不以琴棋书画的水平和学识论彼此才艺高低。在我爸爸眼里，相比琴、棋、画，我爸爸认为书法才是中国男人最应该掌握的第一等艺术。

我爸爸练习书法的兴趣，经历了漫长的岁月。他在书法方面没有急于求成，没有投机取巧，经过多年的勤奋读书学习和思考，也实现了自身书法的脱胎换骨，临帖已经得心应手，顺理成章。他对笔法、结构、章法也做到了胸有成竹，一挥而就，浑然成体，竟然也能写得一手漂亮的小字，和我大爷一样，能仿得一手宋徽宗的瘦金体。

我爸爸从四岁开始练习写毛笔字，练习楷书，练了一辈子。他退休后热衷于参加北京市级书法比赛，最令他开心的就是在 1993 年 12 月，他的书法作品入选了北京市社会文化工作委员会举办的"纪念毛泽东诞辰一百周年书画展览"作品选集，并获颁发荣誉证书。

那次能获得荣誉证书，让我爸爸非常开心，他对我说："书法艺术的本质，是表现个性，故而透过一个人书法的结体、运笔、书写习惯，我们大致可以窥见其性情特征。一般来说，喜欢狂草的人，通常性情奔放、浪漫；而喜欢写正楷的人，则严谨自律；顿挫分明的字体，可以看出一个人为人刚健有力；而汪洋恣肆的书法，则折射了一个人豪放不羁的情怀。"

"腹有诗书气自华，纵观古今的书法大家，李斯、蔡京、王羲之、颜真卿、苏东坡、陆游、赵梦姚、徐渭、董其昌、邓石如、吴昌硕、于右任、黄宾虹、赵朴初、启功等，无一不是学问大家，无不自幼饱读诗书，无不自幼攻习书法，无不登高望远、见多识广。其实，中国历史上没什么专业的书法家。相反，倒是文人士大夫和文化学者在精通经史子集等文化之后以'我笔写我心'，在笔墨中展示自己的心灵踪迹和思想情感而成为书法大家的，有理有据。"那次，我爸爸接着对我说道。

我爸爸的"我笔写我心"这句，极大地触动了我。一般来说，孩子童心显露是从三岁开始，当然得排除智力发育和营养不良的前提。三岁或者四岁这个时期的孩子无论是认知能力还是其他的能力都要比三岁之前强很多，所以四岁这个年龄是开始培养兴趣和童心的最佳年龄，也是学习书法最好的年龄。

现在想想那次我爸爸说过的话，我就觉得在当今，有学问者精书法，无学问者论什么书法。书法既有天赋也有勤奋，既要读史通史，也要精格律声韵。字不仅有形美，还要有声美、意美。常言，字要有精、气、神，不能写成丢魂的呆字。现在社会上，总有一些华而不实的人，以为拿几个奖获几个证书就是书法家了，就能布道讲学了。那些推崇"丑书"的人，把字写丑了的人，大言不惭地自圆是创新，更是可笑。

二十、爱书法更爱诗词

一般人很难想象，在一个地方，还有这样一些孩子，能够热情地诵读着2500年前的老人家的话，诸如"三人行必有我师""温故而知新""有朋自远方来不亦乐乎"等等。但是就是在这片中华热土上发生了。所以，这是一个从4200年前进入文明以后没有中断的伟大文明。

一般人很难想象，在一个富裕家庭里，一个四岁多的男孩子不需要父母长辈喂饭，不需要父母长辈帮着穿衣，到六七岁时虽然不用做任何家务事，却懂得劳动的辛苦和父母需要负担的责任。我爸爸从四岁开始写书法识字，写书法过程中手疼了，脖子硬了，腿麻了，就开始习读《千字文》《童蒙先习》及《史记》《资治通鉴》等史学著作。要知道，大多数男孩子在童年和少年时代都是喜欢一天到晚舞枪弄棒，我爸爸也不例外，好在他由此养成了刚毅的性格。

我爷爷无论家财是否充裕，都很有远见地让子女走上读书道路。他为子女请来教书先生辅导，让子女专心练习书法、读书，不允许孩子饮食起居、玩耍学习没有规律，不允许孩子要怎样就怎样如睡懒觉、不吃饭、白天不学习时游游荡荡。

尤其在教书先生眼里，我爷爷奶奶完全没有包办代替我爸爸做这做那，学这学那，写这写那。哪怕在我爸爸犯了错误以后，我爷爷奶奶也没有当面袒护过我爸爸。相反，在教书先生眼里，我爸爸是一个善良、富有同情心的上进的孩子，个性比较强。

教书先生经常向我爷爷讲我爸爸的学习情况，教书先生有一次告诉我爷爷："科儿念诵了十几首唐诗，然后就天天教老郭念，刚才他来告诉我说：'老郭真笨，我教他少小离家，他不会念，念成乡音无改把猫摔。'他一面念说一面抱着科儿的猫就把那猫摔地下，呵呵。"

每当教书先生在我爷爷奶奶面前表扬我爸爸"一天一天越得人爱，非常聪明，又非常听话，每天总要逗我笑几场"的时候，我爷爷就最爱说："不捣乱就好！宠儿多不幸，娇儿难成才。"

相比之下，时时有"保护伞"和"避难所"这样的孩子长大后缺乏上进心、好奇心，做人得过且过，做事心猿意马，有始无终。例如边哄边求孩子吃饭睡觉，答应给孩子讲几个故事才把饭吃完。孩子的心理是，你越央求他他越扭捏作态，不但不能明辨是非，培养不出责任心和落落大方的性格，而且教育的威信也丧失殆尽——这样的孩子当然是"教不了"啦！

时时有"保护伞"和"避难所"这样的孩子全无是非观念，而且其后果不仅孩子性格扭曲，有时还会容易造成家庭不睦。家长怎么样去教育自己的孩子？怎么样去给孩子一个良好的童心教育？要从教会孩子如何独立生活做起，这是每个家长义不容辞的职责，孩子良好独立习惯的养成需要家长自己首先走出溺爱的"误区"。

教书先生非常喜欢我爸爸憨而不傻，精而不过，性情独立，才思敏捷。教书先生觉得不但要教好我爸爸写好书法，还要让我爸爸从小就培养一些情怀，而我爸爸宁愿教书先生多讲些他最爱听的中国古代四大名著故事，如《西游记》等。

我爸爸一生情怀满满，无论做什么都充满情怀，如自然情怀、家国情怀，如历史情怀，大抵都是由于从小培养出的。他就曾经回忆着对我说道："先生教我的第一首诗是白居易的《赋得古原草送别》。先生说白居易作此诗时才十六岁，是练习科举应试的习作。"

离离原上草，一岁一枯荣。
野火烧不尽，春风吹又生。
远芳侵古道，晴翠接荒城。
又送王孙去，萋萋满别情。

那次，我爸爸告诉我之后，我们父子俩几乎异口同声地背诵了白居易的这首诗。这首唐诗可谓唐诗中的千古绝唱，也是少年白居易的成名之作，前四句尽人皆知。其中"野火烧不尽，春风吹又生"作为一种"韧劲儿"而有口皆碑，成为传之千古的绝唱。

我爸爸很爱这首唐诗。那次，他对我说了这首诗带给他的一些感想：起句便是在一望无际的古老郊原上，草木繁茂，一岁岁，一年年，枯荣交替，不知经历了多少春夏秋冬。这两句平平淡淡地如实写来，看似无奇，实则揭示了那片古老草原上草木繁荣与枯败的自然规律。这就为下面的两句"野火烧不尽，春风吹又生"作了铺垫。原因在于它不仅展示了草木的顽强生命力，而且揭示了大自然生生不息的客观规律。而后两句，表示前面走过的路渐渐荒芜，茂盛的丛草淹没了归去的路，也掩埋了曾经的珍重。那些曾经以为念念不忘的事情就在我们念念不忘的过程中，被我们遗忘了；那些曾经说着来日方长的人，如今早已阴阳两隔。

想到这里，我开始泪眼模糊了。

我至今也不知道我爸爸童年时能背出多少首唐诗宋词，但是我长大后知道我爸爸一贯出口成章，挥毫成诗。

另外，由于教书先生经常给我爸爸讲中国古代四大名著故事，讲经史子集，所以我爸爸从小就对历史故事感兴趣，尤其对四大名著故事感兴趣。

四大名著以历史兴衰、社会炎凉、事件传奇、人物悲欢等故事或撼动人心、或悦人耳目、或破人愁闷，其所蕴含着的世道人生之理，更是给人以警醒和启迪。我爸爸直到晚年对四大名著的开篇诗词依然印象深刻，他尤其喜欢《红楼梦》的开篇诗，诗曰：

浮生着甚苦奔忙，盛席华宴终散场。
悲喜千般如幻渺，古今一梦尽荒唐。
漫言红袖啼痕重，更有情痴抱恨长。

字字看来都是血，十年辛苦不寻常。

我爸爸曾经告诉我，《红楼梦》开篇诗说得直白，好像就是耳提面命，直对我们大众而言的，和文中的《好了歌》紧紧呼应。"浮生着甚苦奔忙"，人生悲喜如同幻渺，古往今来不过"一梦"，岂止是一梦，是极尽荒唐的梦。可惜，有人入梦太沉，死守着"盛席华宴"，不愿散场；有人大梦不醒，为名为利"苦奔忙"。

《红楼梦》开篇词教人别入梦太深、太久。死守着"盛席华宴"的人，到梦醒之时，就该失落了。

我爸爸还喜欢《西游记》的开篇诗，诗曰：

混沌未分天地乱，茫茫渺渺无人见。
自从盘古破鸿蒙，开辟从兹清浊辨。
覆载群生仰至仁，发明万物皆成善。
预知造化会元功，须看《西游释厄传》。

如今，我觉得《西游记》的开篇词颇具"意味"——天地仁而覆载百姓，万物生皆由善而来。我爸爸算是"斯人当以感天地之仁，待万物以善；悟彻天造地化之机、修持大道之功"，我爸爸的人生多多少少也从《西游记》中的各种灾难的破解中寻求答案吧。

《西游记》劝人守命待时，与人向善，鼓励人们要修成正果，而我爸爸终其一生，确实修成了正果！

二十一、理性的家庭

当今的社会，尽管有些父母只求孩子能一生平安喜乐，但大多数父母还是很"望子成龙、望女成凤"的。大家都想教育出优秀的孩子，但光想还不够，更重要的是要做出实际行动，这些行动绝不仅仅指送孩子上好的幼儿园、报补习班，父母最首先要做的，应该是给孩子提供一个理性的现实的家庭环境，这要比给孩子买学区房、找关系进重点班、支付高额的补课费重要得多。

我爷爷自从成人，虽然工作上很累，但是清楚自己真正想要什么，一方面是工作中的领导者，要努力工作，坚持不懈地让自己的业绩飞涨。对待业绩财富，我爷爷想出了一些规避风险的方法从事一些赚钱的项目，我爷爷认为只要自己足够聪明能干的话，就可以找到正确的方向，可以赚到你想要的财富。另一方面，他也认识到，富有的家庭未必能教育出好的儿女，而现实的家庭环境可以培养出有现实意识的孩子，能培养出理性的孩子。

民国时期，小孩子一般是七岁入学，但是在我爷爷看来，孩子真的长到了七岁，那未来很多方面好坏似乎在七岁前都已经定型了。我爷爷之所以让我爸爸四岁就开始试读，就开始练习书法，是他骨子里认为老邢家的孩子出生后的命运如何并没有什么天资可依靠，老邢家出生的孩子里更不会有什么神童，所以他就想趁着他还没有老得太多，对我爸爸适当进行"拔苗助长"，从我爸爸幼时就开始培养独立性、主动性、理性，尤其主动学习的习惯，并把学习当作习惯。

我爷爷三十岁那时就认定二十年后，自己家庭教出的孩子应该是最有出息的，而且与家庭贫穷富有无关。因为自己想要孩子好不能光靠想，而要从内心深处、从一举一动注重对孩子的教育。万物生长有时，孩子的成长也有应该有的阶段，在孩子发育的不同阶段，父母应该对孩子进行应有的教育，比如说通过家长自己的言行举止，比如通过儒家教育，比如通过家风教育。尤其是家风教育，进一步影响童心教育。

也就是说，注重家风教育，是一个优秀孩子所在家庭的必备品质。家风教育包括方方面面，有一个方面就是家庭关系和睦。我爷爷十分注重家庭，认为家庭关系良好十分重要，崇尚中国传统的"家和万事兴"。

我爸爸有一次告诉我，我爷爷有个规矩：无论工作多忙，每天晚上，一家人都要一起吃晚饭。通过这个家庭一起吃晚饭这个细节，我看到了我爷爷的一种品质——对待家人的态度，显示一个男人真实的人品。饭桌见人品，其中的很多细节早已暴露了男人的真相。

我爸爸回忆我爷爷的典型性格那就是热情加理性，我爷爷总能保持乐观积极的家庭氛围，人虽然重感情，但万事能以理服人。身教重于言传，我爷爷的表现对子女意义重大，因为乐观积极的父母会成为孩子的榜样，让孩子自然而然地产生安全感；理性的父母会给孩子造成庇护感，让孩子有勇气去面对困难；氛围稳定祥和的家庭，家庭成员都有想法，有追求，遇到问题不会相互抱怨，而是抱团寻求解决办法，会给子女一种归属感。

事实上，那些有出息的人，幼时家庭关系往往都比较好，父母恩爱，家人间相互尊重，孩子自然会形成比较好的性格。原生家庭对一个孩子尤其男孩子的影响是很大的，如果男孩子小时候生活在一个家庭关系恶劣的环境，甚至是生活在单亲家庭中，那么往往会出现性格缺陷，在长大后很难纠正，也就会影响自身的前途。

我爷爷认为家风可以借鉴孔子讲的一些东西，属于价值理性的东西，牵涉一个人对真善美的判断。但我爷爷又不是一个守旧的人，而是一个能做到"抬眼看世界"的人。民国时期，"新文化运动"兴起的目的是要挽救人心，从最起码的事情做起，从小孩子做起，从家庭做起，家庭是社会的细胞，小孩子是一个人人格成长最重要的阶段，而且是要从家里面受到积极的教育。我爷爷就非常支持"新文化运动"。

我爸爸受我爷爷影响，我爸爸一直认为，儒家的一些东西虽然不是工具性的东西，但是可以借鉴。我爸爸曾经对我说过："电脑、科学发展是很重要，但是在价值理性之下，你看西方人没有忘掉《圣经》，他们都没有说这些东西典籍过时、没有用。西方人不可以掌握先进科技吗？中国人在温习孔子教导的前提之下，跟先进科技有什么关系？不会影响它。"

"我们现在社会产生了很多混乱的思想，我们真的不能把自己的宝贝这样废弃掉，而且中国现在亟待要解决人心的问题，伦理的问题，道德的问题，必须要从这条路开始，没有其他的路。我小时候，你爷爷枕头边放着两本书，一本《论语》，一本《孔子家语》。《孔子家语》也是跟《论语》同样性质的书，是记载孔子的言行，只是它出现得比较晚一点，是王肃编著的。王肃是魏国的大臣，他当时从孔家的一个后人手上，得到孔子的这些资料，然后把它编辑成书。有些人怀疑这是伪书，你爷爷觉得还是很可靠，因为你爷爷从头到尾读过这本书。你爷爷认为读好书能让人变得理性。"我爸爸那次补充说道。

相比之下，当今都市里的孩子现实感非常弱，家庭理性的也非常少。贫富差异，本质上是教育的差异。当富人已经转变教育方向，开始培养子女能够更好适应社会的时候，穷人却走起了十年前富人的弯路：无限度地宠溺孩子，只求成绩，不求其他。结果，富人家的"穷二代"越来越富，而穷人家的"富二代"越来越穷。

以前我觉得穷人家的孩子能吃苦、有责任心，现在简直不敢相信，穷人家的富二代太多了！"富二代"，在人们印象中与好吃懒做、挥金如土、不求上进、行为乖张画等号，顾名思义是因为家里有钱、宠溺，造成孩子不懂事。但随着中国经济的发展，尤其城市新中产的崛起，言正行端、吃苦耐劳的富二代越来越多。相反，不少穷人家的孩子却沾上了以前富二代的毛病。

这个现象最大的原因是家人的补偿心理。我有一个同事，单亲家庭，父母工作不稳定，他小时候跟爷爷奶奶长大。爷爷奶奶家里也穷，但正因为穷，只要有十块钱，就把十块钱全花在他身上。宁肯穷了全家，也不能穷了孩子，是他们的教育信念。在这种环境下长大的他，习惯了伸手讨要，缺乏感恩心理，今天花明天的钱，消费远远超出他的能力。更要命的是，责任心几乎为零。我穷我有理、我弱我有理，这种心态让同事对他意见很大。

离职前，我找他谈话，他表情游离，忽然没头没脑地说了一句："昨天在路上看到有个人，特别像我爷爷。"

我知道长大成人对他是一种凌厉的痛，因为宠爱他的人再也帮不了他。

补偿心理，是长辈的自我安慰。十年前，穷人勇于承认自己的不足，在教育孩子问题上能够保持清醒：我们家境不好，你要多扛责任，自强自立；如今，各种创富神话冲击社会各个阶层，越来越多没有创富的人，把责任推给机遇、社会不公、阶层固化，因为看不到希望，只能倾尽所有对孩子进行补偿：我不管你将来如何，至少小时候，别人有的你都有。这就直接造成了一个恶果：家境越不好，越容易把正常的教育当成吃苦，并以让孩子吃苦为耻。

尽管我爷爷子女众多，但他对子女们没有偏爱。我爸爸在从四岁多回到自己的原生家庭后，我爷爷奶奶没有抱着补偿心理对待我爸爸，反而对包括我爸爸在内的子女一视同仁，我爸爸就在这样的现实而又理性的家庭氛围下一点点长大到七岁，到了上小学的年龄。

小学篇

二十二、就读"北京美术馆后街小学"

我想起我在北京师范大学一次关于青少年健康心理教育的演讲上回答过，为什么现在很多父母在孩子童心教育这一块很难见到成效？就是因为现在社会上有很多父母在孩子应该学会独立的时候放不开自己的手，总是帮助孩子做所有的事情，帮孩子的每件事都考虑周全，最终家长不知道自己才是最大的因素。

我通过我爸爸的故事，告诉听众：为人爸爸妈妈的终极使命，是培养出来将来能适应社会和改造社会的孩子。爸爸妈妈之于孩子，应该如灯盏，而非拐杖。爸爸妈妈学会放手，让孩子自己选择生长方式和未来志向。童心教育就是帮助孩子自己选择生长方式和未来志向的教育，童心教育是孩子精神独立的基础，而不是把孩子变成利己主义者的教育。

那次，我向会上的听众讲述了一些名人的论点。

海灵格：好的家庭一定要有界限感。

心理学家西维尔娅：这世界上所有的爱都是以聚合为目的，只有一种爱是指向分离，那就是父母的爱。

简·尼尔森：没有感受过"我能行"的孩子，会产生"我不够好"的信念，容易自卑。

俄国教育家马卡连柯有句名言：一切都让给孩子，为了孩子可以牺牲自己的一切，甚至牺牲自己的幸福，这是父母送给孩子最可怕的礼物。

我告诉听众：……恰到好处的爱，不是用力付出，而是得体退出，该放手时就放手。家长总是帮助小孩子做所有的事情，帮孩子的每件事都考虑周全，包括代劳做作业，像这样的教育方式，让很多孩子养成一种不好的行为习惯，不仅影响孩子的当下，尤其会影响孩子上学以后的发展。

……

我爷爷在生活中做到了每件事都亲力亲为，让我爸爸从小时就能看到父母大人生活的不易，让我爸爸从小时就能比别的同龄的孩子更有悟性，同时，又没有失去童心。

一眨眼，我爸爸到了上小学的年龄，我爸爸终于要和教书先生告别了，告别现场，我爷爷奶奶都在，教书先生拉着我爸爸的一双小手，问我爸爸道："孩子，你要上学了，要离开家去小学堂上学，和一大帮小孩子一起上，一起写字识字，一起读书，一起玩，你愿意吗？"

"愿意。"我爸爸回答道。

教书先生听了后非常开心，用手抚摸着我爸爸的一双柔软的小手，又接着对我爸爸说道："上学后，你要尊重老师，听老师的话，不要淘气，不要和别的孩子打架。"

我爸爸边点头边回复着："请先生放心！"

教书先生离开前告诉我爷爷："你的幼子好学，擅长接受新鲜事物，人虽然年纪小，但却能看透许多事情，像他这样的孩子是'宠不坏'的，哪怕你们把他捧在手里，他也能早成大器，在学业上自强不息。"

……

我爸爸要上的小学叫大佛寺小学（1976年改名为美术馆后街小学）。学校始建于1936年，为私立的简易小学，在1945年与"四存小学"合并为大佛寺小学分校，由私立转为公立。

我爸爸曾经告诉我道："去到小学报到上课的那天，是你奶奶带着我去学校报到登记缴费。那天，你奶奶带着我去报到，到了学校后，负责接待新生的教员看到我后都哄堂大笑，为什么呢？因为我是穿着开裆裤去的学校。"

我奶奶虽然给我爸爸做了身新衣服好在去学校时穿，可裤子依然是做成了开裆裤，是我爷爷的意思。我爷爷担心我爸爸上课时事多麻烦老师和同学，我爸爸就这样穿着开裆裤上了小学一年级。

民国时期的小学，学校对学生管理宽松，以鼓励为主。所以，我爸爸上小学一年级没多久，精神就轻松了，笑容也多了，很快适应学校环境，让我爷爷奶奶很开心，很快我爷爷奶奶就不用再接送我爸爸上下学。但是我爷爷依然不放心我爸爸，我爷爷和小学校长以及教我爸爸的教员保持着良好的沟通，总是能很快地知道我爸爸在学校学习时遇到的问题。因为第一，孩子上了小学，表现好时固然能听到教员的表扬，可是教员也有责任直接说出孩子不足，可能让孩子感到再也不愉快了；第二，在老师那里的观点是，假如孩子在学校里不能接受好好学习，不能与同学和谐相处，并享受到它的好处，就不如在家里请一位教书先生来教导。

中国学校教育尤其小学，深受孔子"学而时习之"思想的影响，教员把知识点一遍又一遍地教给孩子，要求孩子通过不断地复习背诵，使之成为终身不忘的记忆，学生的基础知识普遍比较扎实，这种教学方式对于传统的人文经典教育是有效的。

我爷爷的美国牧师朋友告诉我爷爷：美国小学的教学方式深受古希腊苏格拉底"产婆术"教育思想的影响，强调教育是一个"接生"的过程，教师是"接生婆"，人们之所以接受教育是为了寻找"原我"以不断完善自身。也就是说，他们认为，知识非他人所能传授，主要是孩子在思考和实践的过程中逐渐自我领悟的。所以，在美国课堂里，无论是大学、中学还是小学教师很少给孩子讲解知识点，而是不断提出各种各样的问题，引导孩子自己得出结论。孩子的阅读、思考和写作的量很大，但很少被要求去背诵什么东西。美国学校教育是一个观察、发现、思考、辩论、体验和领悟的过程，孩子在此过程中，逐步掌握了发现问题、提出问题、思考问题、寻找资料、得出结论的技巧和知识。虽然他们学习的内容可能不够深不够难也不够广，但只要是学生自己领悟的知识点，不仅终身难以忘记，而且往往能够"举一反三"。

那个美国牧师劝我爷爷给予子女精英教育。我爷爷很爱惜子女，他也觉得孩子教育的主导权还是在家长，在父母，而不是在学校，更不在社会。

通过对我大爷、大姑、二大爷的严厉家教的得与失，我爷爷逐步意识到和孩子上哪所学校，考多少分相比，让孩子自己知道自己未来将成为一个什么样的人是更为重要和根本的目标。回避或忽略这个问题，只是忙于给孩子找什么样的学校，找什么样的教书先生，为孩子提供什么样的条件，教给孩子多少知识，提高孩子多少分数，这些都是在事实上放弃了作为家长的教育责任；我爷爷意识到，实际上，一旦自己的孩子认识到自己未来要成为什么样的人，就会从内心激发出无穷的动力去努力实现自己的目标。

我现在想想，更觉得我爷爷是理性的家长，竟然懂得对于孩子的成长而言，内生性的驱动力要远比外部强加的力量大得多，也有效得多。

我爸爸有一次回忆着告诉我："我该上小学二年级时，你老姑该上四年级，有一天你爷爷问我和你老姑说上学读书的目的是什么，我和你老姑一下子答不出来，你爷爷不但没生气，反而严肃地告诉我和你老姑，之所以要送你们上学，不但是因为你们必须要上学，还因为你们从现在从小就要为你们长大以后自己的生活做准备。"

我爸爸那次继续说道："在你爷爷的教诲下，咱家那时最常见的场景就是，几个相差三四岁的孩子，我们在一间没有大人的房间里。如果以常识来看，这个房间一定翻天了，地上都是水，弄得一塌糊涂。但实际是，这个房间门一打开，屋里鸦雀无声，每个孩子都很安静，只有翻书声音和写字的声音。"

二十三、送煤童工的影响

从发展心理学的角度而言，成长终归是自己的事。尽管我爷爷不知道发展心理学，但是我爷爷做得非常到位，他有意识地培养子女尤其我爸爸的观察能力、动手能力、思维判断能力，尤其是动脑子的能力。

在观察能力方面，我爸爸虽然还在上小学，虽然生活在富裕的家庭，但他在有空闲时就爱跟着我爷爷去到处跑，所以能经历各种不同的场合，见各种各样的人，无论穷人还是富人；无论是穷人家的孩子，还是富人家的孩子；无论是读书人，还是没读过书的人。

有一次，我爸爸和我聊他小时的两个经历，他说："一个经历是，有一年的冬天，天气特别寒冷，外面下着大雪，寒风凛冽，柜上需要加煤取暖，后来就见来了三个十几岁的大孩子，拖着一大车的煤块，三个大孩子往院子里空地卸煤块。那三个孩子身上脏兮兮的，衣服破破烂烂，鼻子被冻得直流鼻涕，碰到大块的煤，就背在背上，步履迟缓地往里背，块小的煤就蒯进煤笸箩里多多的，然后两个孩子一起吃力地提搂着那一笸箩煤进院里。他们看到我后，就不断打量我。我看着他们吃力的样子，我就觉得哎呀他们比我大不了几岁却要干这样的脏活累活，为什么呢？我就问你三大爷松斋是怎么回事？"

我爸爸告诉我，松斋就回答说那些孩子家里穷，说那些孩子是做童工的。

我爸爸说的另一经历是，他小的时候有一次在街上看见两个大人指挥着一帮孩子搬运一大堆行李，动作慢时就被那两个大人呵斥，有一个孩子因为不小心把一个物件碰倒，一个大人上前就给了那孩子一个耳光。

……

我爸爸当时经历了这两个场景后就有点发闷，感觉受了刺激，后来我爷爷知道情况后就告诉他道："你看到的那些孩子是童工，他们的年龄比你大不了多少。但是你想不到他们的家庭因为穷，生活艰辛，他们的父母供不起他们读书。你长大了就懂了！"

那时，我爸爸上小学，他就已经觉得干童工是一件很恐怖的事情。

事实上，在民国时期的北平城，从政府管理到社会心理，都是很注重教育的，只是不少孩子迫于家贫外出打工，认为"做童工有肉吃"；有的孩子小学毕业后，读不起中学，无所事事，去做了童工；有的孩子是因为家长急功近利，想让孩子早点赚钱；有的孩子因为家长愚昧无知，以为去工厂做工就是学了本事。更有无良的黑中介诱惑孩子们外出做工，靠贩卖童工赚钱，于是越来越多的孩子沦为童工。

我爸爸肯定无法想象到那些十几岁的孩子被强行扣押在工厂，每天工作十多个小时，完不成任务不能睡觉，随时面临毒打、体罚，一个月工作二十八天，像动物一样被饲养，像机器一样被使用是多么悲惨的生活！整个经济结构，令没有学识或者低技术的人越来越多，过着非人的生活。

我爸爸肯定无法想象到童工们成年后，又能做些什么？他们的一生将是何种情形？会像被锁在柜子里的文件一样，没有希望，更了无生趣，没有选择，尽量过一天算一天。穷人的生活，来来去去都在人生的"死胡同"里面打转。

在那些没有学识或者低技术的人包括童工眼里，心思主要是"这两天我只考虑吃东西，我完全没有别的盼望，我努力工作只是为了吃得好一点，能吃上一顿饱饭。"

我爸爸纵然上了小学，但不会意识到几乎与他同龄的那些童工大部分的想法，他们怎么会计划下星期、明年、将来会怎样？对他们来说，最重要的是解决下一餐。

我爸爸那次还对我说："如果让我试着做童工，做两天还可以靠斗志活下去。如果要做一个月或半年，我未必有斗志。童工能让工厂低成本运营，就像现在的农民工能让经济奇迹此起彼伏，能让劳动密集型的制造业经久不衰，但是繁荣的背后是残酷的现实。当社会对奴役童工或者农民工熟视无睹的时候，我们掩盖的是社会规则和人性的缺口，我们漠视的是将来可能发生的动荡不安。"

当我想起我爸爸和我聊的他的小时经历时，我就想起了一百年前，鲁迅曾喊出来"救救孩子"。

对于现在的社会，我爸爸对我说过："小时候，在看到那两段场景后，我内心就暗暗发誓，得好好读书，何况咱一家子都是信仰读书的。可是现在呢，看看现在的社会，人们普遍急于求成，那些不爱读书的人怎么办？许许多多爸爸妈妈几年下来不读一本书，却要求孩子读书考大学，这是非常荒唐的。"

现在想想，我爸爸说得很有道理。哪怕是在中国古代，读书也被认为是一种要持之以恒去做的事情，从小学到老。古代中国的教育实质上是一种关于社会和人生的伦理学训练。教育固然有其功利化的一面，但也有其超越性的一面：能实现的目标是，读书人通过反复阅读经典的经书来完善自己的道德，管理家族和宗族事务，进而服务于国家和天下苍生。

科举制废除之后，基于政治经济文化的颠覆性变革，中国教育走上了向西方学习的道路，由此形成了一整套语言、学制和评估体系。这一源于特殊历史环境下的教育体系尤其强调民族性的一面，即教育是为了解决民族的某种问题而存在的：教育为了救国，教育是实现现代化的工具和基础等等。

到了民国，教育更加呈现出相当显著的工具性特征：家长们希望通过让子女受教育获得一些有用的技能，使他（她）们能够通过竞争激烈的考试，增强他（她）们的竞争力，进而获得更高的社会地位和物质财富。民国时期，各阶层的精英和达官贵人们以更高的姿态和手法为自己的后代作意识灌输和行为表率，而作为学生家长的大多数都处于社会的底层，他们的生长、生存环境都是在激烈竞争或者说是在斗争的社会环境和巨大的压力下喘息着，切身之痛，怎能不狠心地逼着他们自己的后代抱着去斗争、去出人头地的态度、意识、动机和目的对待学习、教育和工作？

我爷爷作为处在上升阶段的中产阶级，他对孩子的教育自然是很重视。他就思考过孩子不读书，家庭以后会怎样。他解决不了我爸爸提问的"那些孩子家里穷？穷就不能念书吗？穷为什么还不喜欢读书？"的问题，但是他是一个计划性和预见性很强的人，他努力工作争取让自己的子女上当时北平最好的小学、中学、大学。在他眼里，作爸爸最大的责任，不是给与孩子没有界限的关爱，而是为孩子托起一片天空，让孩子们站在爸爸的肩膀上看世界。

梁启超说，"少年强则国强，少年智则国智，少年富则国富，少年独立则国独立，少年自由则国自由，少年进步则国进步，少年胜于欧洲，则国胜于欧洲，少年雄于地球，则国雄于地球。"

我爸爸曾经对我说："你爷爷认为，没有思想的父母是很难养出一个长大后优秀的孩子。每个小孩子，未来是做英雄？还是做一个邻家男孩、邻家女孩？嗯，现在很多父母及其子女还没有想好在未来该展示怎样的自己。"

"嗯嗯，这问题说明很多家庭不懂得童心教育的重要性，或者说不懂得教育的本质。"

……

二十四、小学根本教育始于"敬"

我爸爸和我谈论过他上小学后的几年里，学到的最主要的知识影响了他一生的，影响了他一辈子人生观的，就是《孝经》。

民国时期，小学教员教授给我爸爸他们那些小学生有关中国传统思想和礼仪的核心价值都是"敬"，即自重、自尊、庄严、有序。那时小学教育中头等的学问是教授中国社会历来的所有礼仪，这所有礼仪的精神内核都是"敬"——中国历史文明的标志之一是讲究礼仪。例如，我爸爸在小学里学到《左传》里讲的"国之大事，在祀与戎"——"戎"是军事行动，"祀"则是祭祀活动。而所有的祭祀，其精神内核是一个"敬"字。"戎"是军事行动，其实军事行动更注重内在的庄严，因此也需要讲究"敬"。所谓"敬而无失"就是此义。军事行动一是忌急，二是忌戏，正所谓"军中无戏言"。

在民国时期，小学生从小还被学校灌输"敬"与"诚"相连接，如古人对祭祀的要求，就是要有诚敬的精神——按照朱熹的说法，后世子孙对祖宗的祭祀，包括对远祖的祭祀，如果能表现出深沉的诚敬之心，祖宗能够"感格"。这也就是民国时期文化一向讲究的"诚可以通神"，所谓"心诚则灵"。

民国时期，小学生从小更被学校教授《孝经》。《孝经》里面讲："生事爱敬，死事哀戚，生民之本尽矣"，把"爱敬"视为"生民之本"。《孝经》是孔子的得意大弟子曾参所作，所叙内容以孔子的言论为主，因此又有孔子口授而曾子为之记录的说法。后来魏晋南北朝时期，有一个叫刘邵的人，写过一本书叫《人物志》，他进一步提出"人道之极，莫过爱敬"，又把"敬"视为"人道之极"。

也就是孔子讲的：为礼不敬，举丧不哀，吾何以观之哉。

我爸爸从小学起就渐渐懂得些中国历史上的礼仪，懂得了什么是"敬"？

为什么要"敬"？没有"敬"，任何礼仪都没有什么看头了。

我爸爸一辈子坚信"敬"和"诚信"都是中国传统文化教育中占据核心位置的价值观。他还认为，"敬"不仅是对他人而言，主要是自我精神世界的一种自生自在的庄严，可以叫"自性的庄严"。"敬"是自生的，是人的一种不可予夺的内在志气。

我爸爸曾经引用孔子所讲：三军可以夺帅，匹夫不可以夺志也。他说这个不可夺的"志"，就是"敬"的精神。

还有，在我爸爸眼里，"孝"的精神内核不是孝本身，而是"敬"。他给我讲过一个故事：有一次孔子的弟子问他，什么是孝？孔子说，现在人们以为能养就是孝，犬马其实也能养，如果没有"敬"，人的能养跟犬马有什么区别呢？显然孔子认为，孝的精神指向在于敬。所以对父母的孝称作"孝敬"，对师长的敬也可称作"孝敬"。

相比民国时期的学校教育，现在的学校不提倡学习《孝经》和传统礼仪，我爸爸就认为这导致了现在的社会绝大部分家长过分溺爱孩子，对孩子的一切事宜大包大揽。现在的父母无知，导致传统价值观被颠倒，"孝"被颠倒了，"敬"也被颠倒了，"诚"也被颠倒了，害得孩子失去自理能力、独立精神，不但有可能最后落得一事无成，还对父母不孝，对师长不敬。

我爸爸曾经对我说："在某些方面，你爷爷奶奶在孩子面前显现的懒一些、弱一些，比如不接送我和你老姑上下学，让我们自己上学下学。有一天早晨，我起床晚了，上学快要迟到了，我要你爷爷送我去学校，你爷爷就是坚持不送我。我一跺脚就自己拼命跑去了学校，结果还是迟到了还被教员罚扫地，所以以后我就纠正迟到的毛病。你爷爷奶奶知道，陪伴孩子只能是伴其左右，护其安好，而不是全方位的事无巨细的代劳。"

我爸爸这么说我爷爷，让我觉得我爷爷是个很有个性而且注重人格的男人。

"和你爷爷比，你奶奶对子女懒于唠叨。一些家长每天为了督促孩子好好学习，每天就像麻雀一样不停地叽喳唠叨。我知道，用时常的念叨来教育孩子不见得有效，勤于念叨、讲很多的大道理对于一个孩子来说并没有作用。那些家长不知道，他们在孩子面前说得太多，他们自己也会耳朵起茧子，时间久了孩子反而不会当作一回事。我和你老姑和你二大爷，都爱玩爱闹，有时候还打架，但是玩归玩，闹归闹，打架归打架，我自己规定一个时间，规定时间一到就自己继续学习，学习归学习。我们几个孩子还是很自觉的，在学习方面。"我爸爸那次说着，然后又继续对我说道："在咱家里面，凡是孩子能够自己做的事情，你爷爷奶奶从来都不代劳。像我的房间乱了，我就胡乱收拾下自己的房间，上课要准备的材料也是我自己动手，要买好吃的也是拿钱自己跑去商店买回来。"

如此，我爸爸在成长过程中，在家里孝敬父母，主动学习；在学校，孝敬师长，听老师话；工作后，敬重领导和同事，努力工作，认真钻研。

现在想起我爸爸提到的我爷爷奶奶的教子心得：帮孩子包办一切的事情，时间长了孩子会认为这是你应该帮他做的事情，造成他的依赖性和被动性。我就想到我爸爸也是这样对待我和我弟弟的。

当今都市中的孩子现实感非常弱是教育失败的结果，孩子从小到大一切现实事务都被替代了，他们只知道好好学习，学校也没有提供给孩子处理事务的可能性，除了学习和补课没有其他活动。孩子在现代化的电脑世界里生活，现实感很弱。他们在虚拟的世界体会到真实感，在真实的世界里有虚拟感，这就是他们的特征。

我爸爸觉得，现在的社会把中国传统中一些有价值的理性的部分都抛弃了，导致在孩子教育方面，家长在该放手的时候不放手，该对孩子狠心的时候不狠心，该懒的时候不懒，把保护孩子的羽翼不收回来，不让孩子自己去学会怎样飞翔。如此，孩子从小就对他人没有"诚"的概念，对师长没有"敬"的意识，对父母没有"孝"的理念，所以导致中国现在虽然经济发展很快，但是人口素质急剧下滑，是教育的过错和学校的过错。

我爷爷一直勤于寻找正确的对子女的教育方法和对策，并且希望能够有效地实行。他认为孩子只有懂得现实理性，只有懂得"孝"和"敬"，才能学会坚强，才能争取主动的学习习惯和独立生活的能力。

我想，我爷爷奶奶那时已经做得很好了。否则的话，我爸爸如果像《碧血剑》中归辛树的儿子，爹娘啥都包办了，结果儿子啥都不会，那就彻底玩完。孩子的好习惯，离不开家长的教导。

总之，上学受教育这个话题再大，家长依然是孩子的第一任启蒙老师！而社会进步和学校教育独立也是非常重要的。

二十五、感恩小学教育

上小学后，在书法课方面，我爸爸被教员灌输的书法理念是：临帖不是轻松的事情——从篆书、隶书、楷书中选出自己喜欢的字体进行练习，当然也可从行书入手，不过不是太建议，要问为什么，因为行、草对笔法和章法的要求较高，初学者难以把握。篆书相比于其他字体，笔法相对简单一点，但是对笔画线条以及笔墨的浓度的控制力要求比较高，而且字形较为复杂。再说隶书作为篆书和楷书之间承前启后的一种字体，简化了篆书繁杂的笔画，也没有楷书森严的法度，对于初学者而言，是非常友好的字体。很多书法理念比如法度的理念从小练时更容易领会，更容易接受。

我爸爸课余，我爷爷依然监督我爸爸和我的二大爷和我的老姑练习欧阳询的书法，顺便还要求他们继续念唐诗、宋词，背诵古文，边念诵，边写毛笔字。

我爷爷不断灌输给子女一种思想：在中国古代，书法写好了，字写得漂亮的人，一般都有很高的文化素养，有字外功夫的支撑。学习书法需要字外功夫，这就是说，练习书法同时要多读书，要多思考，多动脑子。书读得多了，对古人怎样练习书法的情景有了理解，有了自己的思考；书读得多了，可以将练习书法与实际生活为人处世相联系，脑子也活了，应用也灵了，人也变得聪明了；书读得多了，有了学问，如此临帖时才能与古人"神交"，才能与古人"对话"，这样就会增强对临古帖的理解和运用，将古帖临活，使临帖临得进去。

民国时期，对于小学生来说，礼仪、语言、数学、阅读写作是几门重要的功课，我爸爸上小学时的成绩一般，因为他觉得除了写作，其他的太容易了。回家以后，作业负担很小，几乎全是阅读。他爱偷着看武侠小说，我爷爷觉得武侠小说素质不高，便买了很多章回小说，顺便让他背诵里面的诗词，比如

《红楼梦》里的诗词。

我爷爷着重培养我爸爸学习的兴趣，他可以学任何想学的东西，认为兴趣或将成为子女一生中永不枯竭的动力。在这种观念下，我爷爷注意观察他成长的方方面面，就注意到他有不错的算数能力，尤其是喜欢玩珠算，也喜欢跟着我爷爷跑工地现场，玩各种标尺。我爷爷很高兴，有空时就手把手教他做珠算和测量。

我爷爷是搞建筑的，数理方面属于无师自通，那会不会对我爸爸有积极的影响呢？我爸爸在一年级虽然喜欢数学，后来加、减、乘、除的混合运算也学得滚瓜烂熟，一个寒假看我二大爷的数学书能看到五年级下册了。但是在科目兴趣方面，数学还未真正引起他的兴趣。

小学的教育对一个孩子的影响还是很重要的，它往往奠定孩子长大后价值观的基础。"美术馆后街小学"对小学生的学问和人格训练非常重视，特别重视独立人格培养。我爸爸在"美术馆后街小学"度过的小学时光是快乐的。

我爸爸到了晚年，小学时光依然令他历历在目，他感恩那段时光，非常美好。他对我和我弟说过："我小时在乡下闲散惯了，回到自己家里后，跟着教书先生，试读，逐渐起了念书的兴趣。再加上你爷爷对我管教甚严，让我知道读书上学的'目的'是什么。上了小学以后，才渐渐明白社会乃是一个合群的社会，学生必须学习与同学相处，并尊重有能力有学问的老师和同学。学生必须懂得如何尊重同学的长处，帮助有需要的同学。学生要培养与他人沟通合作的能力、独立思考的能力、团队协作的精神，对周围人和对社会的责任感，等等，并在这种环境中去训练自己。"

2014 年 7 月 4 日，北京美术馆后街小学召开了 2014 届六年级"告别母校，放飞梦想"毕业典礼。在毕业典礼上，除了九十名毕业的小学生，还有六年来曾经教过他们的各位老师、学校领导和各位家长朋友，学校领导更是邀请了我爸爸去参加。学校领导在介绍我爸爸时，特意提到他于 1952 年毕业于该所小学校，到 2014 年时已经 74 岁高龄，职务是教授，职称是正高级工程师，曾获得过国家科技奖，被授予国务院"突出贡献专家"称号，享受政府津贴。

在那次毕业典礼上，我爸爸发言教导六年级毕业生"在今后要做一个正直的人，要抵制现在社会中的不良诱惑。"

为了参加那次毕业典礼，我爸爸还挥毫题诗送给母校留念，诗文：

怀念母校（一）

惜别六十二年前，难忘大佛寺校园。

天蓝气爽云丝细，风和绿柳絮如棉。

课堂朗读童声齐，操场拔河少儿欢。

母校崇尚德智体，百年育人功在先。

怀念母校（二）

风雨沧桑数十年，不慕权贵不贪钱。

平生不做亏心事，刻苦攻读搞科研。

誓做有益人类事，医疗装备献人间。

根深苗壮成正果，母校培育功在先。

一九五二届毕业生校友邢松科敬题

2014.5.21

当时，学校领导、毕业生分别与我爸爸合影留念。

二十六、德育在先

在中国，现在有很多父母认为自己的孩子很聪明，从三岁开始，甚至从两岁开始，就认为自己的孩子天赋很高，以后不读书就可以做出高深的题目。在我爸爸看来，这种看法是没有意义的。

我爸爸说他所知道的世界上知名的数学家、物理学家、社会学家还没有这样的天才。在现在的中国，父母很宠爱小孩，望子成龙。很多家长对小孩期望太高，往往要求他们读一些超乎他们能力的课程，学习略有突破，就说他们的孩子是天才，却不知是害了孩子。每个家长应该努力了解自己的能力，努力学习，才能帮助孩子。

在科技文化大国里，父母是培养孩子读书兴趣或者论学能力的最好的老师，孩子长大能否成功不是单靠金钱堆砌就能保证得了的。西方国家教育体系中注重培养孩子逻辑精神，喜欢论学，日本人也喜欢论学，所以诺贝尔奖几乎都出在有论学渊源的科技发达国家。

民国时期，中国文化界也开始喜欢论学，所以出了很多博学的大师。受当时的文化影响，我爸爸上小学后，在家里经常看到哥哥姐姐论学，而哥哥姐姐的同学也常到我们家中一起论学，时而唇枪舌剑，时而引经据典，时而一本正经地向大人们讨要说法，使他感受良多，感受之一就是论学容不得一点儿马虎，感受之二是没有论谁家钱多和哪个孩子富养然后就会有出息的。那个时期的德育充满了民族主义——教育孩子们以"尚武主义，挽回民弱，以扶国危"为志向。

在我们邢家，德育的重点是爸爸妈妈在孩子遇到任意问题时不能充当救火队员角色，完全剥夺孩子解决冲突和问题的意识能力。我爷爷奶奶鼓励子女去勇敢面对冲突和问题，让子女在解决问题过程中，逐步建立自信。我爷爷觉得，尤其是男孩子的爸爸妈妈，一定要懂得在孩子面前示弱，好让你的儿子有机会成为一个真正的男子汉。在陪伴孩子的过程中，教会孩子和环境外界相处的能力，这才是爸爸妈妈对孩子最大的帮助和保护。

一句话，我爸爸在上小学时，我爷爷奶奶对他进行的童心教育就是你是男孩子，长大了要成为一个顶天立地的男子汉。

现在社会上的一些爸爸妈妈，动辄论"富养女，穷养儿"；也有一些爸爸妈妈认为真正穷养男孩的话，可能会毁掉三代人；还有一些爸爸妈妈，去接送孩子上下学时，不是动辄开几百万的豪车，就是身上穿着上万块的皮草。我爸爸认为这几种爸爸妈妈尤其最后一种爸爸妈妈都是把"敬"和"诚"丢掉了，都是把自家的孩子的德育放在最后考虑的，这样一来他们的想法和做法不能保证他们的子女以后没有挫败感，不能保证他们孩子的自尊以后不被伤害。

关于贵族，我爸爸举例，贵族是一个文化概念，不是一个财富的概念。他认为当代社会的价值观紊乱、价值观失落是普遍存在的问题，实际上关系到每个人以及全社会的精神信仰。当代人已经不知道一个人如何自处以及与人相处需要遵循一些什么样的规则和逻辑。

我爸爸告诉我说：做人的规则是从家族几代之前，甚至是从千年以还的传统中传承下来的。个人品质的养成，学校、家庭、社会都是影响之源，但最重要的其实是家庭。佛教《唯识学》有一个概念叫"种子识"，也叫阿赖耶识，讲的是一个人的祖先、远祖、曾祖、祖父等前几代，他们的性格基因会在你身上有残留。这种影响是看不见的、潜移默化的，但它会使你成为一个跟其他人不一样的人。这种远因的传承是一个人性格和教养所以形成的看不见的因素，所以用佛教的"种子识"来形容。

也就是说，并不是有钱了，房子住得大了，就是贵族。贵族是一个文化概念，不是一个财富的概念。如果一个人没有文化的底蕴，就是住八千平方米的房子，也不过是一个房子不知怎样住的土豪而已，跟贵族没有关系。

我爸爸认为那些爸爸妈妈有攀比身价的钱，有攀比补课费的钱，如果省下来做正确投入，孩子的德育水平可能一下跨越一个阶层。何况，孩子六岁之前就是德育的敏感期，童心的建立越早越好，道德的学习也是越早越好。到了小学阶段，相对于未来更多的不确定性，道德教育和传统礼仪的学习算是一件绝对正确的事。

我爸爸认为，如果一个家庭不注重德育，子女尤其是男孩子没有远大志向的话，以后的人生就会总是在折腾，总是追求眼前的利益，总是不能安静下来踏踏实实地搞事业，整天被各种梦想包围着，整天活在自己构筑的理论世界里，最终会被尘埃裹挟沦为时间的牺牲品。

我们邢家即便家庭生活过得节俭，即便碰到有些富裕人家在炫富，但是我们家的孩子却不会在乎，能够继续去努力，因为有远大志向。而且，我爷爷奶奶没有现在的社会流行的一种什么"穷养一个男孩，毁掉三代人"的自我作践自己这样的感性认识。

在我们邢家，"穷养严教"不意味着像现在孩子很有艺术天分，想学画画，父母不让；大一点，想学滑轮，父母也不让；再后来想学计算机，父母还是不让；也不意味着缺吃少穿。

现在社会上有很多爸爸妈妈认为，被穷养大的男孩，长大了就会成为"穷爸爸"，实际上他们没有理解什么是"真穷"，什么是"真富"。我的理解是，在孩子教养方面，既没必要让孩子有把"用钱来满足自己的任何欲望"都看作一种罪恶，觉得自己不配拥有，也没必要让孩子有把"用钱来满足自己的任何欲望"当作是一种荣耀，毕竟那些钱都是爸爸妈妈的血汗钱。

我爷爷奶奶认为，苛刻自己的孩子而不盘剥孩子童年的快乐，出发点是为了培养孩子勤俭节约的好习惯，是为了让孩子明白物质不是他实际需要的，学问或者长大后要成为什么样的人才是孩子应该关心的，因为"书中自有黄金屋"，因为"思想就是财富"。

如今，实际越是暴发户越爱显摆，反而透露出过去几辈子都抹不去的穷酸气。而且，那些暴发户不知勤俭节约并不会使知识分子变得渺小，不知勤俭节约并不会使追求真理的人变得卑贱和贪婪，不知勤俭节约并不会扭曲爱读书的人的性格，不知勤俭节约并不一定会使学者从一个庸俗的角度来看待世界，对自己所付出的一切都锱铢必较。

热爱读书和崇尚真理的人有自己的精神依托，会把学问当作安全依赖和精神依托。

从教育心理学的研究角度出发，孩童德育或者童心教育之所以重要，是因为很多似乎长大成人的男女也依旧有着某种孩子的形象，这类成人——他们往往都刚从青少年进入成人世界——他们身上依旧带着强烈的"童年"精神和形象，德育质量的好坏可以贯穿在他们成长过程中的心境，能反映出他们对德育的接受程度和人生的幸福感。

总之，孩子在成长过程中，心境以及对其的理解似乎都会与之前截然不同，而最大的变化是哪天突然发现自己或许并不会再像过去时的那样轻松愉快，反而突然发现失去了什么，正是在得与失之间才能够发现童心教育的重要性，才能发现德育真的很重要。

我爷爷奶奶认为穷养严教出来的男孩不一定不快乐，穷养严教男孩的父母呢，也不一定过得不好，就看家庭有德无德、有敬无敬、有诚无诚了！我爸爸在德育为先的社会环境下，带着要成为男子汉的童心轻轻松松地度过了小学时光。

中学篇

二十七、"童心"决定潜力

民国时期，没有理想的家庭随处可见，这样的家庭的生活是最慵懒的，孩子也是没有希望的，没有任何潜力的。

我爷爷经常告诫认识的一些没有理想的家庭，"正因为无法改变，才应该注重子女读书受教育，让孩子得有理想"。

在我们邢家，为了孩子的理想，童心教育中充满了崇高的追求——男子汉、火车司机、受人尊敬的医生、优秀的工程师、善良与幽默并存以及始终令人温暖和奋进的精神力量。在我爷爷的积极引导下，在所有子女身上，在我爸爸身上，都存在着难以被忽视的希望和潜力，既现实理性，又聪明睿智。

据亲戚说，我爸爸上小学以后的个性相当强，无论在家里兄弟姐妹之间，还是在学校里和同学之间，都具有领导力。那时，他懂得些家里长辈的诸多渴望、幻想与梦想，但却不知道在其背后正是他自己对于未知世界、社会和人生的萌芽看法与某种厚望，使他具备了勤奋感和一定的能力，逐步学会学习，逐步变得自信。

显然，我爸爸在小学时光中已经初步展现出了他对于这个世界和人性的某种看法，而这一观念必然又受到所成长的家庭的影响，那么童心能通过他的个性潜力反映出来。

从小学升初中后，对任何孩子来说，主要意味着自尊的发展和个性成长，这涉及家庭的环境、爸爸妈妈的引导和社会环境的优劣。在爸爸妈妈引导方面，我爷爷认为孩子从上中学开始，上了初中的话，就意味着可以放开手脚让孩子独立了，思想也可以独立了，上中学就暗示着孩子人生"修行"的开始——长大的开始。

我爸爸报考北平育英中学校（现北京第 25 中学），因为我大爷邢松令于 1944 年在育英中学高中毕业，我二大爷邢松理于 1949 年在育英中学初中毕业，我爷爷非常信任育英中学。

我爸爸曾经告诉我和我弟："1952 年我小学毕业前，你爷爷建议我初中考育英中学，你爷爷说咱家男孩子中学上育英，女孩子上贝满。尽管育英中学是私立中学，但我负担得起！以后上大学要靠你们本事，男孩子上清华，女孩子上燕京。"

我爸爸特别语气加重地强调我爷爷说的"本事"两个字。我爸爸告诉我和我弟："你爷爷说过的话，我至今也忘不了！你爷爷的话让我逐渐明白一个道理，好好学习长本事和路一样，是需要一直往前的。而在往前这个过程中，我渐渐意识到，你爷爷早就有一个十分善意的安排。在另一方面，你爷爷作为父亲，同时又象征着某种自然的重要的角色，它是子女的保护神。后来，我学着调整自己的个性，也想着念着以后考清华大学，争取不辜负你爷爷。"

在家庭环境方面，我爸爸在回到原生家庭几年后，他幼年时所经历的乡村的美好、夏天的阳光以及快乐转瞬即逝，"第一次的分离"和"第二次的分离"依然留给他一种感觉——像是在渐渐降临的夜幕下迷了路因而恐惧，因而寻找……在情感中，"陌生的妈妈"始终是那条隐秘的线索，暗示着童年里的每时每刻都会遭受到来自成人世界的威胁，并且直接由自己的妈妈所导致。

著名精神分析学家梅兰妮·克莱茵在其《儿童精神分析》中指出，被妈妈放弃的焦虑始终伴随着儿童，并且这一恐慌在其后会成为建构儿童心理的最重要元素之一。

但是，随着我爸爸上了小学，到小学毕业，到快要上初中，他曾经的既是婴儿的恐慌，也是儿童的不安，逐渐消除了。因为二姑奶奶会抽空进到北平城里看望他，鼓励他；因为上了学，重新有了合群的快乐感；因为我奶奶尽可能地为他"遮风挡雨"；最重要的是因为，我爷爷一再告诉他，"你不用再恐慌被亲密的人放弃，不用再害怕因为分离而彻底失去生活的支柱，从而使你无法面对外来的威胁。"

在家里，我奶奶对我爷爷是言听计从。用我爸爸的话来说："你奶奶不会给子女任何压力，不会给我任何压力，包括学习上的。你奶奶给我更多的，是一种很务实、又很得体的处世态度。我这一辈子当中遇到的女人，真正让我觉得非常佩服、非常有智慧的，一共只有三个人，你奶奶是其中一个，她在任何场合、对任何人，做事说话都可以非常得体，分寸把握得非常好，哪怕来了一家子客人，每个人都如沐春风，没有任何人会受到冷落。不同身份的人，都可以从她的答话、她的语调当中听得出来，因为她会有不同的言词和态度，都使对方感到温暖、感到关怀。你爷爷这一点不及她，这是一种很高的智慧，这是你奶奶一生给我的很好的品质，我学到很多。"

在社会环境方面，我爸爸在小学毕业的时候，就已经懂得了自尊，懂得了生活是现实的，懂得了虚荣不能帮任何人撑过一生。

在尼尔·波兹曼的《童年的消逝》中，他提及近代社会中新的印刷媒介加强了传统中已经被分隔的少年儿童和成人之间的分界线。随着一系列保护少年儿童的法律制定以及大众传媒中自我有意识的约束，而使得少年儿童被严格地界定在少儿这一狭小的世界中。这样的发展渐渐导致了两种结果，一是对于少年儿童的保护意识加强了少年儿童无知和脆弱的形象；二是少年儿童在某种程度上甚至被剥夺了作为"人"的资格。意思是说，从此之后，少年儿童无法再参与任何无论是否涉及他们问题的讨论和活动中。

在我们邢家，我爷爷有意无意地向子女灌输要尝试着独立和依靠着自己的力量在这个世界上活下去。在他骨子里，男人似乎不应该有少年儿童和成人的区别。也就是说，他认为，世界是十分独特且具有很强排他性的，即便是有少年儿童的世界，少年儿童尤其是男孩子也要无畏地面对种种陌生和挑战……所以要具备"好的个性"。也就是说，"童心"真的很重要。

事实上，民国时期"新文化运动"，围绕着"少年儿童"而建构起的种种隐喻最终也扩散到了其他地方，尤其是文学和思想领域。"童心"是晚明李卓吾于其《童心说》一文中提出的观点："夫童心者，真心也"，即它是人的赤诚之心、"一念之本心"，是个人表达真实情感和愿望的"私心"。李贽将认知的是非标准归结为"童心",并指出保存童心便是为了"去伪存真"。

我的理解是，我爷爷意识到了"好的个性"来自"童心"，"童心"可以说是子女与生俱来最基本的个性特征，并决定了每个孩子的潜力。无论是我爸爸，还是他的哥哥姐姐，在他们的心中都保持着某种个人的纯真和善意，无论在人生的哪个年龄阶段，也正因此才会导致他们始终难以释怀自己的梦想和愿望，才能不受到同学同事的排挤，不变成社会上可有可无的边缘人物，不会最终成为失败的孩子，尽管具有"童心"之人与这个满是威胁且与它充满矛盾甚至希望毁灭它的世界之间会有意识冲突。

二十八、初中就读"北京第二十五中学"

我爸爸带着一颗"童心"考上了育英中学初中，我爷爷看重这所学校的历史积淀、名师和学校环境。

该学校前身由美国基督教公理会传教士白汉理创建于清同治三年（1864年），名为"男蒙馆"，以小学教育为主，成为北平第一所教会学校，但是在清光绪二十六年（1900年），"男蒙馆"被义和团摧毁。后来，清光绪二十八年（1902年），经由美国传教士梅赴良、郭纪云等人重建，定校名为"育英学校"，是北平近代教育史中，引进西方科学，开展现代教育最早的学校。民国十六年（1927年），学校在北平市教育局立案，中学部定名为"京师私立育英中学校"；民国十七年（1928年），"京师私立育英中学校"改名为"北平特别市私立育英中学"，同年，制定了校旗、校徽、校花、校歌、校刊，以"致知力行"为校训；民国十八年（1929年），改名为"北平私立育英中学"。

民国二十年（1931年），"九一八"事变后的第三天，育英中学抗日会成立；民国二十三年（1934年），育英合唱队开始了平、津、济、京、沪、杭的旅行音乐会，而首次北平市中学毕业会考，梁炳文、唐统一分获高中、初中全市第一，丁锦先生赠予双元匾悬挂于校门；民国二十四年（1935年），育英学生冲破军警阻挠，参加了"一二·九"运动的游行示威和群众集会；民国二十九年（1940年），建立进步团体"细流社"。

在民国时期，中学教育系统有两类学校，一类是政府拨款的公立学校，一类是私立学校。当时北平的公立学校很少，如一中、二中、三中、四中，提倡快乐学习。

私立学校一年学费相当于一个普通家庭一年的收入，普通人家很难负担得起。但私立学校与公立学校在教学质量上存在着天壤之别，私立学校管理严格、学业压力巨大。

虽然能够让子女读书的家庭基本都属于开明家庭，但是公立中学校的孩子大部分由于家庭贫困往往初中一毕业或者高中一毕业就都去工作就业了，不是因为学习成绩不好，而是因为大学费用太高，一般家庭供给不起，所以都希望考入官费学校，不要家庭有负担。相反，像育英中学校，无论哪个年级哪个班的学生，追求的学业目标也高，高中毕业要么考清华燕京，要么就留洋。

我爷爷是民国时期国人之中极少数能够做到"抬眼看世界"的人，他明知道育英中学校的历史、文化积淀和属性就是"美国学校"，但是他更看重育英中学校以"致知力行"的哲学理念为校训培养少年，从育英中学毕业后的学生多有科学理想和政治抱负。

我爸爸有一次跟我说道："你爷爷嘱咐过我们，私立学校与公立学校截然不同，有些课程设置要求和配套很高，作业量很大，要求严，而且课外活动也不比公立学校少，要对学生进行各项个人能力训练和培养，很多孩子感到时间不够用。孩子的学习越来越凭兴趣出发了，得注重培养自己的科学探究能力。"

我爸爸上了育英中学校后，在校表现越来越好，学习成绩也越来越好，自信心也越来越强。

育英中学校 1952 年改为了第二十五中学，但是保留了美国式的教学思路：美国式的教育从小学开始就训练小孩子的表达能力，无论语言和文字的技巧都要得到良好的训练，受过这种训练的孩子都能够毫无困难地在公开场合中表达自己的想法和学习的成果，因此他们在课堂上能够自由发挥自己的意见而得到老师跟同学的重视。

我爸的表达能力就不错。我爸爸曾在他的回忆录中这样写道："开学后，我们初一·八班设在高中部（原严嵩府）花园前右侧（也是一进校门的右侧），我记得教数学的老师叫周学朴，胖乎乎的他和蔼可亲，讲课时没有废话。有一次上课中他提问：'什么是整数？'全班一半同学都答不上来被罚站，叫到我时，我回答说：'整数就是自然数！'他说：'对。'然后叫我当着所有同学的面把学习方法说出来，我说：'我自开学以来，仔细听课，周老师每次讲课又很有特点，凡重点地方都会重复一次，我就在书上划上重点记号，复习时重点分析并记忆。'周老师把我的学习方法推荐给大家说：'学习要学会抓重点。'"

事实上，我爸爸上初中刚开学时，育英中学校的校长在致"新生欢迎辞"中就向学生们强调：私立育英中学校考试题的难度和学习强度很大……无论如何，学生要努力学习，加强学习能力。下课回家以后，一定要有温习的空间和时间。否则的话，孩子会难以通过以后名牌学校选拔。

现在很多中小学校，在培养孩子数学科学能力方面不重视数学计算能力、数学思维和计算速度，这样容易耽误孩子，更多依靠孩子自己的天赋。

我爸爸上中学后不属于偏科的那种学生，育英中学校教育也不允许。他不像班里有的同学数学成绩一直不错，可是别的科成绩有点惨不忍睹；也不像有的同学别的科目成绩一直不错，可是数学成绩却惨不忍睹。他喜欢数学课的同时，也喜欢其他课程，并懂得了体育、音乐、美术以及这些课程与数学的关系——柏拉图于《理想国》中以体育和音乐为教育之基，体育让人们能够集中精神，音乐和美术则能陶冶性情。古代希腊人和中国古代儒家教育都注重音乐和体育这两方面的训练，认为它们对学问和人格训练至为重要。

在音乐方面，我爸爸对我说过："音乐的美是用耳朵来感受的，美术的美是用眼睛来感觉的，但是对美的感觉都是一种身心感受，数学本身就是追求美的过程。二十世纪伟大的法国几何学家 E.Cartan 说：'在听数学大师演说数学时，我感觉到一片的平静和有着纯真的喜悦。这种感觉大概就如贝多芬 (Beethoven) 在作曲时让音乐在他灵魂深处表现出来一样。'"

在体育方面。无论希腊哲学也好，儒家学说也好，都注重体魄的训练。纵观古今，大部分数学家主要贡献都在年轻时代，这点与青年人有良好的体魄有关。有了良好的体魄，在解决问题时，才能集中精神。重要的问题往往要经过多年持久地集中精力才能够解决。正如《荷马史诗》里面描述的英雄，不怕艰苦，勇往直前，又或如玄奘西行，有好的体魄才能成功。

我爸爸很喜欢上体育课，我爸爸曾在他的回忆录中这样写道："我很喜欢体育课，每次上体育课要整队去骑河楼育英三院，孙洪年老师、曹德辕老师、朱宝廷老师等都教过我们跳马、跳高、跳远，每次上课前先在操场上跑一圈，蓝天白云，心旷神怡，跑完浑身是汗，但心里无比舒畅。下午上完课后，我们几个同学又去三院踢足球，孙洪年老师亲自教我们如何带球、传球、头球。我爸爸给我买了一个小足球，我在铜钟胡同里成立了一个小足球队。苍天不负有心人，最后我们这小足球队在大佛寺小区混得颇有名气。"

1949 年后，私立育英中学校改为第二十五中学后，学校也开设了政治课。我爸爸曾在他的回忆录中这样写道："周老师的弟弟叫周学瑾，教我们政治。他讲课的特点是从不空谈马列，而是结合青少年特点和育英校史，绘声绘色地讲述育英学生如何积极参加历次学生运动，并讲到七·七卢沟桥事变时育英中学、贝满女中、汇文中学的同学们如何一起为前线国军第二十九军将士运送大饼的故事，接着又讲抗美援朝的时候，本校一个同学如何在招兵办公室门前等了一夜的动人事迹，使我们这些刚步入青年期的同学受到强烈的爱国主义教育和民主启蒙教育。"

二十九、数理崭露头角

很多中国人不知道，美国式的教学思路表现在除了语言以外，推理是美国式教育很重要的一环，因此数学是中学和大学最受重视的一门学科。欧氏几何定理不见得对社会有直接贡献，可是它的推理方式却是最有效的逻辑训练。美国主要的大学非常看重两门学科，一个是语言，一个是数学。语言和数学不能够得到高分的话，他们基本上不会考虑接受你做他的大学生。

我爸爸在第二十五中学上的初中三年不仅德智体全面发展，最重要的是老师帮助我爸爸建立起了数理科学兴趣。

我爸爸对自己的中学学习深有感触，他在回忆录中这样写道："在中学一年级开始学习线性方程，使我觉得兴奋。因为从前用公式解答鸡兔同笼问题，现在可以用线性方程来解答，不用记公式而是做一些有挑战性的事情，让我觉得很兴奋，数学成绩也比小学的时候好。"

我爸爸一直认为数学中的平面几何——提供了中学期间唯一的逻辑训练。他有一次对我讲："平面几何的学习是我个人数学生涯的开始。它提供了在中学期间唯一的逻辑训练，是每一个中学生所必须掌握的知识。在我看来，平面几何也提供了欣赏数学美的机会。在中学二年级学习平面几何，第一次接触到简洁优雅的几何定理，使我赞叹几何的美丽。欧氏《几何源本》流传两千多年，是一本流传之广仅次于《圣经》的著作，这是有它的理由的。它影响了整个西方科学的发展。诚然，从一个没有逻辑思想训练的学生，到接受这种训练是有代价的，但怎么样训练逻辑思考是比中学学习其他学科更为重要的。"

我明白我爸爸的意思，他希望让我和我弟明白一个事实：将来无论你是做科学家，是做政治家，还是做一个成功的商人，都需要有系统的逻辑能力——逻辑组织能力和逻辑推理能力，而中学最应该把这种逻辑训练抓好做好，科学的发展都与这个有关。

我爸爸还向我提到过明朝利玛窦与徐光启翻译的《几何原本》一书，提到徐光启认为这本书的伟大在于一环扣一环，能够将数学的真理解释清楚明了，是了不起的著作——几何学影响近代科学的发展，包括工程学、物理学等。

我爸爸喜欢数学，他从来不怕数学考试和测验，即便有时考试测验题很多，都能按时交卷。他曾经回忆说道："我初中每个学期的数学考试平均成绩总在95分左右，我感到还有很大提升空间。"

我爸爸喜欢数学，也喜欢物理学。他在回忆录中这样写道："物理老师孙鹏，讲课绘声绘色，启发大家思维。他讲课时，我听得入神。在讲'万有引力定律'时，他谈：'牛顿在树下看书，突然一个苹果落在头上，为什么偏偏落在他头上？'我抢先站起来回答：'他坐在苹果树下，而且他的头正在苹果的正下方，是苹果和他的头与地心三点一线，恰恰是地心引力的结果。'孙老师借着我的回答就这样给全班同学启发了万有引力的基本概念。孙老师生动的教课启发了大家如何思考问题，通过现象要分析出事物的本质。"

我和我爸爸探讨过一点：在中国应试教育的非理性框架下，有条件的、好的学生应该在中学时期就学习并掌握微积分及群的基本概念，并将它们运用到对中学数学和物理等的学习和理解中去。牛顿等人因为物理学的需要而发现了微积分，而我们中学物理课为什么难教难学，恐怕主因就是要避免用到微积分和群论，并为此而绞尽脑汁，千方百计，这等于是背离了物理学发展的自然的和历史的规律。至于三角代数方程、概率论和简单的微积分都是重要的学科，这对于以后想学理工科或经济金融的中学生都极为重要。

想到这里，我想起我爸爸去世前的几个月，当我告诉他一个事实：中国近几年或者说已经连续五年没有在国际数学竞赛上取得第一名了，反映出了当代中国教育在数学教育发展上的真实水平，但国人从上到下依然没有任何危机感和紧迫感。

我爸爸听了我说的话后，他就说："作为基础理论研究的基础，数学是决定基础理论研究水平的关键。中国数学科学水平相对落后很多，亟待加强数学教育，加快培养数学顶尖人才，夯实基础理论研究基础，推动我国科技创新水平更上新台阶。人类社会目前没有任何一个行业能够百分之百脱离数学。"

据我调查了解，一些发达国家在初等教育时给予不热爱数学的学生最基础的数学教育，给予热爱数学的学生最高水平的数学教育，这样做使得在高等教育阶段时数学教育优势更加明显，使其数学科学成就达到全球领先水平。另外发达国家还重视数学在其他学科的运用——例如在力学课程中一开始就使用大量的矩阵理论和线性空间知识，要求学生必须以抽象数学思维去思考问题，摒弃中学教育形成的直观浅显的思维惯性。

"由于数学科学的落后，使得我国工程应用成果多但关键核心基础成果少，工业制造产业规模大但创新实力低下。也就是说，教育的偏颇导致英才教育的缺失，例如数学科学教育就存在巨大的隐忧。"那次，我爸爸就补充说道，他还有他的建议："我想建议的就是提升孩子们的数学科学兴趣，锻炼学生逻辑思维能力和创新创造精神，提前发现智力超常青少年儿童。数学的重要性不仅是当工具用，更重要的是数学思维。有些数学好苗子上不了大学，因为外语政治拖了后腿。天才都是偏执狂，没有贬低的意思，因为他们要有足够的注意力在某件事情上。"

我爸爸说了很多，但是在我眼里，中国数学教育只重视数学竞赛，功利性很强，不重视数学科学。或者说，现在，急功近利、教育市场化使国内教育从"根儿"上就有问题。

1955 年的夏天，我爸爸以优异成绩从北京第二十五中学——曾经的北平育英私立中学校初中毕业。

"重视英语教学，是育英中学的特点之一。在那种大部分都是英文的环境中学英语，注重英语启蒙教育，是母校为我日后的学习工作打下了良好的基础。我的英文很好，对我的影响也是很大的。"我爸爸在他的回忆笔记中首先写道。

"上育英后，我才发现我自己有一定的数学天赋，我的数学老师也鼓励我，说我的数学会越读越好，有前途，继续好好学吧。"我爸爸在他的回忆笔记中写道。

"上中学后,我经常和我的哥哥姐姐谈论自己在学校里的事情,有时也跟我爸爸谈论自己在学校里的事情,他们都听得很仔细,也会提出自己的看法。尤其是我爸爸,很开明,我虽然有时还是淘气,但他却不以为然,他觉得男孩子活跃些,才能不会死读书、读死书,才能学会开动脑筋想问题。就这样,我在初中时更加放开了天性,无拘无束地通过学习探索世界。"我爸爸在他的回忆笔记中写道。

"在育英读书时,我爸爸教我如何面对各种问题和解决冲突的能力。他说,解决冲突的过程,是你健康成长、走向成熟的过程。"我爸爸在他的回忆笔记中写道。

"光阴似箭,日月如梭,时隔近六十年,我仍怀念母校高中部花园的小山春荫,初中部二楼的秋阳夕照,三院操场的蓝天白云。我更怀念当年那些泉水般清纯心灵的同学和具有崇高道德的老师们。总之,育英母校教会我如何做人,在德、智、体全面教育培养下,使我逐渐成长为一个鄙视享乐、不慕权贵、热爱人民忠于事业的人,最终选择了服务于人类健康事业的医疗装备行业,并做出点滴贡献,这和育英母校的辛勤培育是分不开的。"我爸爸在他的回忆笔记中这样写道。

三十、成才离不开良好的家庭环境

中国式的教育往往注重知识和经验的灌输，而忽略了孩子们童心的培养，甚至有的人终其一生也没有领略到做学问的兴趣。现在的中国，绝大部分家长都在做事，忙着挣钱，没有时间教导小孩，听任小孩放纵，由着孩子瞎混，反而要求学校负责孩子的一切，这是不负责任的。

我参考了历史上著名学者的生平，发现大部分成名的学者都有良好的家庭背景和经济条件。人的成长规律很多，原因也很多，相关的学术观点也莫衷一是，但是良好的家庭环境，无论如何都是非常重要的。

我爸爸初中三年取得优良学习成绩，除了自己努力，也有家庭环境的因素。在我们邢家，我爷爷一方面专注自己的事业，一方面关注子女学业、学科兴趣和价值观的培养。

例如，在1959年，政府改一斤等于十两，废除了之前流传了很多年并且被推广到全天下的一斤等于十六两。我爷爷就对子女解释了据说是姜子牙定的一斤等于十六两——代表着的是天下众多星辰——具体为北斗七星、南斗六星加上福禄寿三星，为的是告诫人们做事要诚信，做生意时不能够缺斤短两，缺一两就会减福，缺二两就会减禄，至于缺三两以上，就会减寿。由于这样的解释很有道理，马上就被商人所接受，并且推行到了全天下。通过这个例子，我爷爷要让子女加强对"诚敬"的理解。

例如，家里日常生活中使用的筷子，我爷爷让子女测量注意到筷子长度基本为七寸六分，形制则是一头粗方、一头细圆。问为什么的话，我爷爷就给子女解释：筷子七寸六分代表着古人的七情六欲，而一头粗方、一头细圆的形制所对应着的，则是古人"天圆地方"的思想创造，代表了古人们对于文明的追求。通过这个例子，我爷爷要让子女加强对先贤的景仰，从年少时树立长大后探索科学的自我要求。

在家中，我爷爷对子女们读书、写字、学习课程，选择学校、选择专业、选择职业等各方面都给予指导，却从不强迫命令，子女们也向他坦诚地诉说学习和思想上的困惑，并发表自己的观点，提出不解的问题及个人前途的选择，这一切我爷爷均能逐个尽可能给以详尽的解答并予以鼓励。

在我爷爷的要求下，每天子女放学回家，就把学校老师讲的内容简单复述一遍。子女做作业，他有时间的话就跟着在旁边读读子女的课本，弄不懂的地方就问子女，如果子女也弄不懂，就让子女第二天去问老师。这样一来，子女既当学生又当"先生"，学习的劲头就甭提多大了！这样复习，成绩肯定会很好。哪怕是别人的孩子在外面玩的热火朝天，自家的孩子也不为所动。

我爷爷的家庭教育理念就是提供机会让孩子教育家长，家长学会装傻，从而激发孩子学习的劲头，激发孩子主动思维，所谓的学霸都出自逻辑能力强富有想象力的孩子！虽然不是什么好办法，但却能够激发子女学习读书的激情和成就感。

我爸爸曾经回忆着对我和我弟说道："上初中时我就发现，如果每天下课回到家都复习，写一遍，手脑并用，效果很棒，别的同学一般都累积到最后才复习，考试前突击复习。但是，千人千法，百人百路，各有所长。"

在中国，有很多家长之所以培养出惰性思维的孩子，那是因为他们所谓的太有能力了——他们好为人师的习惯体现在教育子女之中，结果，孩子放学回家，完全是在听家长的"教育"。其实孩子最不喜欢的是那种"灌输"的教育，这种教育很容易教育出叛逆和思维懒惰的孩子。

我爷爷还坚持关注子女们人格道德品质方面的修养，他不但让子女们有空就读《论语》《孟子》等，希望子女都具有"不惑""不忧""不惧"的君子德行，养成健全的人格，等子女上了初中高中后，他还让子女读鲁迅、王国维、冯友兰等的著作，以及西方的书籍如歌德的《浮士德》等，希望子女在成长过程中无论遇到何事都能有睿智的判断、坚定的信念和勇敢不惧的精神，成为

"新民"。

我爷爷让子女读的那些书看起来与数理没有什么关系，但是那些著作中所蕴含的思想对子女后来的升学和事业产生了深刻的影响。

在我大爷和大姑这样真正学霸眼里，没有复杂的事情，所谓的复杂的问题不过是简单问题的叠加——这就是学霸的思维方式和学习方法——真正的学霸，经过长期的习惯和积累，学习能力、思维方式变得比较强大。

在这样的家庭环境下，我大爷邢松令考上了私立北平辅仁大学。

辅仁大学简称"辅大"，旧称"辅仁社"、北京公教大学、私立北京辅仁大学、私立北平辅仁大学，创办于 1925 年，是由罗马教廷在中国创办的唯一一所大学，也是一所综合性大学，是民国时期北平高校之一，创始人之一同为震旦大学、复旦大学的创始人马相伯先生，"辅大"曾与 20 世纪初的燕京大学、清华大学、北京大学并称北平四大名校。

我大爷高中毕业于北平私立育英中学校，上中学时的课程科目多种多样，除了语言、数学、科学等"主课"外，还有戏剧、音乐、交际技巧课程，此外还有阅读、故事时间等活动。还可以参加各种兴趣班，体育、手工、园艺、跳舞等，当然要收费。他上中学期间，琴棋书画中书法和乐器就已经很有造诣了，尤其是拉二胡和吹口琴。

有位名人曾经说过，不去尝试琴棋书画，保证三十年后找不到工作。这话他说的也许有点武断，但背后的逻辑是值得考量的，那就是，人工智能时代，机器将在越来越多领域与人类展开竞争，人类剩下的核心竞争力，也许就是人文思想。有没有思想，将是人类与机器人的最大差别——吊诡的是，智能机器展示的正是科技的力量，而这种科技力量正以这样的方式，向人文精神表达敬意。

在这样的家庭环境下，我大姑邢淑敏高中从北平私立贝满女子中学校毕业后考上了燕京大学。

燕京大学（Yenching University）是 20 世纪初由四所美国及英国基督教教会联合在北平开办的大学之一，创办于 1916 年，是近代中国规模最大、质量最好、环境最优美的大学之一，在其巅峰时期，曾与美国哈佛大学合作成立哈佛燕京学社，司徒雷登任校长，在国内外名声大震。

燕大诞生于五四时期，作为那个时代中国高等教育的重要代表，一开始便与学生爱国民主运动结下不解之缘。存在的 33 年间，这所大学在教育方法、课程设置、规章制度诸多方面，对中国近代高等教育的发展产生了深刻的影响。燕京大学对中国的政治介入如此之深，以至于研究中国近现代政治史都无法绕开燕京大学。

五四运动、西安事变、国共内战、学生运动……近现代中国的许多重大事件，都和燕京大学有关。而在当时的历史条件下，特别是在二十世纪 20 年代以后，教会大学在中国教育近代化过程中起着某种程度的示范与导向作用。因为它在体制、机构、计划、课程、方法乃至规章制度诸多方面，更为直接地引进西方近代教育模式，从而在中国教育界和社会上产生极为深刻的影响。

我爷爷凭着"抬眼看世界"的精神、睿智的判断、坚定的信念给自己的子女包括我爸爸提供了良好的成才家庭环境。

英国前首相梅杰曾指出，很多孩子从一出生就被家庭环境决定了未来，教育机会的缺失让他们几乎无法做出改变。

三十一、把大哥大姐作为学习榜样

由于少年儿童一直以来被保护在一个特殊的世界中，又导致他们成为成人世界中的无声者。但当这一状况在某一个阶段或时空发生改变后，少年儿童就变成了其中的主角，要一个人摸索成长以及面对困惑重重的人生。

在我们邢家，我爸爸很聪明，他不用考虑外界怎样，他受到大哥邢松令和大姐邢淑敏的激励，在大哥和大姐的表率作用下，上初中后也做到了四点：第一是会听课。上课时不仅是获得知识，更重要的是学会学习的能力，才能自我升级。大哥将优异的学习成绩归功于他的学习方法，他认为，在课堂上有效的时间内，高度集中注意力就可以节约很多时间。

第二是会动脑子。请允许自己时不时停下脚步，回望过去的学习，并思考它的意义。大姐曾经对我爸爸说"我非常享受学习带给我优越感，我认为这才是学习的最高境界"。

第三是能用心。如果你想最大化自己的数理潜能，就坚持并专注在数理领域不断精深。我大爷在大学学的是商科，觉得商科的数学和数学系的数学根本不是一个概念、一个难度。但是只要充满着理想、恒心和毅力，就能把数学学好。

第四是不惧挑战。学习成绩与经历的用功程度正相关，学生们总是爱停留在舒适区，但停止学习的脚步，也意味着甘于学习止步不前。

大哥大姐在我爸爸这个最小的弟弟面前，都没有高高在上，他们还都告诉我爸爸要认真看书，不可偏废学科，不要重理轻文，最好的是做到文理兼通。他们都认为重视数理可数年专注于自我磨砺，可以做到文理兼修，但是重文轻理的学生都做不到文理兼修。

大哥和大姐这样的学霸都凝聚了多年积累的有价值的学习经验：逻辑思维强弱的区别决定了你学习数理化的能力。如果你逻辑思维无优势，但形象思维较强，可以从事写作、创意艺术类工作。

但是，大哥邢松令让我爸爸受到很大激励的一件事，是我爸爸在刚上初中时，大哥就作为中国人民解放军第四野战军的一员入朝，参加抗美援朝，是一名中尉，担任志司的英文翻译。

在我爸爸眼里，大哥是一个"心有猛虎"的人，是一个有侠肝义胆的人。他第一次看到大哥出远门时，大哥的形象在他的心中是某种暗示——即曾经能够保护我们家庭、亲人的兄长也会远去，每个人的人生要自己闯荡。就像在《哈尔的移动城堡》中，有句台词说道："我只能送你到这里了，剩下的路你要自己走，不要回头。"

大姐邢淑敏则立志要当一名医生，已经离家住校，就读于协和医学院在燕京大学的预科班。

我爸爸第一次看到大姐离开家时，心中也很惆怅！在他眼里，大姐是一个细嗅蔷薇、柔情满怀的女孩子。他看到父母告诉大姐，"如果在外面不顺利，也不要动不动就往家跑。"

我爸爸在十来岁前后，眼睁睁地看着大哥大姐刚长成大人就相继离开家，开始人生的修行。而他们所有的选择，都获得了我爷爷的理解和支持。大哥大姐成长的故事背后所展现的思想以及深刻的内涵其实是我爸爸少年时期很难一时就明白或能了解到的，但还是会影响到他的未来，这也或许就是为什么当隔了多年再回顾时才会发现曾经并未意识到的东西。

通过我爸爸的有限记忆，我感到我爷爷奶奶为人严苛、刚直，是对孩子有界限感的爸爸妈妈，不会事事包办，不会以爱的名义控制孩子。我大爷和我大姑从小到大都是很理性很现实的人，他们更注重学问，生活都很朴素，走到哪、面对谁都保持着邢家的家教，我爸爸把他们当作自己学习的榜样，无论在学业上，还是在生活上。

我爸爸一上初中念书就剃了光头，穿布鞋布袜，无论冬夏，都是蓝布学生服一套，背一只哥哥或者姐姐不要了的旧书包，一副穷学生形象。手里经常一分钱零花钱没有，就算有人想约他出去玩，也只好作罢。

年复一年，日复一日，惟有读书！暗地里，我爷爷对每个子女都很注意观察，包括对我爸爸，原因很明显，就是因为实际上每个孩子之间是有差别的，哪个孩子适合接受精英教育？哪个孩子适合接受快乐教育？哪个孩子会有出息？哪个孩子会没出息？

我爷爷奶奶不是公职人员，子女从不缺吃少穿，家里的经济条件比一般的家庭都好很多，子女在学校里也绝对不属于经济拮据的那一类。但是，我爷爷奶奶从来不在子女身上花一分多余的钱，他们觉得有些东西既耽误时间，又浪费钱，对子女没有任何好处。比较之下，他们觉得家里文明程度更重要吧；比较之下，觉得为人爸爸妈妈的人要有自己的思想和主见更重要。

那么什么样的爸爸妈妈算是有思想、有主见的爸爸妈妈呢？我爷爷的判断是最起码得有想象力和预见性，有语言能力和利用语言的能力，懂得思考，说真话！说实话！不骗人！尤其是不能欺骗孩子。

比较之下，当今的"世界"里，少年儿童并未被很好保护，他们面临着"被骗一辈子"。

据国外学术研究成果，小时候被"穷养严教"的子女，长大了性格会更坚韧，更有担当，也会非常理性。

我爷爷奶奶没有在子女幼小时就培养子女消费意识，不仅如此，即使要给子女买什么东西，他们的第一反应都是"要花多少钱？""是不是买贵了？""这东西有没有用"……有些东西，无论吃的穿的用的，明明是子女包括我爸爸很喜欢的，爱的，但我爸爸他们弟兄姐妹几个不会因为别人有而自己没有就永远都高兴不起来。

我爷爷奶奶认为对子女穷养严教不会伤及子女的自尊心，自己也不会过得不好，被穷养严教长大的孩子以后也不会过得差，第三代也不会差到哪儿去。同时，要让子女意识到本来是可以有更高层次精神追求的，如果从小被训练得耽于物质和享受的话，长大后就会大概率一事无成。

相比之下，现在中国的部分家庭，为人父母者刻意炫富，全社会呈现傲慢和虚骄的风气。这种虚骄令人难以置信，这些看似有钱的爱炫富的家庭给予子女的教育却是贫乏的，这些家庭给予子女的是一种"狂妄的自尊"教育，导致孩子特别"晚熟"。当同龄人已经知道踏踏实实为一日三餐、十年后的生活搏命时，他们却抱着狂妄的自尊心，幻想只要摆出成功人士的派头，就能成功。例如，在《千与千寻》中，当千寻一家穿过甬道进入另一个世界后，成人的父母因为贪欲和傲娇而被变成了猪，千寻只能依靠自己在这个充满鬼怪的世界中寻找解救父母的方法。

而且，在现时的社会中，精神贫穷的父母往往为了培养孩子过剩的自尊，为了不让别人说自己的孩子是穷人，干脆不让他们穿便宜的衣服、去咖啡馆打工。可笑的是，现在的社会里很多平常人家庭有种观念就是，富人穿便宜的衣服是节俭，平常人穿同款就是穷酸；你家孩子去咖啡馆打工是赚零花钱，富裕人家的儿子去打工就是励志。

我爷爷是一个很理性的男人、丈夫、父亲，他从长远看，就意识到未来的社会很可能蜕变成冷冰冰的技术世界，没有技术能力就没有诗意和艺术的优雅和温情！他想想就可怕，觉得不可预测，但有什么办法呢？唯一的办法就是让子女保持"清醒的头脑"。

我爸爸在这样的一个家庭中成长，慢慢长大，初中毕业了，就该上高中了，带着我爷爷的叮咛嘱咐，带着一种将要长大的忧患意识。

畢業證書

學生 邢松科 係河北省通州市人

現年 十五 歲在本校初中

三年級修業期滿成績及

格准予畢業此證

北京市第二十五中學 校長 張美□

公元一九五五年 七月 日

市局
北教

三十二、高中就读"北京第二中学"

我爸爸从北京二十五中学初中三年毕业后，考高中时转而报考了"北京市第二中学"。

北京二中在北平是历史悠久的一所中学，屹立在古城北京东城区。最早前身，就完整的学校而言，可以追溯到清朝左翼宗学。左翼宗学与右翼宗学一并，始建于雍正二年闰四月初五（公元 1724 年 5 月 27 日）。

宗学，即我国古代的皇族子弟学校。汉平帝时始设置宗师，教育宗室子孙。而后自北魏武帝以降，各朝多设宗学。

清朝宗学，入关之前就有雏形，入关伊始即已初建（凡子弟十五岁以下、八岁以上者，俱令读书）。至光绪二十八年正月十二（公元 1902 年 2 月 19 日），在戊戌维新的大背景下，清廷决定将旧式的左右两翼宗学等改为较新式的中小学堂，且均归属于维新产物——北平京师大学堂管理，教课科目有修身、读经、讲经、国文、算术、历史、地理、格致（物理化学等学科的总称）、图画、体操、音乐。宣统二年二月（公元 1910 年 3 月），在北京成立了最早的两所初级中学，左翼宗学改为左翼八旗子弟中学堂。民国之前，左翼中学堂学生大都是八旗子弟，长袍马褂，头顶辫子。上体育课时，老师发口令时，还要称呼："各位大人——稍息！""各位大人——立正！"

中华民国元年二月（公元 1912 年 9 月），左翼八旗子弟中学堂改为京师公立第二中学校，即后来大名鼎鼎的北平男二中。

北京二中经历了自雍正至宣统八个皇帝的清代 187 年、民国初年至新中国成立之间的国民党统治时期 38 年，虽然是公立学校，却形成了认真教书、刻苦学习、尊师爱生、艰苦朴素的优良传统。

134

我爸爸曾经对我和我弟回忆说道："……之所以报考二中，另外一个原因就是享誉京城的二中的老师都学有专长，如数学教师崇质伯、国文教师钟一峰、英文教师德少古等，他们出色的教学水平，为男二中优良学风的形成奠定了基础。1955 年的秋天，我迈进了二中的大门，所有的莘莘学子，都是清一色的男少年，我们几乎都身着蓝布衣裤，极为朴素。当年，母校依然被人们呼唤为'男二中'。"

男二中虽然在教育经费、教学师资和教学设备上比不上二十五中这样的原私立学校，但是由于学费低花费少，贫寒家子弟大都愿意到男二中读书。这些子弟深知学习机会得之不易，所以人人勤奋，苦读不懈，不但保持着男二中淳朴好学的学风，还成立民主读书会，在当时社会上享有很高的声誉。当时，在北平城，只要一提男二中，社会上无人不知，无人不晓，个个竖大拇指，关键还是因为"扎实、创造、团结、有恒"的校风，熏陶着每一个学生。

二中教师力求上好每一堂课，虽然不片面追求升学率，然而历届高考考上清华北大的学生数量在北京都是名列前茅。

我爸爸对我和我弟回忆说道："我上了男二中后，很受二中的学风感染，更加爱戴二中的老师。男二中鼓励学生们跳级，以同等学力报考高等学校。而且学校治学态度严谨，本着对学生负责的精神，实行严格的考试制度，并规定考试不及格者不许升级。而且，男二中师生一直贯彻前校长陈敬斋'体育第一'的口号。艺术家焦菊隐先生也曾经担任过男二中的校长，他在文学艺术上的高深造诣，对男二中师生有过很深的影响。"

我爸爸每次回忆起在男二中读高中时就特别兴奋，侃侃而谈。他热爱母校，有着非常浓厚的母校情结。

"二中不仅注重学生智力的培养，还十分重视培养学生艰苦朴素的作风。二中学生作风的淳朴，一向受到社会的称赞。1949 年以前在二中读书的学生多是贫寒子弟，生活十分简朴，影响所及，日久天长也就形成了艰苦朴素的作风。学校领导十分重视对同学们进行艰苦奋斗的教育，并且以身作则。那时二中的校舍以古老破旧闻名全市，但学校从不要求政府增加投资。老校长蔡公期曾经自豪地对学生说：'我们以在最陈旧的校舍，使用国家最少的投资，为人民培养出高质量的学生而自豪。我一直保留着好几本关于母校二中的校庆纪念册。'"我爸爸曾经回忆道。

我爷爷去过男二中看望我爸爸，我爷爷就注意到二中的师生们平时注意节约每一分钱，自己动手粉刷教室，自己动手修理桌椅，自己动手制作教具，培养了学生热爱劳动的习惯，我爷爷看后很开心。

我爷爷觉得二中是一所可以令学生家长很放心的学校。以往，他觉得可以在他的能力范围之内，给子女一个相对理想的教育环境，让子女既懂得赚钱的艰辛，又能感受劳动的美好，不想让子女养成"要什么给什么"的习惯。他也不想对我爸爸故意苛刻，但是在二中，他发现那里所有的孩子都是一样的，毕竟那个"穷"字似乎就像已经刻在二中学校的大门上，二中的学子没有尊卑之分，就是一句话，刻苦读书是本分，争取考上高等学校——多么难得的一种激励！

虽然我家生活很富裕，但我爸爸在同学中平易近人，我爸爸平时吃穿戴和同学一样，待人不敢稍有傲娇，非常关心集体。比如在冬天，由于气温低，二中因为经费较少煤球不敷需要，在班主任亲自带领下，我爸爸与全班同学一起用手攥煤球，我爸爸两手一样冻得通红，但是心里却热乎乎的。虽然他的很多同学知道我家家境殷实富裕，但他们不会孤立我爸爸。

相比之下，现在的社会，现在的教育，从小学开始，就有部分人急功近利。从小学到中学不注重哲学教育，不注重礼仪教育，更不注重艰苦朴素的作风教育。孩子早熟后，到了青春期，会把兴趣爱好集中在某一方面，比如，女生喜欢漂亮的衣服，男生则追求新款的电子产品，长大了就成了精致的利己主义者。

还有一些家庭，很容易在教育上犯一个错误：认为只要孩子学习好就行。他们的孩子不管学习好不好，反正从来不洗内衣、不打扫卫生、见到陌生人不打招呼，成绩以外的事情跟他没关系。这样直接导致孩子的责任感差、认知能力差。工作后，很容易成了团队里做事不动脑筋，出问题就想推卸责任的小公主小王子。他们从没把自己当成一个完整的人，可以对某个综合性的项目负责，而是一枚螺丝、一个零件，幻想后面由自己的家长为自己收拾战场。

相比之下，我爸爸就十分自豪地对我和我弟说："二中要求教师在教学上坚持的基本原则是狠抓基础、培养能力、陶冶品德、发展特色；基本方法是重视知识结构、培养学习兴趣、鼓励独创精神、提倡学用结合。教学过程要做到知识、能力、品德、特色的四者统一。课内重基础，课外重特色，课内外结合，多渠道并重。"

"在育人方面，对学生以正面教育为主，以表扬为主。二中从1953年春开始建立了光荣簿的制度……"我爸爸继续回忆着说道。

……

三十三、享受"快乐教育"

在男二中，艰苦的教学环境既没有让优秀的师资望而却步，也没有让平民家的孩子因为快乐教育而耽误学习。值得庆幸的是，中国还是以公立学校为主，即便是重点小学、中学更多的是看分数，也不存在高昂的学费。

男二中是公立学校、平民学校，学生家境无论富裕不富裕，在分数面前人人平等，艰苦朴素、艰苦奋斗成为突出的传统特色。但是在二中，更少的学习时间、更宽松的学习环境，也意味着一个孩子想要成才，就需要更自律，更多的课外辅导。

很早前，男二中有很强的封建性，学校礼堂上挂着"忠孝仁爱信义和平"的大字匾额，教材中不乏曾国藩家书一类。与此同时，学校里也讲授孙文的"三民主义救中国"。学生们确实受到了不少封建思想熏陶，但也养成了诸如为人要正直不阿、注重信义、严己宽人、要做大事不要做大官等信念，且能做到矢志不渝。

我爸爸之所以后来矢志从事科研技术工作，一是在上初中期间有受"科学救国论"的思想影响，二是和他在二中上高中时积极参加课外科技活动分不开。我爸爸说他积极参加的课外活动小组是真空管组、无线电通讯小组、实验室助手组、木工组、电动机组，每次参加这些课外活动都让他感到非常快乐。尤其可以在课外科技小组老师辅导下，通过自己动手，自己制作，培养感兴趣的项目技能实操能力以及应用知识解决实际问题的能力，专业理想也开始萌芽。

这些课外科技小组不但使我爸爸学到了许多书本上没有的知识，开阔了眼界和思路，也培养了他对电动机专业的兴趣，为他后来将要从事的工作打下基础。

　　快乐教育有快乐教育的好处。比如，通过报名参加课外活动小组，还能够看出学生的文理倾向，也对专门人才的培养极有帮助。关于如何理解"快乐教育"？我爸爸曾经回忆说道："我是1955年入校的，念了三年高中，1958年从5803班毕业。我并不觉得那三年的学习生活有多么吃力，有多么紧张。我没开过夜车，从来没有念书念到夜里十点以后过。和上初中时不一样的是，我星期天也从不念书，节假日更是不念书。不光我如此，大家都这样。高中毕业之后，我参加了全国高考统考，以优秀的成绩被清华大学录取。所以，公立学校最能检验学生尤其平民子弟是不是读书的'料儿'。"

　　当然，我爸爸也承认，以前男二中读死书，死记硬背曾经是出了名的，但由于师资水平很高，教师中研究院的有之，曾在大学任教者有之，一般教师均系大学本科毕业，有的北大中文系毕业生到了二中还只能屈居图书馆管理员的职位。不过，名师出高徒，二中的教学质量和效果极为扎实。他的文字根基极大地受益于语文老师授业精读熟记的《祭十二郎文》等多篇古文。

　　我爸爸一直认为，相比小学的教育，中学的教育显得尤为重要，因为中学时代包括初中高中意味着一个人最早期思想萌芽的开始——人生修行的开始，中学学习时期是人的记忆力最强的时期，所有的概念记忆、逻辑记忆、兴趣记忆和行为记忆都处在中学时期。他就认为在二中念书期间接受的教育，与其说是"快乐教育"，不如说是"启蒙教育"，尤其是受"科学救国论"的思想影响，对他的强记强背的学习理念影响很大，也促使他自己从二中上高中开始就抱定一生要努力钻研科学技术的信念。

　　现在想想，我很佩服我爷爷的理性，他认为子女就学选择报考学校最主要考察的应该是学校的教学底蕴、历史积淀和是否学风良好。如果读书的孩子资质属于一般，那么能否被教出成为优秀的学生就看老师怎么引导的了。

　　二中在1990年举办校庆时，我爸爸也参加了。之后的几次校庆，他也都参加了。他告诉过我："我一直为我亲爱的母校二中感到自豪和骄傲。她为我一生德智体全面发展打下了更加坚实的基础。可以毫不夸张地说，我今天所具有的专业以外的一般知识，都是二中所给予我的。我永远怀念我亲爱的母校，怀念教育过我的亲爱的校长和老师。"

令我爸爸对二中快乐教育印象深刻的还有一点，那就是他的老师曾经告诉他——学习过程不见得都是渐进，也容许"突进"——人类社会的进步，主要还是依靠科技的发展。同时，科技发展离不开人文科学的辅助，很多学科文理都融合了，而且融合速度加快。在融合过程中，有些事情推导比结论更重要，但是有些时候是不可能这样做的。做学问往往在前人的基础上向前发展，我们不可能什么都懂，必须基于前人做过的学问来向前发展，通过反复思考前人的学问才能理解整个学问的宏观看法。而做学问时跳着向前发展，再反思前人的成果，就是"突进"。

由于多数中学生的学习兴趣具有很大的广泛性和深刻性，他们不但认真学习课堂上的教材，也喜欢独立地阅读一些课外参考书和有关的报刊。在这个过程中，针对中学生的执着追求，二中老师进行积极引导，以便激发中学生对自己所喜爱的学科强烈的求知欲和探索欲。例如数学，有很多人反对学生记熟一些公式，觉得凡事都需由基本原理来推导，但是二中的数学老师认为这是一个很错误的想法。

我爸爸有一次对我说道："我通过参加一些校内外搞的学习竞赛和兴趣竞赛，让我知道了团队的影响，让我得到激励，少走弯路，帮助我的学习实现老师说的'突进'。"

二中作为公立学校，实行的虽然是"快乐教育"，同时也特别注重对学生独立人格和品性的培养，学生的个性、兴趣和个人特点也受到充分的尊重和肯定。我爸爸已经离开二中很多年了，他对母校二中的期许就是母校把对个人品德的要求按头一个字母缩写成"PRIDE"（荣誉），即 Perseverance(坚持)，Respect(尊重)，Integrity(正直)，Diligence(勤奋)，Excellence(优秀)，作为现在的中学生自我要求的基本要点。而且这种美德的评价要尊重人的本性——对于中学生本人，要在中学阶段就形成自己独立的价值观。

我的理解是，对中学生来说，要保持一颗纯真的"童心"，保持人与生俱来的求知欲和创造能力，学会展示自己的个性。

　　"十年树木，百年树人。"现在想想，古时候的孩子读书就是为了将来考取功名，现在的孩子读书是为了长大了有出息，所有的这些想法都无可厚非，毕竟人心都是在"向上"！

　　人的受教育程度，一代人接着一代人，似乎都在提升！最重要的是什么样的孩子能成为读书的"料儿"呢？

三十四、读书的"料"

就在我爸爸上到高中二年级时，我二大爷邢松理考上了上海同济大学，而我老姑邢松媛考上了天津大学。

有趣的是，我老姑年少时总被我爷爷奶奶和自己的哥哥姐姐认为是最不爱读书的，因为无论她上小学、中学，每次下课回到家后，要么她自己，要么她与好同学一起，要么与哥哥姐姐在一起，写作业或者论学时，总是到了一半就哈欠连天。高考前，她与要好的同学一起报考天津大学，一起高考复习时，她的那些同学猛背书猛做题，但是她却当着她们的面儿犯懒或者干脆回屋睡觉。结果呢，喜欢睡懒觉的她顺利考上了天津大学，而她的那些好同学约着一起报考天津大学的，猛做题猛背书的却都没有考上，以至于无论是我家的亲戚还是朋友邻居都觉得奇怪，同时也不得不认为我爷爷生的子女都是读书的"料"。

什么"料"可以被看成是读书的"料"呢？我爸爸举了几个名人为例，分别是刘半农、钱穆、胡适、马相伯、颜福庆、钱学森、贝聿铭。

"刘半农因为其过人的才情和勤奋被世人称为'江阴才子''文坛魁首'。和钱穆一样，中学时在常州府学堂学习，但出于对专制教育体制的失望，刘半农在快要毕业前一年选择了退学，拿了一张肄业证，只身闯荡上海滩，这可是一个惊世骇俗的举动。而钱穆和长兄双双考入常州府中学堂不久，钱穆就辍学在家。其间钱穆以面壁之功专治儒学和史学，终于因学术著作《论语文解》获得了上海圣约翰大学教授钱基博的赏识。"我爸爸告诉我道。

还有钱学森。我爸爸很崇拜钱氏家族，认为他们都是理性的精英世家。从他们那些精英世家的一代又一代的发展来看，一方面说明富而不贵必败家，唯贵才能传家，无德不配言贵，富而修德方能言贵；一方面说明钱无论多少终有用完之时，如若子孙无德，终有败完的一日。一个家族传承不应该只是传承金银，而是传承处事的态度，为人的胸怀，负责任的精神；一个家族生生不息就在家族价值观的传承，也是道德观，传的不是财富，而是创造财富的能力；一个家族要传承的不仅是智慧，还有面对浮华而不沉迷的人生哲学，读书的哲学——钱氏家族历千年仍然兴旺，过得比一般人高贵，在于其精神的纯粹，血统的维系，生活目标的多元化。一提起钱氏家族成员的成绩，就让我爸爸肃然起敬——钱氏家族近代出了二百多个院士，任何一个行业都有钱氏精英。核物理学家钱三强、物理学家钱学森、力学家钱伟长、学者钱钟书、历史学家钱穆、语言文学家钱玄同、生物学家钱煦、法学家钱端升、水利专家钱正英、化学家钱人元、音乐家钱仁康，中国工程院院士钱易、中科院院士钱钟韩等等。

追溯到宋朝，钱家出了三百五十个进士，真正的名人一千多位。为什么钱家能出那么多为社会做了巨大贡献响当当的人物？我爸爸认为他们有着理性的读书目标和正气的家风。熟读传统文化的人，或许了解一本书《钱氏家训》——钱家每一个孩子出生，全家都要诵读《钱氏家训》，这个家训已经流传了一千多年，迄今为止钱氏家族还遵从着祖训，祖训从侧面也反映出钱氏家族历来望子成龙的精神追求。

科学家钱学森曾讲过家训：

利在一身勿谋也，利在天下必谋之；利在一时不谋也，利在万世必谋之；心术不可得罪于天地，言行不可有愧于祖先；子孙虽愚，诗书必读，勤俭为本，忠厚传家，乃能长久。

原来钱家一直遵循着圣贤教育，目的是通过读书把钱氏每一个成员培养成社会的高级栋梁，这样具有人生远见卓识的家风家德家训让人叹服。钱家的子子孙孙，世世代代祖祖辈辈一直遵从着"利天下，利苍生，利万世"的祖训，历经千年不改，理性正气的家风，厚德载物的家德，不是那些整天稀里糊涂的一般人一般家庭能承载得了的，这样家族能不兴旺？

我爸爸又提到胡适说道："胡适的父亲曾留遗言，约束了胡适同父异母的哥哥。两个同父异母的哥哥年纪比胡适的亲生母亲还要大，早已成家。胡适的二哥在上海做小生意，看到科举制度废除，考功名无望，就带胡适去上海的新式学堂继续读书。胡适在各种回忆中对两个哥哥都有所不满，但是，正是二哥把胡适带往上海这个举动，改变了中国现代文化史。"

"在上海的时候，胡适进入中国公学。当时，革命话语盛行，同学中也有不少要做革命家的。但是，大家竟然也都达成了一种难得的共识：胡同学，你读书好好，是个做学问的料，还是别玩儿革命了，好好读书吧！这就是胡适的境遇。胡适是同学中比较成熟的人，虽然也有着年轻人的激进，但是在去美国留学之前，更多地是有着读书做学问的自觉。再加上周围的人也爱护胡适，保护胡适，想让胡适走做学问的路子。所以，'成为胡适'，这个过程在胡适赴美之前，就已经奠定了基础。"我爸爸继续说道。

"如果胡适地下有知，胡适对今天的一些人称他为胡适先生应该感到开心了。每个人对事业的抉择是不同的，有的是凭情怀，有的是凭理想，有的是凭童心，有的是凭天赋，有的是凭家族意愿，有的是凭潮流，有的是凭兴趣，有的是凭责任感。如果说陈独秀是一个革命家，那么胡适则是地地道道的本分的学者。胡适在中国公学的时候，没有主持学潮，没有冲到革命前线，到多年之后当北大校长的时候，也就很自然地告诫同学们，学生还是要以学业为重，不要被激进冲昏了头脑。胡适晚年对自己的评价，也是基于'学者'这个身份认同。胡适做驻美大使，从个人角度看，到处演讲，和美国名流谈笑风生；从为国的层面讲，辛苦募捐、游说支持抗战，总是有功的，但是在自传中，胡适自己很少谈起。"我爸爸曾经说过这样的评价胡适的话。

我爸爸是一个高工，他说自己一直学习胡适的学者风骨、乐观、温和和坚定，还崇拜胡适的学者风范——胡适一生拿到了三十六个博士学位，可谓前无古人后无来者——他认为，直到今天，在提到胡适的时候，我们还需要尊称胡适一声"大师"。

我爸爸跟我提到的马相伯先生，1840 年生于江苏丹阳，从小便在私塾学习知识，在十一岁时毅然外出求学，独自一人去到上海。那时的上海滩是列强在华的聚集地，存在着众多国家的使馆和租界，同时上海滩也是那时中国最能了解外部世界的地方。也正是因为在上海的求学经历，使马相伯的人生境界得到巨大的升华，在上海读书求学得以接触到许多先进知识和理念，也体会到中国与世界先进国家的差距。从那时起，马相伯的内心便种下了一颗渴望以教育改变中国的种子。

我爸爸跟我提到的颜福庆先生，1882 年生于上海江湾，中国医学教育家，毕业于上海圣约翰大学医学院，后来成为中华医学会首任会长，在上海创办了上海医学院和中山医院。颜福庆曾经说过："学医的目的，有很多人以为会多赚钱，我想他们走错路了。我认定做医师的人，必须有牺牲个人、服务社会的精神。"

……

现在有些家长，打着不耽误孩子学习的旗号，不让孩子干任何家务事，所有的时间都去死读书，读死书，提供一切优越的生活，认为孩子的物质条件越好，就代表家庭的财富越雄厚。在如今的全民"富二代"时代，夫妻俩加上双方父母，养一个孩子，所有的资源都倾注其身，衣来伸手，饭来张口，活生生把一个普通小孩，供奉成了一个脆弱骄矜的"小皇帝"，同时辛苦挣来的钱就像打水漂一样三两下就不见了。也就是说，中国社会上注意思考、会思考、追求理性的民众历来居于极少数，也不尽明白一个道理：你选择什么样的人生目标和价值观，你就要付出什么样的实际行动！

但是，在我国，绝大多数父母似乎对"规划"这件事很没有经验。除了跟风送子女到国外接受教育，就是完全把小孩给"养残"。现代版的仲永层出不穷，也不能全怪孩子走偏，或者长残。

为孩子规划未来，是一件让所有家长都要解的难题。仅仅是动用资源让孩子进排名最高的学府，口碑最好的补习班，并期望他将来找一份高薪的工作是远远不够的。父母也应该未雨绸缪，根据孩子的现状，结合时代发展，为孩子的将来做好规划很重要。就拿时下我倡导最多的"加强阅读"（前瞻式阅读）来说，不乏有很多具有前瞻性眼光的家长，从孩子的自身发展出发，去了解阅读尤其是中英双语阅读对孩子思维发展的影响，不仅可以大幅提升孩子学习英语的兴趣和阅读理解的能力，更重要的是可以提升孩子的写作能力和综合知识面，甚至可以帮助孩子解除网瘾。

我对我爸爸说道，纵观国家经济的发展和现在的社会沉疴，很多家长已经看清未来将会有很多人移民国外，文化融入和人生成长领域都迫切需要懂些西方核心文明，而且从长远来看，英文能力和写作能力在子女未来在国外的工作成长中将会显得尤为重要，因为良好的阅读和写作水平反映得出一个孩子的思想力和精神力。因此，我建议家长毅然决然给孩子报少儿中英双语"加强阅读"课程，为的就是让孩子能够有机会锻炼，以便日后从容地应对留学外国后的文化融入问题。

当然，如果孩子是读书的"料"的话，那么其自身往往先天具备一种别人没有的认知财富。我爸爸就举例贝聿铭，1917 年出生于中国苏州。1935 年夏天，少年贝聿铭高中毕业了，父亲希望他赴英国攻读经济学。但是，一部名为《大学幽默》的电影却使得他违背了父亲的意愿。电影中描述的是美国大学校园建筑和校园风情，令他对建筑设计有了浓厚的兴趣。最终他选择了美国宾夕法尼亚大学的建筑设计专业，十七岁赴宾夕法尼亚大学攻读建筑专业，二十七岁时在哈佛大学建筑研究所深造，后又转学到造诣更高的麻省理工学院建筑系攻读建筑工程。对贝聿铭来说，能够追求到的更高等级的专业知识就是财富，属于知识财富、精神财富。

我爸爸曾经对我说道："往事不可考，我们虽然不知道以前贝家教育是如何进行的，但贝家子弟的人文修养可以说是有目共睹的，成就也是公认的，说明其家族自是非常重视教育的，也是非常注重对人生价值多元化的追求。大部分贝家子弟都会进入哈佛大学进行深造，求学最好的学府，来不断保持并提升家族的荣誉。据说，现在的贝家子弟，不管他们处在哪一个行业中，都是最努力读书，最努力做事，做到了出类拔萃。他们始终不变的是对读书抱着'诚'和'敬'的态度，追求良好教育的本心，做事说话从不张扬，而是克己。在各自领域，默默的向前，做到最好，贝家人真的是令人叹服。"

三十五、明确报考清华大学的理想

　　1949 年前后北平中学数学教学圈，有知名的"数学三杰"——分别是男二中的数学老师胡泽生老师（擅长三角）、女四中的马文元老师（擅长代数）和师大附中的傅种孙老师（擅长几何），所以男二中的数学教育在当时很有知名度。他们都坚持一直以来的观点，就是中国中学生的数理化学习成绩距离美国中学生还有很大差距，中国学生不仅数理化基础知识不扎实，创新能力也差很多。他们三位老师还都对这种观点毫不客气地泼冷水："学好数理化，走遍天下都不怕！"

　　在二中上高中后，在老师的影响下，我爸爸更加知道刻意割裂文理就会导致学科偏废。他在努力学习的同时，从兴趣角度出发，去理解文理科的区别。他知道了很多小学或是中学的老师希望学生用规定的方法学习，得到老师规定的答案才给满分，但他觉得这是错误的。例如在数学的学习，他认为，数学题的解法是有很多的，比如勾股定理的证明方法至少有几十种，不同的证明方法能帮助学生理解定理的内容。

　　有一次我爸爸对我说："十九世纪的数学家高斯，用不同的方法构造正十七边形，不同的方法来自不同的想法，不同的想法导致不同方向的发展。所以我认为数学题的每种解法有其深厚的意义，你会领会不同的思想，所以老师应该要允许学生用不同的方法来解决。而且，你知道吗？有意思的是，很多工程师甚至物理学家有时并不严格地理解他们用来解决问题的方法，但是他们知道如何去用这个方法。对于那些关心如何严格推导数学方法的数学家来说，很多时候也是知道结果然后去推导，所以我上高中时就懂得学习数学的方法有时候需要倒过来考虑问题，先知道做什么，再知道为什么这样做。要灵活处理这些关系。"

"关于数学,我记得在二中时,我的数学老师总是把数学与我们学生的生活和未来联系在一起。数学老师说,大意是,你将来报考理工科,固然要学好数学;如果你学文科,也要学好数学,它能训练你大脑的思维活动能力,使你懂得逻辑性。就是不读大学,也总要奋力生活下去吧,你懂得数学的基本知识,无论是做技术活儿谋生或者处理生活当中的问题,都能灵活思考,想办法,善于应变,使你受益无穷。"我爸爸最后又继续说:"数学老师说过的这番话,在我大半生跌宕生活中,特别是处在最困难的时刻,都得到验证。我永远怀念我的数学老师。"

数学老师认为我爸爸是学理工科的好料,数学老师给我爸爸留下的印象非常深刻,听我爸爸对他的数学老师的描述:"他认定我有一颗数学脑瓜。他讲课时,就像闲聊天,他走上讲台,师生行礼已毕,他便从古今中外到人生琐事,街头见闻到读书偶得,慢言慢语地聊起来,不知不觉中书归正传。他讲数学讲得深入浅出,幽默风趣。我听得津津有味,也在不知不觉中潜移默化了。虽然是一位数学家,但是他也很通晓文史,训诫学生时,常常引经据典。"

除了数学,我爸爸对物理课也很热衷。他曾经对我回忆道:"高中毕业前夕的复习课,面对十来门课程,几十本书,大家不免心中惶惶。物理老师带着我们复习备战高考,在复习《分子论》时,讲到分子运动规律,他对我们说书上讲洋洋一大篇,其实,你们记住两个词就行了。一个是'冷静',温度低,它就安静;一个是'热闹',温度一高,它就闹腾后来……我们听后哄堂大笑,气氛异常活跃。当时正值初春,学校设施简陋,教室里挺冷,这一'热闹',大家也不觉得冷了。老师又告诉我们说你们每一个人就是教室里的一个分子,大家一活跃,闹一闹就不冷了,这也就是外界环境和分子运动的关系。"

听了我爸爸的描述,我就仿佛亲临现场:多么生动,多么深入浅出,一节课,两个词儿,使班上的所有同学津津乐道;一节课,学生们不但记住了分子运动的规律,也学到了灵活有效的学习方法;一节课,其收获,远在一节分子运动规课的书本之外。

最重要的是，我爸爸在学习历史课的时候，从历史老师那里得知了清华大学是怎样建成的——清华大学前身即清华学堂的建立，实际上取决于一位美国总统的决定。

据清华大学校史记载：清华大学作为中国排名顶尖的高等学府，最早是为留美理工科学生设置的预备学校。1856年第二次鸦片战争，清政府又一次坐上了任人宰割的谈判桌。当时赔偿的对象不仅有参战的英法联军，还有袖手旁观的美国，因为战争波及广州的美国人聚集区，造成一定数量的财产损失，所以美国人要求大清国赔白银60万两。可当时那个地方根本没有清军抵抗，是英军路过顺便抢了一把，中国据理力争一番，最后减到了50万两白银。美国政府在赔偿完本国居民之后发现还剩20万，该不该退款？他们一商议这本来就是大清国不该出的，要不还给大清国吧。所以美国人决定以建学校为名将这笔钱洗白了，用途是教授中国学生学习英语文学。

结果还没有付诸实施，林肯总统便上台了，他认为中国老是打仗，难免美国人会受到伤害，索性建一笔理赔基金，对将来在中国受伤的美国人可以直接从这笔钱里进行赔偿。于是乎第一次用赔款建学校的计划就泡汤了。

1900年，八国联军侵华，先在天津登陆抢了盐务局的税款，之后又打入北京。当时美国出于压制盟友的目的，准备让战败的中国少赔钱。美国国务卿提出：自己国家先多要一些，然后主动消减赔款数，要求其他国家效仿，这样既可以弥补战争的损耗又可以限制别国得实惠。这样算下来，《辛丑条约》的计划赔款数是2.67亿两白银。但当时德国正在进行国力冲刺，沙俄准备用兵东北，英国别有想法……所以联军内部很难让美国如愿。而清政府只关心慈禧的安全，全盘接受提出的条件，根本不讨价还价。几经权衡，最后庚子赔款定到了4.5亿两白银。

有些历史故事对《辛丑条约》中4.5亿两白银的赔偿份额解释为：列强为了惩戒中国人，以每个人均摊一两作为惩罚。其实这种说法很不靠谱！暂不说赔偿先后发生的各种变化，单说实际赔偿金额根本就不是那些钱。因为清政府一下拿不出4亿多两白银，只能用海关关税做抵押，分39年还清，本息合计总共有 9.82 亿两，这才是庚子年赔款的真正数额。

为了将姿态做足，美国率先返还天津盐务局被抢的银两，接着又退还庚子赔款。这笔钱怎么办呢？1907 年 12 月 3 日，时任美国总统的西奥多·罗斯福主张用这笔钱援助中国的教育。两年后，美国告知中国政府自当年起，每年至少派留美学生一百人。如果第四年派足两百人，则自第五年起，每年至少派五十人，直到退款用完为止。这些学生学什么专业也有明确的划分，基本以理工科为主，只有五分之一的人可以学法律、政治等。

为了让留美学生在美国学习没有门槛，政府决定在清华园内建造游美肄业馆，用以招录培养准备赴美的学生。因园子主体是前清皇家园林中的近春园，最早赐予嘉庆第四子绵忻，所以也叫"四爷园"。

1911 年，这所留美的预备学校正式更名为"清华学堂"，这便是现在清华大学的前身。美国以每年 70 万美元的速度向中国进行退款，这些钱用于留美学务和清华大学的办学经费。没有用完的结余会积存起来作为清华基金，由外交部直接掌管，美国设立专门的理事会对款项进行监督。当时中国国力衰弱，各地学校均存在经费不足的现象，清华依然能够完成自己的办学大计，不得不说是不幸中的万幸。

虽然美国人用钱资助中国留学生的目的是为了培养中国精英团体的亲美人士，但不得不承认这些留学生中产生了很多对我民族、国家影响非常大的一流人才。比如第一批留学生中有后来的大教育家梅贻琦，他出任清华校长期间，奠定了清华的校格，为清华大学做出了不可泯灭的贡献；第二批中有后来的气象学家、浙大校长竺可桢，他是中国物候学奠基人；到了第三批，涌现出了一大批优秀的科学家，中国近代科学发展中的许多新学科的创建者大多来自这些留美学生，包括成为世界制碱业权威的侯德榜。西奥多·罗斯福的决定间接帮助了中国近现代科学发展的进程，然而那笔用于教育的钱归根结底是我们自己的。

在我爸爸在二中读高中快毕业时，他的多个老师也建议他高中毕业报考清华大学。再加上我爷爷的意志，他就更加坚定了报考清华大学的目标，发誓实现自己的"童心"、本心、初心。

打击篇

三十六、难忘的岁月

我爷爷年轻的时候性格比较内向，为人谨慎，不轻易结交朋友，但他天生就善于谋划，善于洞察，做事情也认真，思想中注重"仁义礼智信"。他给子女举例曾国藩说过的话：吾不望代代得富贵，但愿代代有秀才。秀才，读书之种子也，世家之招牌也，礼义之旗帜也。因为在曾国藩眼里，"仁义礼智信"的思想是天地间唯一的真理，也是安身立命的精神寄托，希望子女继续传扬先贤的精神，以耕读为业。

我爷爷人到中年的时候，性情开始变得外向开朗，人看起来特别简单清爽，对事业秉持热情加理性，对家庭则秉持忠诚加节俭，对于自己的人生，有着热情如火的态度，不管自己遇到什么挫折，他都不会放弃。他的这一份热情，长期感染着周围的人，感染着自己的子女，让大家得到了一份进步，也帮助家人、朋友、公司伙计看到了希望。他做事的态度是做事情的时候，保持平常心态，做事情不要束手束脚的，还要花点精力去认识周围的人。由于好运的加持，由于贵人们的帮助，由于遇到了真正的机遇，他所有的付出都会得到回报，他在事业上面就迈向成功，生活顺利，看着前途不可限量，看着各个方面几乎通行无阻。

后来虽然家庭遭受变故，但我爷爷奶奶的心情显得异常平静。他们的心情平静还在于经过之前几十年的努力，在晚年能够得到所期望的回报，就是每个子女带着各种好消息齐聚在他们身边，都是学业方面的。子女勤奋读书，该升学的升学，该毕业的毕业，该工作的工作，踏实勤勉。家有儿女初长成，从少年到青年学到的知识越多，掌握的技能越多——即便子女没有大的智慧，但是只要知道勤能补拙，就越不用费多少力气就能谋生，至少不用担心以后被饿死。

至于子女以后能否发家致富，拥有好的生活条件，也许要看个人以后的命运造化了——每个人都会执着地想要找到属于自己的命运，想要知道自己到底会成为什么样的人？想要知道自己最终的人生方向到底是什么？

我爷爷奶奶的心情平静的原因，还有就是，我爷爷一生中遇到过的一些友爱的人，被他视为是他的贵人的那些人，都在默默地为他祈福。其实他是那种一开始并不会轻易就对别人付出信任，一直都是疑心病很重的一个人，所以，一些怀着好意给他帮助的人，会在他的内心深处留下莫大的安慰，让他变得平静，不会抱怨什么，在生活下坠后也是如此。

我爸爸还记得以前，我们家至少在每年除夕这天，全家有三场饭局，中午有两场，晚上有一场。他是这样说的："午饭在自己家，有两局：一面是和三大爷一家人；一面是和二姑奶奶一家人"，"晚上到东四七条的二大爷家吃晚饭"。"我回家时，有时候家中过年的客还在打牌，我就去睡了。他们打牌守岁，直到天明。"

记得在 1950 年的大年三十，那时候我爷爷已经 57 岁了，他却带着当时还很小的我父亲爬梯子上到屋顶露台，连着放了多种烟花爆竹，尽管他其实是不爱放炮的，不爱放花的。这就和他早年对"年"的态度形成了鲜明的对比。那年初一早晨，我爷爷对家人子女说道："夜独坐通宵，殊无换岁之感。"之后的一些年，我爷爷就已经对"过年"没有什么感觉了，不再张罗过年的事情了。

对于自己的事业，我爷爷认为从精细活中才能体现出自己营建公司的灵魂和感情，能造出能够长期使用的、有灵魂的优质建筑，并世代传承下去，这样的建筑不只是建筑，也是连接世界与中国、外界期待与内部心灵的桥梁。借此，后世的人们才能重新找回珍视历史文化和宝贵资源的心，找回金钱世界之外那个曾经单纯而温情的世界。

我爷爷认为，真正匠心施工的精品建筑是一定要经得起风吹雨打和岁月流逝的考验的。为此，他在人才培养和公司规模上都着眼于其服务对象，他定位的目标客户是教会、政府部门和有钱的业主，他同时也让目标客户明白：真正走向心性的工匠地位是很高的，做活也精湛，这和赶工期或者只认钱的小工不一样，这就不难理解为什么他极力在伸张匠人精神——他花在对工匠的心智和品格培养上的时间和精力，将来都是要作为所建的建筑物附加价值的一部分的。为此，他给予公司里的工匠还有伙计生活补贴式的工资——工匠、伙计结婚时工资会上升，婚后有了孩子以后工资又会上升，他以这种形式保障他的手下人的生活——显然，这是一种具有安全感、在人们普遍贫穷的时代比较有效的工资体制。

我爷爷很重感情，而且万事能以理服人，对外谦虚有礼，能言善辩，但是对于子女偶尔流露出的负面的情绪，他没有抱怨上天的不公，也没有向子女解释什么。他平时就只在家，就是写写毛笔字，为了省钱，他不用笔墨纸张，而是专用指头练习，桌面、掌心就是他的纸张，唾沫便是他的墨水。他慢慢变回了年轻时的样子，沉默寡言。

我爷爷奶奶在晚年从北京城里搬回到通县乡下住，所以我爷爷奶奶的风烛残年是在通县乡下度过的，因为种种变故他们只能寄居在我的三大爷的家里。

即便如此，我爷爷依然时常对子女强调一句话："无论你们面对什么样的危机，无论发生什么事情，都由我一个人来扛着，绝不会连累你们做子女的。"

三十七、艰困地"活着"

转眼间，我爸爸长大到了十八岁，行将高中毕业。

我爸爸看着我爷爷一天天衰老，内心很是难过；我爷爷看着我爸爸这个最小的儿子也到了该考大学的年龄，心情却十分平静，也十分慰藉。平静的原因在于无论形势多么险恶，大风大浪都已经闯过来了；慰藉的原因在于，无论将要出现什么样的困难，自己的孩子都已经长大成人了，都已经懂事了，基本可以自食其力了，没有太大的精神负担和经济负担了。

在家庭生活方面，虽然子女都逐渐长大成人，但我爷爷在家庭财产管理上一以贯之，对孩子的吃穿住行虽然都不会抠，却更变得能省则省，一家人每日三餐都是粗茶淡饭，我爷爷奶奶甚至是一天两餐，日子过得反倒不如以前了。在他们眼里，这已经不错了。

我爸爸有一次对我回忆着说道："你爷爷奶奶就是那种常年生活朴素，舍不得穿一件新衣服的父母代表，力求每一分钱都要花在刀刃上。他们就是觉得被自己穷养严教长大的孩子，在求学过程中根本没有赚钱的能力，所以更是捂紧了手上的每一分钱。"

那次，我爸爸进一步回忆着告诉我道："我高中毕业时，你爷爷已经六十多岁了。你爷爷身体魁梧健硕，长方大脸，剃光头，声音浑厚，喉音很重，走路四平八稳，很像一位田舍翁。你爷爷一辈子从没有穿过西服，经年都是穿一件半旧蓝布长衫。你爷爷不喜欢攀比，为了弥补自己的缺憾，对子女教育只求尽力不留遗憾。你爷爷晚年最开心的时刻，就是孙子孙女儿总去给他搅局几次，是他最好的休息。我每次看到你爷爷高兴的时候，我就很受感染。"

我听了很多家人包括我奶奶对我爷爷的描述，主要集中在几点：在我爷爷眼里，挣钱是进水，花钱是出水。关键是进水，出水只要不浪费就好。节约能约束欲望，浪费无法聚财。"穷养严教"主要是不让子女毫无顾忌地花钱在吃喝玩乐享受方面。对于孩子培养兴趣，在有条件的前提下，是不能穷对付的。要提高孩子的能力，不是提高物质的档次。孩子长大后努力工作，安静生活，符合自己收入的同时，有能力的话，就去努力争取一下，争取更大的事业。

我爸爸有一次对我说道："我不理解现在一些人对穷富的敏感，虽然我是从小被穷养严教长大的孩子，但'穷'那个字，没有像如影随形的诅咒，压得我透不过气。我觉得'穷养'，并不是单纯的经济上的匮乏和能力的欠缺。我从小长大，无论是我自己，还是我几个哥哥姐姐，都没有卖洋摆阔过，没有养成奢侈的生活习惯。"

我爸爸到了十八岁，对个人经济的思考就完全继承了我爷爷奶奶的思想——一个人的经济观就是合理的安排钱财，至少要实现收支平衡，这样的理念无论在什么样的年龄段都要有。如果某项方面的开支过大，其他方面就必须有所节制。对于那些属于开了头就会收不住的连续性开支，是应当三思而后行的。但在那些只有一次的支出上，则不妨大方些。

由于我爷爷奶奶努力地保持平静，瞒着我爸爸，不让我爸爸知道家里所处的各种状况，我爸爸的高中学习得以顺利进行。我爸爸曾经对我侃侃而谈，他认为在二中或者说整个中学六年的学习，使他在德智体三方面都有很大的进步。

我爸爸在上小学时就是个足球迷，高考前夕，球队不能踢球了，他就自己坚持长跑锻炼。他提到过自己怎样解决学习和踢球的矛盾："我严格要求自己，合理安排时间该干什么。一进课堂，就集中全部精力专心听讲，在课堂上争取理解、记忆的更多，不再寄望于课后复习，这样就省了时间。课后踢球，上了球场，就不再想学习，放开手脚，尽情地跑啊跳啊。到规定时间就收，绝不玩起来没完。经过锻炼，晚上精力充沛，高考备考复习效率就高。"

"我中学六年在学习方面的收获就是要有好的学习方法，要有自学能力。男二中特别注意培养我们的分析问题能力和解决问题的能力。物理老师要求我们预习，后来逐渐引导我们掌握预习、听讲、复习等六个学习环节，教会了我们科学的学习方法。"我爸爸继续追忆，然后接着讲道："数学老师讲平面几何，教我们掌握添辅助线的规律。听他们的课，同学们都很上瘾，至今记忆犹新。二中的老师们教会了我怎样看书，教会了我自学。"

例如，在英语学习方面，在学校里，很多人 80% 的时间在学英语，但是取得 20% 的英语进步。我爸爸在思考后就觉得，打开英语的钥匙，英语要好先得英语老师带。他发现，从来没见过某所谓的英语大师好好说过英语，仔细看看，英语的考试要求，主要集中在英语相关的文化、思想、各学科知识，以及英语语言的思维。后来，他就没有把英语学习的重心放在英语语法上，他不认为语法越好，越能提分。与他相比，有的同学，英语不好总是给自己找一百个理由，觉得英语只有考试才是最好的；有的同学本来初中英语还可以，到了高中，宝贵时间和精力都被英语语法给浪费掉了，

我爸爸的学习不仅受到老师的引导，他也不断向哥哥姐姐学习。我二大爷和老姑在学习中就注重复习总结的作用，他们都认真作阶段复习，要求自己每复习一遍都要有新的收获、新的发现。我爸爸受他们影响，把学到的知识组成体系，锻炼自己驾驭知识"从点到面"，再"从面到点"的能力。

……

我爸爸从四岁便开始试读习字，无论严寒酷暑从未中断，到念小学、中学，到将要高中毕业，在全家人的注视下，健康成长，外表已经变得英俊，声音洪壮有力。

我爷爷奶奶对子女的教育和营造的家庭氛围，温和而有距离感、界限感。我现在想想，我爷爷活了一辈子，他活着的理想就是要正确地引导教育孩子自强自立自尊！所以，在 1949 年以后，虽然我们邢家的生活受到很大冲击，家庭经济状况变得非常拮据，但是所有的子女没有任何抱怨，我爷爷告诉自己，也告诉子女：冲着理想也值得活下去。合理地活着，能够慎终追远！

教育的本质就是教授人怎样更有尊严地活着，受教育其实就是为了如何更好地保全一个人之所以为人的价值，并追求至善！一个人没有尊严就不会有态度，没有态度就不去思考，不思考和猪狗没有什么区别，命运被掌握在别人手

里，只能做"奴才"。如此，不同的家庭环境，不同的活法，不同的教育，子女归宿也千差万别。在生活中，比如很多孩子爱吃车厘子，有的孩子的爸爸妈妈就希望孩子知道，车厘子好吃，苹果也不错。此时，选择吃哪一种，是因为自己喜欢吗？还是要考虑其中的一种比较便宜或者比较贵，还是不用考虑贵贱只是看着别人吃了那么自己也想吃的问题。其实道理大家都懂，但是在生活中每当遇到各种诱惑的时候，很少能有人保持清醒的头脑，反而沉迷于诱惑中无法自拔。

此刻，我想到了李嘉诚有句话：一个人事业上再大的成功，也弥补不了教育子女失败的缺憾！

我爷爷想自己的孩子被穷养严教，同时"克扣"自己的生活质量，希望子女有一天明白童心教育中的道理——在中国，唯一的可行的路，是子女自己读书有出息，长大以后可以"天高任鸟飞，海阔凭鱼跃"，更有尊严地活着，活得更有趣味——而当子女为了某个目标，努力追求自身价值的时候，其实也是在努力追求人生更多的选择，以及更大的自由。此时，钱已经不是排在首位的人生追求和趣味了。

从孩子降生的那一刻开始，大部分的爸爸妈妈就开始活在惊慌失措之中。因为养育孩子，对初为人父母来说，都没经验。但许多家长似乎没有意识到，孩子小时候的家庭成长环境和社会环境对今后的学习成绩、生理、心理健康有直接影响。各种虐待、创伤、父母争吵等童年不良经历似一双邪恶的大手，常常将孩子们拉离通向幸福健康的轨道。当然，这是大数据本身研究的成果。但具体到个体，总会有千差万别，很多爸爸妈妈会感到无助或者沮丧，因为生活中的很多重要因素，家长其实是无法轻易改变的，比如受教育程度、收入、生活方式，尤其是对孩子的早期教育。

我爷爷奶奶之所以让子女从小建立并保持终身学习的心态和行动，其实就是为了让子女能够承受得起各种外来的压力，在社会状况发生极端改变的情况下，仍然可以凭本事生存而在意志品质上不受影响。在活着的过程中，我们邢家的孩子除了先天的智商因素不能改变，父母长辈努力创造的过程和结果，却

可以带来收入、生活方式尤其是思想上的改变。而这些，对我这一辈儿邢家人
以后的成长，都有关键性的积极影响。

三十八、二姑奶奶病体沉重

除了精神上、经济上遭受到沉重的打击，我爷爷也面临着另外一重悲伤，就是我爸爸的二姑奶奶病体日渐沉重。

上高中以后，我爸爸由于一直备战高考，所以几乎没有再回到乡下看望二姑奶奶。他想要回到乡下看二姑奶奶，但是却被我爷爷奶奶阻止了，他们不想让我爸爸知道乡下到底发生了什么样的事情，他们不想让我爸爸知道二姑奶奶经历了什么样的打击和精神煎熬。

我爸爸只知道二姑奶奶身体越发不好。他有一次回忆地对我和我弟说道："我初三毕业后的暑假曾经回乡下看望我二姑奶奶，我自己觉得乡下的一切事物都在变，但是就觉得二姑奶奶消沉了很多，那时她是自己一个人住，她依然还会哄我。就在我要回城的那一天，她突然对我说：'别走，在这再多住一天吧，见一面少一面！'"

我记得那次我爸爸边回忆，眼圈里边充满了泪水。

"后来，我上了高中，我就没有机会再回到乡下，只是二姑奶奶来过北京城里几次看看我们。最后一次见二姑奶奶，二姑奶奶瘦得只剩壳了，她临走时，我摸了她的脸，她的手，可是我说不出话，我的眼泪忍不住地掉，对着她哭。那次，她回去后，我是心如刀割！"我爸爸接着说道。他接着说："那天她走之前快吃完饭时，她突然一改老年的有气无力，中气十足地对全家人说：'我要走了！'我就问她：'您还没吃完饭，您着急去哪？'她就大声地说：'去我的地方呀。'她又说'我想见的人都见了，我走呀……'"

我是学医的，听了那次我爸爸的描述，我知道他当时听了二姑奶奶的话后内心就有一种恐惧感袭来。

那次，我爸爸继续说道："我上高中后，埋头学习，几乎忘了二姑奶奶的身体，顾不上问二姑奶奶生活过得好不好，我就知道你爷爷有一段时间密集地往乡下跑，只知道你爷爷那段时间面容异常憔悴，不知道二姑奶奶身体状况越来越差。"

我爸爸一直没有忘记二姑奶奶对他的的疼爱，对他的培养，二姑奶奶十分关心他的成长，二姑奶奶坚定地站在他的身后，这无疑给了他巨大的勇气和力量。

我爸爸对二姑奶奶感情深，甚至超过他对我爷爷奶奶，他对二姑奶奶也非常的孝敬，因为和二姑奶奶在一起没有距离感，他可以从二姑奶奶那里寻找到被保护的温情，寻找到安全感。

后来，二姑奶奶去世了，再也看不到我爸爸和几个哥哥姐姐以后的奋斗情形，让我爸爸非常伤心。

听了我爸爸的讲述，我能明白在他心里，一直装着二姑奶奶，二姑奶奶是他生命中最重要的一个女人。二姑奶奶辛苦了一生！我知道许多年来，他一想起二姑奶奶的音容笑貌，他心里就无比的痛。他总说今生难忘二姑奶奶善解人意、干净利落、开朗大方，只能睡梦中相见。

我就当着我弟的面安慰我爸爸道："缘聚缘散，生死轮回。有缘还会再相聚的。

我爸爸当时回答我道："我知道，我是忘记不了二姑奶奶生前很疼我，有时候满脑子想的都是她生前对我说笑的样子。我后来一直想念着二姑奶奶，夜里睡觉时想到她，我就掉眼泪。"

那次我和我爸爸的对话，使我深切地感受到我爸爸其实是个非常有血有肉重情重义的男人。他继承了我爷爷的做人的基本品质：为人宽厚仁慈，躬行节俭，勤于事业，正直清廉。现在，他猝然去世一段时间了，我也是非常难过。我现在的内心好痛好痛，真的无法走出来再面对明天。

关于做人方面，我记得后来我爸爸再有提起二姑奶奶的时候，他说二姑奶奶既给他讲过家风的问题，也给他讲过的一些家事和做人的道理。

我爸爸记得二姑奶奶曾经对他讲过：咱们邢家是书香门第，是书香世家，每隔几代都有状元及第，多出人才。所以你一定要好好读书，多听你爸爸的话，长大了做像你爸爸那样受尊重的人，能够有文化有教养，能当得起大事，能有独立的品格。

当我知道二姑奶奶对我爸爸提出的要求和期望后，我觉得邢家人纵然有落魄的时候，但是依然不忘书香门第家风。我对士族精神的理解是：凡是一个真正的士族子弟，他们都看不起金钱，他们以为一个真正的士族子弟是一个真正高贵的人，正直，不偏私、不畏难，甚至能为了他人而牺牲自己，他们不仅仅是注重荣誉的人，而且是十分注重良知的人。

我爸爸一直记着二姑奶奶对他说过的这些话，无论在学校里，还是在家里，还是在其他什么地方，他都注意保持自尊。

我爸爸记得二姑奶奶还曾经对他讲过：人生都会有欲望，人活一辈子逃脱不了欲望。在合理范围内是属于愿望，超出这个合理范围就是欲望，梦想愿望是要有的，但是欲望却是不可取的。古代许多的论调都是类似的，民间的许多平头老百姓也都是认可的，类似的说法有很多，大都简单明了。

说到"人生巅峰"，就让我联想到现在社会上很多自媒体鼓吹"生活就需要仪式感"，他们搞出很多的垃圾文章如《女孩儿就应该对自己好一点儿，生活就需要仪式感》《没有仪式感的家庭，养不出幸福的孩子》等"花式洗脑文"，层出不穷，收割一批又一批忠实拥趸。

现代人盲目追求所谓的"仪式感"，那些"装"出来的仪式感仅只停留在物质层面，很多精神贫乏的人爱伪装贵族精神，而这样的人很多人都从来不读书。

现在社会上很多自媒体，无异于流氓，其实就是要掏空年轻人的腰包，掏空年轻人的意识，让年轻人变得颓废，只注重物质享受，而不用去关注自己未来的命运。

现在的很多小朋友三岁就被送去 CEO 气质培训班、儿童皇家马术、儿童高尔夫暑期夏令营，家长们预见到未来社会竞争日趋激烈本没有错，但是告诉孩子们要力争上游提高个人价值的同时，也无形中灌输给孩子一种"高人一等""人上人"等带有强烈阶层分化信息的东西，很难保证小孩子成长过程中不对穷富敏感。可是这些浮于表面的"贵族教育""仪式感教育"能教出真正的贵族吗?

在我们邢家,从不追求这些表面的东西。二姑奶奶生下时没有任何"仪式感",去世时也没有任何"仪式感";我爸爸生下时,没有任何"仪式感",他去世时,同样没有追求"仪式感"。

我爸爸后来就是觉得二姑奶奶是先走了一步,比家人先去了另一个地方,以后还会团聚在一起。

三十九、松理的"出走"

在 1958 年的秋天，由于我二大爷邢松理在个人问题的选择上与我爷爷发生了激烈的矛盾，结果我二大爷负气"出走"。

我二大爷是个什么样的男人呢？他一生下来就长得十分俊俏圆润，像是年画上的"招财童子"，深得我爷爷奶奶的喜爱。他从小天资过人，头脑发达。上学后不只聪明，更有锐气，既让我爷爷奶奶开心，又让我爷爷担心他长大后会如何。在我爷爷眼里，他为人处事拥有自己的主见，他决定做的事情就会努力到底，长大后，潜力十足。

不过，即便是千里马也有"马失前蹄"的时候，我二大爷第一次高考分数不理想，只上了个职业技术学校，工科方面的。我爷爷奶奶不断鼓励他，让他重来，告诉他过去来不及做或者没做好的事情，现在只要能够真正行动起来，成功的可能性也是非常大的，告诉他才华一定能得到施展。

就这样，我二大爷在鼓励下，复读考试成绩进步不小，个人自信也得到了恢复，再次高考就以优异成绩考上了上海同济大学，专攻铁路工程专业。在大学里，由于他的性格十分老成稳重，懂得好好与别人相处，为人大度，心地善良，对同学朋友特别真诚，人缘很好。更可喜的是，他十分容易就得到"幸运女神"的眷顾。

我二大爷在上大三时就有了初恋陈姓女同学，这位女同学迷恋他一表人才，迷恋他的才华和诚实本分，就主动追求他，而他也被这位陈姓女同学所感动，两个人遂在大学毕业时私下订了终身。

1958 年秋天，我二大爷带着陈姓女同学回到北京，一是想着向我爷爷奶奶报喜自己大学顺利毕业可以自食其力回报父母了，二是想着向我爷爷奶奶报喜自己已经有了结婚的想法并且已经有了未婚妻，可以"齐家"了。他想着我爷爷奶奶都会乐得合不拢嘴，却没想到给自己带来了惊心的麻烦。

儒家的经典中对男人有"齐家"的要求一说，什么叫"齐家"呢？可以牵扯出很多理论；"齐家"为何从"男女有别"开始呢？中国历史上，以"齐家"之名概括的农耕村落组织和治理中，父子和兄弟关系占据了核心位置，一纵一横，交织构成了村落组织秩序的支架。但这两种关系共同的致命缺陷是无法自我再生产，因此无法独立持续。这两种关系的再生产都必须依赖，且完全依赖，男女之间的关系。

换言之，尽管传统农耕村落的组织治理一直不依赖男女关系，有些儒家经典中甚至全力将女性边缘化，农耕村落社区的发展、演变以及村落秩序的稳定还是必须依赖男女关系。这里之所以说是男女而不是夫妻关系，是因为所有夫妻关系都源自男女关系，也因为男女关系太复杂了。父子兄弟关系几乎全是生物给定的。偶尔的抱养（收养本家兄弟的男孩）也有血缘关系。毫无血缘关系的收养在农耕村落间很难发生，因此罕有所闻，尽管在古希腊屡有传说。

男女关系中有给定的，如兄妹或姐弟，如母子或父女。但引出无数麻烦甚至重大风险的往往是那些没有或极稀薄血缘联系的男女关系。因为这类男女通常更适宜经婚姻结为夫妻，繁衍更健康的后代。但其积极正面的社会功能不限于此。

"合两姓之好"也是传统农耕时代超越村落构建更大地域社群的重要手段。这一点因此被人们充分利用，无论有意无意，用来化解或缓和各种社会冲突，如村落、家族或宗族间的世仇，典型如莎士比亚的《罗密欧与朱丽叶》，或是历史上中国的民族和亲。但是，就传统中国的基层组织治理而言，最重要的是，通过男女关系才可能不断创造令农耕村落社区得以组织定型的经（父子）与纬（兄弟）。

男女关系不仅是人类各种天然关系中最强有力的，也具有创造性。只是没人许诺，也没人能保证，创造一定是改善、发展或进步。真实世界中的创造从来就是永久、全面、彻底地改变原有格局。换种说法就是颠覆。创造性越大，颠覆性越强。

是创造还是颠覆，没有标准定义，完全取决于卷入其中的评断人的立场和视角，取决于他／她们的利益盘算以及前后的利益得失。但鉴于绝大多数人在通常情况下趋于保守，即除非可期待的利益足够大且明确，人们通常希望保持既得利益。越具有创造性的男女关系，对涉足其中至少一方甚或双方的风险就越大，甚至风险外溢，成为社会的灾难。人世间许多男女的情爱何止是动人？那可真的是"一顾倾人城，再顾倾人国"，完全有资格进入"普世价值"。

"和你一起慢慢变老"并非人世间最浪漫的事，那只是恋爱中的人"能想到的最浪漫的事"，无意中，透出的是人类的无奈。更何况，"浪漫"的含义之一就是不现实甚或不靠谱！

说来说去，我爷爷认为我二大爷和陈姓女同学"不适合"。

一是因为陈姓女同学是出自国民党高官家庭的"千金小姐"，让他觉得两个人门不当户不对，这是第一点；第二点是我们邢家自家前途一片灰暗，恒产恒业尽失，再次落魄，如果联姻的话，岂不更加"颠覆"，说不定会带来彼此意外的伤害；第三点是，我爷爷认为在大学里无论男女最好都不要以谈恋爱为生活的主题，认为在大学是长知识、学文化、心智成长的重要阶段，如果上大学就为了文凭，就为了去谈恋爱，那还有必要举大家小家之力去让你读大学吗？而且说是成人了，可是你毕竟还没有自己的经济来源，着急结婚，你能养活自己及你爱的人吗？别拿父母辛辛苦苦挣得的给你的念书费用去谈恋爱。还有就是谈恋爱时也不想想，一个是生长在北京，另一个生长在南方，那福建是多么遥远的南方，风土人情生活习惯都不一样。这是第三点。

面对我爷爷的坚定阻挠，我二大爷又气又恨，而陈姓女同学看在眼里十分心疼我二大爷，她在我们家的几天天天以泪洗面。所有的这一切，都被我爸爸看在眼里。

我爸爸有一次回忆地对我和我弟说道："你爷爷当着你奶奶和我的面斥责你二大爷说人心都是善变的，没有永恒不变的心，尤其是你们这样在大学就谈恋爱的情况。虽然你们有感情，想结婚，但是对人生的体验都少。人都是这样，都是在体验中反复问自己这种体验与其他的一些体验，哪种感觉更好？当你对她的感觉，或者当她对你的感觉，没有别人对自己的感觉好和浓烈时，她就会把感情转到别人身上。如果真是那样的话，你再后悔，可怎么得了……"

后来，我二大爷与陈姓女同学双双去央求我奶奶，恳求我奶奶答应他们俩的婚事。陈姓女同学告诉我奶奶，意思是她会好好照顾我二大爷，再加上我二大爷个人能力超群，未来才华可以充分展现，只要能同意结婚，他将在她的相助下步入顺利的事业，绝不会给我爷爷奶奶造成任何负担；我二大爷也苦苦相求我奶奶，说陈姓女同学对感情非常认真，对工作和生活都非常认真，两个人结婚后认真努力，他们会彼此真心待对方，彼此是真爱，哪怕一生平淡但幸福就好，不需要我爷爷奶奶操心，也不会向我爷爷奶奶伸手要一分钱……我二大爷和陈姓女同学两个人恳恳切切的言辞终于打动了我奶奶。

我爸爸有一次回忆着对我和我弟说道："你奶奶不像你爷爷那样不通情理。在你奶奶眼里，你二大爷大学一毕业就领回一个知书达理又聪明可爱的女同学，本身就是特别大的惊喜降临。抛开出身呀、成分呀，单就两个年轻人而言，做什么事情都希望能心想事成，何必要硬生生地拆散呢？所以你奶奶默许他们两个人结婚，只是希望他们两个人在结婚后，在工作中，在生活中，在婚姻生活中也会严谨的处理问题。只要两个人商量好，那以后在哪生活、在哪发展不紧要。"

最终，我二大爷决定"出走"，去陈姓女同学福州老家，和她在福州结婚安家。他临走前对我爸爸说："如今咱家成分不好，又是危机四伏，全家生活困难，爸爸妈妈岁数也都大了。在北京，我即便工作了，在举步维艰的环境能成就事业吗？这是痴人说梦！还让爸爸妈妈操心。我要离开家，要离开北京，去了福州，日子也许能过得风生水起。我现在是穷人，没有什么财产，家里的一切我也带不走一样，搬家就会很容易。找到适合我发展的地方，拥有自己喜爱的生活，和自己爱的人待在一起，就会增加我奋斗的信心和勇气，我坚信好日子也就随之而来了。以后，你要好好读大学，在家里多承担一些责任，多孝顺爸爸妈妈！"

就这样，在我爸爸考上清华大学后没多久，他就眼睁睁地看着自己的二哥离开家，远走高飞了。临分别时，兄弟二人的心情都很复杂，不知道何年何月才能再相见……对我二大爷来说，"离开"这样的机会真的很不错，抓住了，便可以心无旁骛地面对崭新的生活，轻松地处理问题，这样也才能有更大的惊喜。

我爷爷气得要与我二大爷断绝了父子关系，可是真的看到二儿子离开的刹那，他就受到了绝大的精神打击，但他依然拿出了一些钱托我奶奶转给我二大爷和那位陈姓女同学做安家费。

此后，我爷爷一下子变得消沉，他在晚年只能把所有的希望都寄托在他的小儿子我爸爸身上了，希望我爸爸能不辜负他，不辜负二姑奶奶。

清华篇

四十、什么是天才

优秀的人往往从出生起便洋溢着与众不同的神秘光辉。

茨威格《人类的群星闪耀时》这本书的前言里，有一段这样的话：在一个民族中，总要有上百万人的存在，一位天才人物才能从中走出；在人类历史的长河里，总要有上百万无关紧要的时候流逝而过之后，一个真正意义上的历史节点、人类的星光时刻才会显现。它会决定接下来的几十年、几百年，它会关涉到上百个家族，会左右某一个人或者一个民族的生活轨道，甚至也会决定整个人类命运的方向。

这样的天才例如苏格拉底、亚里士多德、阿基米德、柏拉图等。

例如爱因斯坦，他说：为做有价值的事情而努力，而不要为了成功而努力！在爱因斯坦逝世几十年来，他的追求，已经渗透了理论物理基础研究的灵魂，这也是他的勇敢、独立、倔强以及深邃的眼光的永久证明。

而中国从近代到现代也涌现出了一批有良知的知识分子，却是从几百万人里才冒出一个，既有大名鼎鼎的梁启超、王国维，也有颜福庆、马相伯；既有吴禄贞那样有胆识和蛮力的知识军人，也有将所有积蓄捐给国家的物理学家袁家骝；清华大学早期有叶企孙、饶毓泰，后有钱伟长、林家翘、钱学森、赵家和、杨振宁等，当今既有屠呦呦、袁隆平，也有施一公、颜宁、胡海岚等。他们要么是严肃的学者，要么是脚踏实地的科学家，要么是追求改革的知识军人。

由于我们邢家家境十分富裕，我爷爷有着自己的公司，所以我爸爸从小便能受到良好的教育——我爷爷对子女教育抓得十分紧，这也和我爸爸后来能成为一名学霸有着很大的关系。我爷爷对子女的学习发展非常有眼光，他在我爸爸身上看到的是那股子闯劲，看到的是内才。更为重要的是，他眼光犀利，责任感强，根本不会将儿女的青春资本当做儿戏。他鼓励我爸爸要做一个很有才能和勇气的人。

望子成龙是很多家长的梦想，若谁家的孩子天资聪颖异于常人这无疑让整个家族脸上有光。特别是一帮天资过人的少年聚集在一起，在清华学堂学习，通过清华大学留洋，那绝对是引起所有家庭羡慕的事情。在引起关注的同时，这些孩子也走上了与其他孩子不一样的人生之路。

在我爷爷眼里，天才更多是在孜孜不倦的学习中凭借着过人的天资赢得众人的青睐，他们更具备一种百折不挠的精神。尤其是那些天才中的天才，过人的天资让他们从小一路走来在学习上没遇到过挫折。这样的人也需要没有任何瑕疵的童心教育。

有人说天才分两种，一种是被培养得不在乎世俗眼光只潜心研究学习，另一种是被培养太在意世俗眼光会让自己痛苦万分。其实很多天才有自负倾向，但是一定要认清事实——并不是每个对未来有设想的人都能清楚而又准确地走上自己所预测的那条路，他会在一生中遇到各种各样的人，事情往往也不会总在自己的控制和预想中，只有那些不甘于命运的安排，不愿长久地停留在一种状态下，敢于放下过去、扩展边界、跳离禁锢的人，才更容易获得命运之神的眷顾，成为人才。

现在的社会，如果一个孩子突然被冠以"天才"的称呼便会让周围的人对其另眼相看。但是，往往成也天才败也天才。因为，本来一个孩子就是处在邻家男孩、邻家女孩的年龄却要在"天才"的光环下丢掉童真，这无疑会禁锢了他们的灵魂，被逼得"只能为成功而努力"——在幼年或者不属于心智成熟的年龄却要完成高端的学业，这无异于是对他们的一种"伤害"，也许天才所谓的异于常人就是这么来的吧，他们开心吗？快乐吗？也许其中的苦涩只有他们自己明白。

现在的孩子在优异成绩的前提下更需要一份健全的人格与成熟的心智，自负必将为自己带来毁灭性的灾难。特别是当今社会对"天才"的吹捧，更是让无辜的孩子失去了自我。

我爷爷尊重读书人，在他眼里，读书好的人在社会中具有某种优势。有的孩子被捧为天才就放纵，一手好牌输得精光；自己的孩子小时候穷养严教，长大后却能用自己努力讲出一个绝地反击的故事。由于我爸爸和他的哥哥姐姐所受的教育是贯通中西的科学教育和通识教育，学习成绩优异，也都学有所成，所以都没有辜负我爷爷的殷切期望。

1958年的夏天，我爸爸从男二中毕业参加了高考，并不负重望，顺利地考取了清华大学。清华大学是不少高考学生的梦想，也是他的梦想。他接到清华大学的录取通知书的那一刻，就第一时间告诉了我爷爷奶奶、哥哥姐姐。

有一次，我爸爸回忆着对我和我弟说道："我很感激你爷爷。其实，我能考上清华大学，我还是更感激你爷爷对子女上学读书方面的谆谆教诲。你爷爷让子女从小养成读书的习惯。在咱们邢家，吃完晚饭，就保持安静，让子女学习。你爷爷希望子女学好基础知识，特别是数学、语文、外语。在你爷爷眼里，外语学习最能反映学习态度。学外语，必须天天不间断地念，不是突击就能上去的。我把录取通知书交给你爷爷看时，我望着你爷爷的那张饱经岁月的脸，我嘴里不说，但是我心里是很感激你爷爷，我永远忘不了你爷爷看到我的那张清华大学录取通知书时的表情。我没有辜负你爷爷对我的爱！"

四十一、可心的"礼物"

对我爷爷而言，他这一辈子，他喜的是，继他的爷爷和父亲之后，他是他这辈儿邢家人里唯一人丁兴旺的。如他自己所说，老邢家人中，到他这一辈儿不到三十岁就"成家立业"，除了他，还找不出第二人。然而让他忧的是，邢家虽有家学，也有家世背景，往上数的好多代人也出过好几个状元郎，实现过阶层跃升，但是过后却起起伏伏。

如何保证自己家这一脉以后的绵延兴盛，这是我爷爷一直在考虑的大问题。他发现当官的家族，很少能够长久的——作为一个读书人，没有谁不追求功名利禄。但历史证明，没有几个文人可以真正叱咤官场。即便是高中状元的人，也并不意味着他一直就能官运亨通。

我爷爷想来想去，觉得最能长久繁盛的家族，属于耕读孝友之家——种地读书，孝顺友爱，以此传承。当然，还要懂得思考。在他眼里，合格的读书人应该渴望以自己的才能报效国家，造福百姓。他是这么想的，也是这样要求子女的。

在我爷爷眼里，我爸爸无疑是邢家出的又一个"新科状元"，这个"新科状元"是他在晚年所收到的最可心的"礼物"，他对我爸爸就寄托了更高的期望。

在我爸爸去清华大学报到的那一天，我爷爷也起早和我爸爸一起去的清华大学。

我爸爸有一次回忆着对我和我弟说道："那天，你爷爷非常激动，送我去清华大学报到。去的一路上，虽然尘土飞扬，可是到了清华大学里，你爷爷说这是他这一辈子第一次进清华大学，他很激动……他非常喜欢清华大学的校园建筑和校园风情，也很在意观察清华大学里的那些学生。"

"在我完成报到后和你爷爷回家的一路上，你爷爷一直眉头紧蹙，不怎么言语。"我爸爸补充说道。

直到我爸爸快开学了，突然有一天，我爷爷兴冲冲地从外面回到家，竟然推着一辆老旧的荷兰菲利普自行车，自行车后座上还搭着一个大而旧的皮箱子，车把上还挂了一个破布兜。

我爷爷把我爸爸叫到跟前，当着我奶奶的面对我爸爸说道："给你买的！"

我爸爸回忆着对我和我弟说道："那天，你爷爷大汗淋漓地回到家对我说，那自行车和箱子都是给我买的，送我的。他说清华离咱家远，来回没有个自行车不方便；他说那自行车虽然很旧，但非常结实，可以再骑好多年；他说那箱子虽然很破，但是是好皮子做的，还能用几年；他说还买了发油，也是给我用的；他还从兜里掏出一叠钱给了我，让我省着用。"

那次，我爸爸边说边眼圈泛红，泪水盈满眼眶。

在我爷爷眼里，对孩子来讲，好吃的、好喝的、好玩的、好的穿戴本身不便宜，而社会上真正做到能够消受得了富贵的家庭也没多少个。得来不易，而一天挥霍完一年十年的积蓄可是根本不在话下。所以他结婚前就已经提前做好功课，婚后告诉我奶奶，告诉子女，一些人生道理——对于买贵的"东西"给家里，给孩子，还是可以啊！你想要又嫌贵的话，我们可以拿"别的东西"如获得好的学习成绩来换。

其实，我爷爷奶奶就认为，当我们谈论钱的时候，更多的是在谈论我们的尊严。所以，整个家庭都要养成简朴持家的习惯。

那次，我爸爸继续对我和我弟说道："当时，你爷爷还对我说，你上了清华大学了，肯定不能再剃光头了，我建议你改成'榛子头'。你爷爷告诉我，这种发型有一个特点，从脖子到耳朵上部之间的头发必须全部剃光，只留耳朵上部一英寸左右的头发以及头顶的所有头发，但头顶的头发一般不能任其乱糟糟地挡住额头。你爷爷给我买了一种那时非常流行的矿物油脂，让我以后将其抹在头发上，然后用梳子将头发从前额全部向后梳，露出自己的额头。还有一种梳法，就是分开梳理，将大部分头发向后梳，少部分向旁边梳。两种发型各有千秋，全凭我个人喜爱。"

那次，我爸爸继续对我和我弟说道："那时，咱们家里已经很穷了，你爷爷还能送给我一辆自行车、一个箱子和一盒发油，我真的激动。因为我从没有想过考上清华大学时就向你爷爷邀功请赏，没有想过让你爷爷奶奶送我任何礼物。但是你爷爷却做了，我当时就想，再好的物质保障也代替不了一个父亲对孩子真真切切的爱。你爷爷送给我那几样东西，却完全没有附带条件，而我更不会对东西新旧指手画脚。"

……

在1958年我爸爸考入清华大学的时候，我们邢家的经济条件物质条件已经非常差了，生活非常窘迫。他通过之前家里家外发生的一连串的事情，就一下子懂得很多，一下子变得成熟起来。尤其是通过我爷爷给他买那辆二手自行车，使他明白我爷爷希望他在大学岁月里，不要虚度时光。

有人说现在中国的很多家庭都是"单亲家庭"，只有一位多功能全自动的母亲，没有真正意义上的父亲！说的是爸爸们如果不懂得用实际行动爱孩子，小心和孩子的距离越来越远，后悔莫及！但是我爷爷不是那样的爸爸，我爸爸也不是不懂事的孩子。

我爸爸小时候穿衣是接哥哥的，初中高中却都上的私立中学或者很好的中学。家境下滑以后，他上清华大学从开始一直到毕业，几乎所有的周末都不回家吃，不回家住，为了减轻我爷爷奶奶的经济负担，标准的"省吃俭用"。

那时，我爷爷要负担我爸爸和我老姑上大学每月基本的生活费用。

在中国，为什么那么多家庭教育失败了，而我爷爷对子女的教育投资却能发挥作用？

我曾经读过关于贫穷的心理分析。我知道乔治·奥威尔是当代最伟大的作家之一，在20世纪20年代，他曾经经历过贫穷。他曾写道："贫穷的本质是消灭未来。"他就惊讶于当人们的收入低到一定程度时，居然理所当然地认为他人有权对你说教、为你祈祷。如今，这句话依然可以引起共鸣。

我现在不知道我爷爷奶奶那时是怎么应对突如其来的贫穷的，他们几乎是一夜之间就成为了需要自食其力的劳动者，而我爷爷还想着要送给我爸爸"礼物"！其实，我爸爸考上清华大学是我爷爷送给我爸爸的最好礼物了。

就这样，我爸爸骑着我爷爷送的老旧自行车驮着我爷爷给买的破衣箱开始了在清华大学的六年住校学习生涯，而且具有了一颗加强了的童心——耿直的个性、少年的率真、对目标的坚持。

四十二、父亲的殷切嘱咐

我爸爸上清华大学后，非常自励。我爷爷通过我大姑转告我爸爸一些建议或者说嘱咐。

我爷爷反对子女在上大学期间谈恋爱。有一次，我爸爸回忆着告诉我和我弟道："你爷爷托你大姑告诉我，女人对爱情的追求，就是找个男人照顾她、爱她一辈子。很多女孩子宁愿找一种悬浮在空气中的稀薄的爱的感觉，不愿意低头面对实际上未来并不确定的人生。你现在拥有不多，却想要太多；没那么优秀，却心比天高。如果你找女朋友的话，什么都没有——女孩子也不是傻子。"

那次，我就问我爸爸如何理解我爷爷说的话，我爸爸就回答我道："不用你爷爷嘱咐，我不会谈恋爱的。当时我就告诉你大姑，我不谈恋爱，一是因为没时间，二是因为爱情这种事情需要两情相悦。在我看来，不是随意牵手就能点燃一场爱情，不是随便一个女子便能将就半生，恩爱承欢。我将自己的热忱与心力都寄托在了学业上，实在腾不出更多的精力给别人。"

在清华大学，依然秉承着严谨的学风和校训，这导致每个清华学子互相比着优秀和理性。没有谁会傻傻地问别人：我为什么没有男朋友？我为什么没有女朋友？都在问自己：够好吗？够强吗？够优秀吗？答案似乎都不是好，或者是自己不足够好。清华学子明白高的学习效率与超强的自制力分不开，极少有学生会把时间浪费在社交上，极少有学生把时间花在"秀"自己上。

我明白，我爷爷的意思是要自己的子女懂得一个最基本的道理：子女刚刚成年，还要继续学习，学习"谋生"，等走到你力所能及的某个高处、某个远处，会发现，那里的天地和空气与你的起点和中途完全不同，你的想法和观念也比初始有了巨大改变，觉得自己有能力对自己所说的话和所做的事情承担得起责任的时候，再谋爱！

相比之下，现在很多的中学生就开始谈恋爱，某些中学老师就鼓励学生谈恋爱；到了大学里，大学生除了上课以外，学校管理得非常松，学习也没那么紧，课余时间充足，就成了谈恋爱的时间，甚至一些大学老师公然和女大学生谈恋爱。也许一些人上大学的目的第一是谈恋爱，第二才是混文凭。现在的大学生的童心是什么？人生目标是什么？事业计划是什么？甚至还有很多一流大学的学生公开叫嚣说大学四年不谈恋爱就白上了。

当然，那年代的学子和现在我们身边的那些学子不一样，那时代的他们敢爱、敢欣赏优秀的异性，但是也更慎重。比如，当我爸爸考上清华大学之后，我大姑也已经从协和医学院毕业了，但是她却不敢考虑结婚的问题，即便已经有男同学追求她，她既不敢接受，也不敢告诉我爷爷奶奶，而是一心扑在医学事业上，她崇拜一代大师林巧稚。林大夫生于1902年……她1929年六月毕业于协和医学院，七月成为北京协和医院妇产科的第一位女大夫，是我大姑的老师，把一辈子献给了中国妇产科医学事业。

在那个年代，我大姑就属于城市大龄单身青年，是否会有情感焦虑呢？可以用"剩"来形容她当时的情感状态，毕竟在那宗法观念强势的年代里，很多时候"剩"是一种被动的选择——但我大姑活得并不焦虑，不光在日常生活上，在父女关系上，在个人问题选择上也是。

无论什么样的年代，在什么样的环境，爱情很脆弱，动辄分手离婚的不少。心智不成熟姑且不说，是否真的准备好接受两个人的生活，还是因为焦虑害怕一个人？或许可以问问自己。生活就是这样，每个年龄段都有每个年龄段的使命，到了某个年龄段，有些事就不得不去面对，即使自己不主动去触碰，这些事也会通过各种各样的途径有意无意地渗透进你的生活。

我大姑因为和父母居住生活在一起，只要和朋友出去玩，回家必被问，见了谁。我大姑周围同年龄段的朋友、亲戚、同学陆陆续续结婚生娃，但我大姑不着急，她说她想一直陪着父母，想多陪陪父母——就像应付一场关乎命运的重大考试，大家都交卷离场，只有自己单着。我爷爷奶奶的婚恋观比较传统，家庭观念浓厚，还相信父母之命、媒妁之言的传统婚恋模式，意识到子女这年轻一代容易在早婚的趋势下产生压力感，所以对子女的个人问题，他们会提出建议，必要时就会干涉。

我爸爸他们弟兄姐妹几个各有各的追求和梦想。

我爸爸要在清华大学上六年本科，因为同时要学习发电机技术、高压电技术两个专业。有一次我爸爸回忆着对我说道："我听你爷爷的话，上大学期间始终没有交女朋友。我一门心思学习，我害怕谈女朋友的话尤其一旦出了感情问题会十分影响自己的学习。而且，尽管我的身体成熟了，但我不确定我的心智是否成熟。何况，没有什么比能进入清华大学念书重要的了。其实，读大学是我人生修行中最重要的一个阶段，即便修成后依然要面对以后人生的每一个岔路口，必须要慎重。人海茫茫，你二大爷和你二大妈两个人走到一起何其难？在大学里，我只要面对学习就可以。在清华，每个学生都要面对人生最吃苦、最醉心、最需要付出的阶段。如果要面对的是现实生活，就会产生很多杂念，对未来的不确定性就有一定的担忧。你大姑和你大姑父相恋两三年，却一直不敢结婚，因为都担心，担心爸爸妈妈表示反对。尤其是她自己不敢确定未来的生活会是怎样，总有担心，何况也是没有自挣的钱来支持婚姻的，更多指望源于上一辈的积累。这样一来也好，就容易把压力转化为对事业的执着，对未来生活的期待就转化成了对职业、对工作的预期。"

我爷爷还通过我大姑嘱咐我爸爸不要乱花钱。现在的社会一般人家对孩子会进行理财教育，大概也是要求不乱花钱、懂得储蓄。

在当今社会，让孩子有 MQ- 理财商数 (Money Quotient) 被看得很重要——理财的观念是一系列的教导，从认识钱币到储蓄应用再到财富增值——在生活上尽量让孩子有理财的机会，同时配合游戏及实际操作，让孩子了解理财并产生兴趣。例如，现在有的家庭，从七岁开始，就要培养孩子有自己的钱的概念，然后再慢慢教导他们进阶的理财计划，有的爸爸妈妈建一个以星期为单位的行事历，把给孩子的零用钱总额写在上面，并将孩子的每笔用度写清楚，订立奖惩。每个月汇总后，把多余的钱交给孩子打理。

在我们家，我爷爷奶奶知道我爸爸的数字能力突出，脑子快，也知道他不是乱花钱的孩子，所以就愿意多给他一些生活费，毕竟是家里最小的孩子，又是男孩，顺便借着机会观察他管理金钱的能力。

我爸爸有一次对我和我弟说道："你爷爷不多说，或者只做不说。但我知道，对钱的管理是你爷爷奶奶在教育我们几个子女时认为最容易被忽略的却又极为重要的一个事情。告诉子女怎么用钱是为了让孩子改变命运，并且获得成就感。钱财的获得一半靠运气，但持续的好运气，则是一种能力。为了不给家里增加负担，我在读大学时有机会就勤工俭学，只要每次能挣出五角钱，我就知足了。如果能挣到一元钱，我就开心得要死，因为我可以凭我挣得的这一元钱去按照计划买很多东西，比如吃的，如糖火烧；比如看的，如词典；比如用的，如圆规。"

我爸爸在读大学期间有过这样的经历：当他有很多事情积压需要处理，就推迟午餐时间；血糖急剧下降的时候，他会将注意力集中在最直接的需求上，例如需要立即吃个糖火烧；明天需要用的文具，就会去换。总之，这时，长远眼光已经是一种奢侈。他有一次对我和我弟说道："想象一下一台电脑同时运作十个大型程序，运作速度会越来越慢，出现运转失误，直至死机。不是因为这台电脑性能不足，而是因为它超负荷运转。我那时面临的问题和这台电脑一样，不是因为我理性所以会做理性的决定，而是我生活在那样的环境中，身边的人都会做理性的决定。"

四十三、崇拜大师

上了清华大学没多久，我爸爸就明白了男二中老师曾经对他说过的话：清华大学通过招收和引入才华横溢和前途无量的学生和大师来推动，并坚定保持对学术诚信的追求，尤其是那些优秀的大师更是清华大学的瑰宝，可以说是清华之"魂"。

论大师，我爸爸一生念念不忘几个人，如陈寅恪、叶企孙、王明贞。我爸爸上的是清华大学电机工程系，这个系建立于 1932 年，是清华大学早期最牛的几个系之一。他读的是高电压技术专业、发电机专业，也是叶企孙、王明贞的学生之一。他非常崇拜叶企孙，他经常念及叶企孙的德行功绩。

13 岁——一个多世纪以前，那是大清国的最后一年，叶企孙考取清华学堂的首批名额；他远渡重洋，师从诺奖得主布里奇曼，测出了当时世界上最准确的普朗克常数 h 值。获得哈佛博士学位之后，他立即回国，开始为自己落后的祖国，耕耘一项注定伟大的事业。

27 岁——他在清华创建了物理系。

31 岁——他在清华创建了物理学院，包括数理化生等六个系。没错，就在清华大草坪的西侧，那栋写着 SCIENCE BUILDING 的小楼里。在二十世纪三十年代里，理学院将清华从一所学术空白的留美预备学校，发展成为后来的大学中的翘楚。

到二十世纪六十年代，新中国诞生了二十三位"两弹"元勋，其中一半是他的门生。

——中国核物理的奠基人王淦昌：是他的大弟子。

——中国的"卫星之父"赵九章：是他亲手培养的学生。

——中国的"氢弹之父"彭桓武：是他亲手培养的学生。

——中国的"原子弹之父"钱三强：是他亲手培养的学生。

——中国的"导弹之父"钱学森：是他亲手培养的学生。

——中国的"力学之父"钱伟长：是他亲手培养的学生。

——中国的"光学之父"王大珩：是他亲手培养的学生。

——其他如邓稼先、周光召、朱光亚等：是他亲手培养的。

——在世的最伟大的理论物理学家杨振宁：对人类科学的贡献，足以再得一两次诺贝尔奖。

——李政道："是他决定了我的命运。"1946年，他将年仅十九岁的李政道破格送往美国，甚至在办理护照时都招致了质疑。半个世纪之后，诺奖得主李政道回国，再次见到那张被他毕生珍藏的泛黄考卷，李痛哭不已，因为见到上面他留下的字迹：58+25=83分。

——林家翘：第一位当选为美国科学院院士的中国人。

——戴振铎：第一位当选为美国工程院院士的中国人。

——华罗庚："我一生得他爱护无尽。"当时的小华只有初中学历，是他力排众议，让华罗庚在清华数学系任教，又送往剑桥大学深造。

——二十世纪最伟大的几何学家、现代微分几何之父陈省身：与华罗庚齐名，同样受益于他的谆谆教诲。

——熊大缜：他的学生，成了他一生解不开的结。1937年，抗日战争爆发，熊放弃了赴德留学的机会，前往冀中抗日根据地，在吕正操将军麾下担任供给部部长。熊利用清华所学，为部队制造炸药、雷管、无线电发报机等军用物资，为地雷战提供武器装备，而老师本人则守在津门，为熊提供支援。

"文革"结束后，叶企孙也与世长辞了。他去世之前，口中还在喃喃自语："回清华、回清华……"。

1992年，海内外上百位有良知的学者联名郑重呼吁，请求为叶企孙平反昭雪，请求清华大学为叶企孙树立铜像。1995年，他的铜像在清华大学里落成。他的学生名满天下，他在应用物理专业领域如雷贯耳，他令包括我爸爸在内的无数学生所敬佩，又令无数学生所伤感。由于历史原因等，他虽不为人所知，他无党无派，但实在地为新中国培养了七十九名院士。

我爸爸崇拜叶企孙（1898年—1977年），我爸爸记得他有一张恬静沉毅的脸庞：在那战火纷飞的年代，是他在那时满地焦土上栽下了无数的桃李，成就了后来的重要科学发展所必须依仗的那些人。他自幼就已经以君子"慎独"之道要求自己，修身自省，他讷于言，但一生都保持温润如玉的君子之风。1915年，他在清华上学的时候，成立了清华校史上的第一个学生团体——科学会。他当时不过十七岁，拟定的会员守则是：不谈宗教、不谈政治、宗旨忌远、议论忌高、切实求学、切实做事。他终身未娶，无儿无女。一百多年前，他年少立志，树立理想，童心未泯，要拯救中华民族。

我爸爸对我认真地讲过："历史的漩涡可以将个人吸纳，身不由己。不论是'行到水穷处'，还是'出入风波里'，风浪相激，凸现出抗争的勇气、担当的力量。那个时代的巨匠既是历史航向的校正者，又是动乱年代的牺牲者。他们迸发出来的人性的灿烂光辉，让战争、离乱等动荡不安的历史背景显得黯淡。那些让后人景仰的柔弱的身躯，犹如在强权的车轮下傲然开放的梅花，没有让精神的花朵零落成泥碾作尘。混乱年代，陈寅恪等人的存在，他们的浩然之气，他们的至大至刚，充塞于天地之间。曲终人不见，江上数峰青。那些消逝了的人物，其精神和风骨，并未消弭。"

四十四、无处不在的"领导力"

说到清华大学的"领导力",就不得不提"启蒙运动"对中国近代大学的影响,"戊戌变法"就受启蒙运动影响。到了十九世纪末二十世纪初,中国出现一批启蒙学者,他们翻译欧洲启蒙思想家的名著,介绍他们的思想,对中国的思想界、学术界、科学教育起了重要的推动作用。

1898 年"戊戌变法"失败后,严复把 T.H. 赫胥黎的《天演论》、孟德斯鸠的《法意》(今译《法的精神》)、亚当·斯密的《国富论》、H. 斯宾塞的《群学肄言》,以及 J.S. 米尔(旧译穆勒)的《群己权界论》和《穆勒名学》等七部著作译成中文出版。辛亥革命后南京国民政府的《中华民国临时约法》,基本思想精神是天赋人权、三权分立、自由、平等、民主和法制、自然科学的思想,"科学救国论"其基本思想精神显然是源于启蒙运动。

清华大学创建时所设立的系和专业无不与启蒙运动思想有关。早期的清华大学的师生,都抱着自由、平等、民主和法制、"科学救国论"的思想论学治学。认为个人优秀的最高级别是什么呢?即便是自己明明非常出色,却不把自己的出色太当回事儿,因为他们接受了启蒙,认为哲学是最高的科学,接受西方学界公认的哲学是一切应用科学的工具学科,所以他们都像叶企孙、陈寅恪那样在学业事业上追求"至善",而且懂得将自己与国家"并置"。在"兼容并包,思想自由"的原则下,清华大学得以高效运转,而"教授治校"则保证了清华大学的优良学术风气、无所不在的领导力和精英气质。

一百多年前,林则徐呼吁国人要"睁眼看世界"——世界其他国家的人民一样智慧、勤劳、勇敢——导致近代洋务运动,进而催生了无数的莘莘学子远渡重洋跨海留学。

　　在那些跨海留学中的一位叫王明贞，是我爸爸的大学老师之一，也是我爸爸最敬佩的清华老师。她是清华大学第一位女教授，从美国回到中国到清华大学后，由于校内没有科研的条件，她中断了自己的专业，全身心地投入教育事业，在清华的讲台上兢兢业业地站了十一年。我爸爸盛赞她教学态度严谨，平易近人，是一个严师。

　　通过王明贞，我爸爸才知道什么是真正的天才？真正的天才一定要有领导力，也就是超越自我的能力。王明贞生来就是学习的天才，她不能让自己的天才浪费了，天才加勤奋。她在上中学期间第一学期大考结束，她是全班第一名，每门功课都是"A"，震惊所有的同学再不敢小瞧她。自此，在中学的几年中，她始终保持着全"A"的成绩，并赢得了所有同学的尊重。她因清秀脱俗的相貌，优秀的英语能力，而且有一定的艺术天分，担任了毕业班以英语写稿为主的年刊总编辑。然而中学毕业时，她的家庭遭受了苦难，但是她依然坚定自己考大学的志向，再艰难，也要继续受教育。总之，从那时起的她，从人生的第一个苦难里升华，这位才女决定自力更生挣钱挣学费上大学，上大学后她的生活费每月才只有三块大洋，但是她咬牙挺到了大学毕业。青春岁月，转瞬即逝，但为了心中的梦想，她并没有大学一毕业就谈婚论嫁，而是想一边做助教一边念研究生。后来，在密友的帮助下，她去了美国留学，在美国上大学期间，她再次证明了什么叫天才——在物理这个专业的班上，很多男同学心高气傲却屡屡考试受挫，而她学习照样是轻松之极。开始两年她读的主要是理论物理课，还选了一门实验课光谱分析和两门高等数学课。在第一学期的电动力学期中考试后，她的成绩第一。在第二学期的理论力学课上，成绩同样全班第一。她在大二时就选修了三年级学的物理课。进入第三学年，对统计物理学也很感兴趣……后来，她成为了享誉全球物理学界的科学家。她一辈子生活简朴，从未向部门和学校提出过任何要求，她住的房子一住就是三十年，直到七十岁退休，退休后的生活更加平淡简朴。

　　在王明贞的指导下，我爸爸认识到在发电机技术、高电压技术专业课上，所学的知识可以被广泛应用在物理学、电磁学、通讯无线电和生物学领域，所以就更激起了他的学习欲望，清华大学在他心目中的地位也变得更加伟大。可以说，有什么样的良师，就会有什么样的高徒。

每年中国参加高考的学生最多，所以竞争最激烈，所以最能体现这些学生的水平，所以像清华大学这样名牌大学的全日制本科对高中毕业生很有吸引力。但是在我爸爸眼里，中国现在的高等教育出现了问题，扩招以后，缺少了监督鞭策和激励机制，而且广大的大学生也没有任何"童心"，对于学习的东西也并没有像早前那样从难从严要求，导致反而没有中学阶段学得好，学得努力。

清华大学一直都是中国高等教育神话般的存在，很多孩子都曾梦想考入清华大学，很多家长都曾希望孩子能考入清华，可是真正能够实现这一梦想的，又有几个人？

天才、学霸、运气、地域优势……很多人往往只看到了清华师生们的光鲜，却总是忽略了造就清华"领导力"神话的付出与汗水。一位美国教授曾经说："Students of Tsinghua，no Saturday，no Sunday，no holiday!"就是这种精神铸造了清华的"领导力"神话。

最主要的是，在"抬眼看世界"的前瞻性和理工科应用科学技术专业教育方面，清华大学一直表现出了在国内首屈一指的"领导力"。很多考上清华大学的理工科学子都有理工科理想，对清华大学抱着"敬"，对在清华大学读书抱着"诚"，和我爸爸一样，考清华是他们的"一念之本心"。清华学子都怀着"清华万岁"的憧憬，渴望成为人才，成为真正意义上的"知识分子"。

我爸爸回忆说："我记得我考上清华的那年，清华大概一年从全国招了2000人左右，大家基本上都是凭高考分数进去的。在当时来讲，全国大概有2000人能上清华。我前段时间看了下清华的招生数据，现在有3400多人、不到3500人。清华学生的学习态度和刻苦程度不用说，学习还要靠自觉的。清华的大学校园生活其实是这样的：校园里每个走着的学生都背个书包匆匆去上课，没有一个在嬉皮打闹的，即便是出去等公共汽车或者坐公共汽车上，也在看书。在休息的地方，你会发现很多清华学生在看书写作业，非常安静，没有人大声喧哗。有一次晚上我在去系里教学楼的路上，在夜色下的校园里，校园里路上没有什么人，所有人都是背着书包匆匆地行走去赶时间学习。"

我爸爸那次还对我和我弟说道："我在清华大学骑车去上课都是飞车，走路几乎都是小跑，因为你很快从寝室去到教室就可以比别人多看一会书，多做一道题。时间久了，日积月累，你就会在时间上占有绝对的优势。充分利用课间十分钟，我一天可以挤出将近两个小时，可以比别人多做一套题。当然，所有人脑子里想的都是利用别人休息的时间来充实自己。"

清华真实校园生活就是整个中国理想中的好学生的聚集地，清华学生学习这样的场景只有在电影纪录片里才能看见，图书馆里学生们都在很安静地上自习，图书馆的机房，学生们都在用来写作业，没有一个干闲事的。他们在星巴克看书写作业是很正常的事情，那个写作业是真写，不是装的。

我爸爸说："我们那年代学习刻苦还体现在考试前，比如老师发了往年考试的很多卷子，老师逼得太紧的我们去做，老师不特别要求做的，我们也都认真做，把所有题目都做在纸上了。只有在清华，你才能体会到什么样的学生才是好学生，我如果不那样做就意味着我是混混。还有就是清华学生学习都很积极，讲究'突前'，比如我自己，说的是上的是本科，但为了将来更好地学习和工作，其实我的六年本科阶段含有两个技术专业相当于现在研究生的课程。别的同学是选的'魔鬼三门'，我还有自己的本科课程；有的同学光'魔鬼三门'就快受不了了，我要多学四到五门课程。总之，清华学生各个很刻苦，永远看不见我们玩。"

说到这里，不得不说说清华大学教授的能力。清华的老师无论科学专业基础理论水平还是实验研究技能操作水平都很强，上课有时候还问问学生其他专业学得怎么样，然后他们会瞬间说出学生学的部分的各种函数的性质和定理，人们都说他们要求学生严，但是他们却说他们以前读书时遇到的老师才严。

我记得清华有位老师说他上大学时，他的老师就说学生爱不爱学习是一方面，教师抓的严不严又是一方面，他的老师考他的时候任何拼写和标点错误这种和学科不相关的都会扣分的，他说他不会那样要求现在的学生，所以他说他对现在的学生的要求已经很松。

　　清华的教授都是博士，博士这个词是很有影响力的。在学校人们一般不会称呼谁为某某教授，或者某某官衔，教授们或者当官有行政级别而又有博士学位的人更喜欢被人们叫作某某博士，因为这个称呼代表了荣誉。

　　清华的教授一般都是很厉害的。我爸爸曾经回忆道："有一次上完数学课，后面上其他课的教授进到教室，看见一黑板数学公式和推导，立即说出这是ShepherdsLama（谢波德拉马定理），后来又说了很多，好像很有感情似的。我就想一个教别的课的教授居然还对数学定理这么了如指掌。"

　　我爸爸在七十岁回忆起在清华大学的读书经历时，有很多感慨，还举例说道："……在那时，我作为一个学生，并不懂得获取物理学基本原理的深奥知识的方法是与最复杂的数学方法紧密相连的……在许多年独立的科研工作以后，我才渐渐明白了这一点。和爱因斯坦的感觉是一样的……"

　　……

四十五、苦读、苦读、亦苦读

现在的很多孩子实际上是从高三开始，才知道读书能改变命运，每天在题海里奋战。这可能是大部分中国人的高中写照，没有任何娱乐，有的学生听从老师的话，每天反复地背诵知识。有些学生则充当了反叛者的角色，要放弃高考。

高考那几天，所有人都知道这是一场不能输的战役。"考上大学"成了所有人共同的目标，相信高考改变命运。而多少年之后，满意自己的现状的，他们感谢高考；对自己现状不满意的，他们反思导致这一切的根源——高中时不够努力，不够拼。高考所导致的学历差异，一直深刻地影响着每个人的人生。

每一个能考上清华大学的孩子都是班级里的前几名，但是进了清华大学之后你会发现"人外有人，天外有天"。和优秀的同学相处是一件幸事，第一，你获得了一次免费学习的机会；第二，你也可以肯定自己绝对不差，没准在他们眼中你也是个优秀的人。

我爸爸在上了清华大学后才知道清华大学录取什么样的新生。他后来总结了相关因素，如高中生的科研学术兴趣、日常生活兴趣和政治取向等。当时，虽然其他名校们都说对学生成绩的关注度开始下降，但清华新生的综合能力有多牛也是有目共睹的：超八成学生担任过领导者角色，"领导力"向来是清华在招生中最为看重的素质之一，而且一直看重。

清华新生中，只有很少的学生没有担任过领导者，一半左右的学生自己同时保持着三个或以上的课外活动领导者角色，一部分同学兼任两个课外活动的领导者，有的同学担任一项课外活动的领导者，真正保持了学习社团两不误。社区服务、体育运动和学生会参与度越来越高。我爸爸特别提到，清华学生在高中学习时间每周超过 50 小时的学生仅占了 3% 左右，超过 55% 的同学每周学习时间在 20 小时以下，也就是日均 3 小时不到……当然，其中绝大多数都是天生的学霸，甚至天才，但也提醒他，高效利用学习时间比所谓的"勤奋"更关键——理工科学生的特质。另外，清华学生课外活动非常丰富——70% 以上参加过社区服务；60% 以上参加体育运动；39% 参加学生会；参加音乐俱乐部或者玩乐队的占到 36%，参加科学竞赛或俱乐部 33%，参加数学竞赛或俱乐部 32%，新闻记者方面活动占到 23%，参加语言俱乐部 25%，有辩论活动的占 22%，戏剧表演 21%，参加文化俱乐部 18%，参加学术全能竞赛 16%，参加其他非数学与科学的学术俱乐部经历的学生有 29%。这些都给了他一个信号：清华大学里的超级学霸们，自然课成绩斐然，但其学习从不是悬梁刺股、两耳不闻窗外事，课外兼任领导、参加丰富的社会实践活动等，都给了他们极具竞争力的软实力。

哈佛商学院的柯比教授曾对我说，"只重视学校的学习，那就是人生失败的开始。"其实，这也是清华教育的核心理念，也是清华录取学生时的重要考量。所以，清华大学的学生不仅勤奋、有毅力、对学习入迷，更有自己的兴趣爱好，愿意忘我、充满热情地去投入——这些品质，即使不上清华，也值得孩子们铭记、自勉。

在清华大学，念书当然还是排在第一位的，念好书的压力不是父母给的，学生们自我要求极高，因为优秀的同学实在太多了，肯定是优中选优。80% 多的同学压力来源是自我期望，来自家长老师的仅仅占了 8% 左右。这意味着，内在的驱动力远远比外力更有效。

我爸爸有一次回忆着对我和我弟说道："清华学子说看重学历，并不只是那一张证书，更多的是看重你受过的教育、为人处世的三观和奋斗的目标，而清华毕业证书在一定程度上代表了你的勤奋、坚持和努力的过去。没有人可以不被环境所扰，不可否认个体的差异千差万别，但是在清华大学的环境下，努力学习的学生不会被当作'异类'遭到打压，在一个身边大部分人都认同努力的环境里，要想脱离环境有多难——'决定我们全部未来的关键，就在于自由和纪律的区别'——因为环境对我们产生的影响是不可磨灭的，因为我们知道未来的社会需要掌握知识、技术、外语、资源等。"

心理学中有一个著名的理论叫作"羊群效应"，说的就是个人行为受到周围群体影响后所产生的从众反应。不受环境影响是一件很难的事情，因此才会有"近朱者赤近墨者黑"，而屈原的那句"举世皆醉我独醒"才会被传颂千年。

环境是一条河，个人就是河中的鱼，当这条河流向好的方向时，你所做的不过是"随波逐流"；当这条河流向不好的方向时，你所要做的却是"逆流而上"。这两者难度上的差别，不言而喻。

我爸爸也花了大量时间在提高自己的学习能力上，表现在三个方面：

首先，作业。有一次，我爸爸曾经回忆说："在清华大学念书时，每周都要写作业，而且要尽一切可能写好，而老师上课基本上对你写作业是没有什么帮助的。因为课堂时间有限，老师就讲他喜欢讲的部分，然而你就要把所有书都看了，然后再把所有题都做了。基本上老师每次课都讲一章。一章的内容大概30—40页书，这30—40页的书是大书，内容多，而且最关键是书中每一句话都有复杂的数学和逻辑关系，你要看透，都需要你想很长时间，或者自己在草稿纸上推导和画图帮助理解，这样有的时候十几页的书都要看五六个小时。你每周要读三本这样的书（100多页）然后做三门作业。每次作业都很费时间，数学作业最简单，不过你要写十分复杂的数学符号、矩阵、希腊字母等，很费劲，但是用四个小时应该可以写完，而有的作业一般都是十几个小时才能写完。因为作业就相当于考试，但是这个作业比考试要求的时间松，而且属于开卷，所以老师留的题都很难。"

"有的专业的老师，讲课非常快，我拿到课本时，他已经结束前七章了，我们每周休息的三天，我都在赶他的进度，讲了一个月到期中考试了他已经讲了12章了，一本近1000页的书，他讲了快一半了，只用了一个月的时间。好在这个课讲得十分详细，因为我看我本科的书看了好几天，就是不明白怎么回事，看了这本书前四章以后就彻底明白了，讲得太细了，太系统了。"那次，我爸爸接着说道，然后又补充说道："粗略地算了一下，每周每门课上课看书时间要30

个小时，写作业的时间要 10 小时，那么三门课一周学习就要用 120 小时。而一周 7 天每天 24 小时一共就 168 小时。你就会发现你完全没有休息时间。和我一起上课的一个女同学发现我选了好几门课很惊讶，说她学 2 门都快受不了了，我居然选四五门。开始我还不理解，现在明白了，下学期一定学 2 门。"

我爸爸曾经告诉我和我弟，意思是写作业都是良心活，都要自觉完成，他有时候晚上写作业一般都到晚上 10 点多；实在不会的也坚持做，还是凭着必做的习惯，坚持把题做完，即便写到了半夜 2 点半多，即便好几次想放弃睡觉算了，不过最后还是写完了。结果第二天上课时老师就都把作业收了。后来逐渐才明白原来作业是计成绩的，每次作业都会给你按照对错打分，记出成绩，最后和所有平时考试期末考试一起算最后的总成绩。题你要是不会做，你不写，或者写错了，你就不得分，最后就会影响你的总成绩。

其次，我爸爸上清华大学以后，很快适应了大学的学习方式，没有突变的感觉，不畏惧考试。为了适应压力，他采取了高中时代的学习方法：刷题。没有课的时候，他就泡在图书馆，整日做题目。

他有一次回忆着对我和我弟说道："我在学习的中期，看了看大家在清华的反应，结果这些十分优秀的人，没有发起牢骚，没有像别的大学的学生那样动不动就抱怨。那时我们每两个星期就考一次试，考完试还有一大堆 homework，全都算进期末成绩里的。前次考完疯赶作业，拉下两天的课没复习，还没缓过劲来，又要考了。"

"第一学期上课听不太懂，我下课要花比别人多很多的时间看书，第二个学期才发现听懂了一些。上的课还是我没学过的，别人听课算复习而已，对我来说全是新的内容。师兄师姐安慰我说过一个学期就好了，可是大部分的考试都在第一学期，第二学期只有一两个考试了，适应又怎么样呢？大局都定了。郁闷，继续看书去了。"那次我爸爸接着说道，然后又补充说道："累么？不知道是不是只有我感觉这样，上课累，考试累，实验累，写文章累，每天神经都处于紧张状态，觉得早上醒来的时候还兴奋得不行。当时大家都累，却没有人喊累。在清华的学习使我感到，学到的东西确实是实打实的。总之，我觉得我们清华学生最能控制的，就是属于在整个人类改造自然和世界过程中最有活力和主观能动性的人自己本身。"

我爸爸在学习能力上一贯严格要求自己，也一向严格要求我和我弟要有学习力，要苦读、苦读、亦苦读。在他眼里，别的大学的学生是否具有学习力，只有在和清华大学学生比一比时才能反映得出来。

四十六、建立科学学习观

任何一个人，能够接受高等教育的话，那么在接受高等教育期间，都会逐渐培养起自己独立的科学观、价值观、世界观和事业观。

我爸爸在清华大学的六年学习期间，和广大的同学一样接触到了很多思想，既有中国的徐继畲的《瀛寰志略》、鲁迅的思想、胡适的思想，也有苏联的高尔基、英国的赫胥黎思想，高尔基有一篇闻名于世的演讲文《科学万岁》。他们深刻意识到中国绝非是什么天朝上国，很多国家进入资本主义社会，要比中国发达得多，尤其是美国，是现代科技最为发达的国家。

我爸爸在他的日记里抄录了这篇演讲：

尊敬的公民们：

我认为，在使人类获得社会教养方面，没有什么东西比艺术和科学的力量更奇妙、更富有创造力。而且，我还想这样说——因为大家都知道，我总还算得上是一位艺术家，我真诚地、自觉地把科学放在教育问题的首位。

因为，艺术是感情的，它总是容易屈从于创作者思想的个性，它太依赖于人们称之为"情绪"的这一东西。正因为如此，它极少是真正自由的，它极少能超越个性、阶级、民族偏见、种族偏见等强大影响所形成的强大壁垒。

而实验科学则是在精密观察所得的知识和经验的肥土沃壤中产生和发展起来的，它们以数学的铁一般的逻辑作为先导，因而完全摆脱了艺术无法摆脱的这些影响。就其精神实质来说，实验科学是国际性的，是属于全人类的。我们可以说俄国艺术、德国艺术和意大利艺术，但世界上却只有一种四海皆同的自然科学，正是这种科学给我们的思想插上翅膀，使它在宇宙的神秘王国里到处翱翔、探隐索微、解开生活的悲剧之谜。科学为世界打开了通向团结、自由和美的道路。

俄国民主此刻正和精密科学一起走向新生，而俄国民主又需要用精密科学来加以充实，这一点无需由我向你们进行论证。克·阿·基米利亚泽夫——一位著名的科学家、极为正直的人——整个一生都坚持不懈地断言："未来属于科学和民主。"这是一个伟大的真理。而我则深信：民主只有和科学携手并行，才会有未来。

人们必须懂得，他们生活在其中的天地正是科学为他们创造出来的；他们应该知道，在田野里采摘花朵的先生并非游手好闲，而是为村里培养农学家的人；他们也必须了解，他们身穿的棉布衬衣是纺织厂生产出来的，而纺织厂没有数学知识就根本不可能建造起来；大夫开的药也是科学家含辛茹苦劳动的成果；人们要知道，世界上就是有这么一个知识阶层，在为他们的生活不知疲倦地用脑操劳……

请允许我沉溺于幻想——我这样做，是因为我深信，没有什么幻想是人类的意志和才智不能改造为现实的。

我幻想着建设一座"科学城"……在这里，科学家天天用自己的睿智、无畏的眼光探索着我们星球周围的奥秘；在这里，科学家像铁匠和宝石匠一样锻炼、雕刻着世界的全部经验，并把这些经验变成行之有效的学说，变成进一步探求真理的武器。

在这座科学城里，科学家将沐浴在自由和独立的阳光之中，沐浴在激发创造力的阳光之中，而他们的工作则将在这个国家造成热爱知识的空气，将在人民中间唤起对知识的力量和美的热烈感情。

我相信，对知识分子来说，民主具有与他所从事的那门科学同样的重要性；我也知道，民主是热爱科学的。我想这样说：在你们集体的意志中孕育着俄国在精神上的新生。

我们需要学习怎样生活、怎样工作、怎样热爱我们的劳动。我们应该懂得，劳动不是强加在我们意志上的东西，劳动是生活意志的自由表现；而在自由的劳动中，正如在爱情中一样，蕴含着崇高的快乐。必须懂得这一点，而只有精密科学才能帮助我们懂得这一点，只有用科学的精神来充实我们自己，我们才能逐步治愈我们的严重创伤。

自由展翅的科学上升得越高，它的视野就越宽广，科学知识应用于生活实际的可能就越充分。正如我们大家都知道的那样，在自然界，没有什么东西比

人脑更奇妙，没有什么东西比思维更加美好，没有什么东西比科学研究的成果
更可宝贵。

科学万岁！

我爸爸曾经告诉我和我弟："高尔基是苏联作家，出身于木工家庭，童年生
活极苦，当过学徒、码头工人等。后来开始文学创作，主要作品有《母亲》《海
燕》和《我的大学》等。手抄的这篇演讲文是 1917 年 4 月高尔基在一次公众集
会上的演说。"

除了高尔基这篇，我爸爸还在清华大学图书馆里手抄了英国的赫胥黎的
《科学》一文：

首先我要感谢你们以仁慈及欣赏的态度来接受我的演讲题——科学，我用
它来祝贺你们健康，而且当我听到这个讲题是一个类似这种会议所提议的时候，
我更感激不尽，因为近几年来我发现一个日趋强大的倾向，有些被戏称生于未
来科学时代的人，都视科学为一股入侵的势力，并认为如果科学大行其道的话，
将会把所有其他的行业逐出宇宙。我想一定有很多人把我们这个时代新兴的科
学视为是由现代化思想之海中冒起的海怪，其目的是为了要毁灭掉艺术。所以
呢，这位希腊神话中杀死海怪的英雄，会借着作家的笔或编辑的文章，来发泄
其不满，并随时要杀掉这只科学的海龙。诸位先生啊！我倒希望这位英雄能把
海龙想得好一点。第一点，为了他自身的安全起见，因为海龙的头很硬，颚很
利，而过去它能显示出征服挡住其路的东西的能力；第二点，为了公正起见，
就我所知，我可以向你们保证，这种动物如果你不去理他，它非常的温和。至
于它对艺术这位小姐又怎样呢？它会表示出它最温柔的尊敬，对她一无所求，
除了看她快乐地成家，然后每年生下一大群我们四处都可看到的可爱的孩子。

我们姑且把比喻暂置一旁，我实在无法理解，一个具有人类知识的人，怎
么会把科学的成长想成是威胁艺术的发展。就我所知，科学与艺术是自然这面
奖章的正反面，一者用感情来表达事物的永恒秩序，另一者则是以思想来表示。
如果有一天，当人们不再有爱恨之心，或者对折磨不生同情之心，伟大的事迹
不再令人震撼，或者以为田间的野花不比所罗门王的光荣事迹更美，对大自然

的山水已经失去敬畏，那么科学便是真正地征服了世界；并非由于它毁灭了艺术，而是因为人类的一半天性已经死了，人类已经失去了这份他们自古代至现在拥有的品性。

我爸爸曾经介绍赫胥黎：他是达尔文学说的最著名的传播者，生于教师家庭，毕业于医学院。曾任伦敦皇家学会会长，为传播真理作了大量工作。著有《人在自然中的地位》和《进化论与伦理学》等。这篇文章是赫胥黎在1883年于伦敦皇家学会的年会宴上发表的演讲，时年58岁，为新任该学会会长。

我爸爸在清华大学学习过程中，一边铭记前人的科学教导，一边告诫自己在学习上积累的重要性。他曾经给我和我弟讲过一个故事："话说有一位古人，总觉得自己每天都会做一些错事，为了少犯错误，他就想了一个主意：拿出一个碗、一包黄豆、一包绿豆，每天做了一件好事就把黄豆放进碗里，做了一件错事就把绿豆放进碗里。每天晚上睡觉之前，他就数一数里面有多少颗黄豆，有多少颗绿豆，然后想一想自己今天做了哪些好事和哪些坏事。就这样日复一日，黄豆逐渐增多而绿豆日渐减少。如果一个问题模糊了，就赶紧就去复习，把这个知识点消灭掉，这样能做到随时随地复习。排队打饭的时候，刷牙的时候，睡觉前的几分钟，甚至是上厕所时，你都能用来学习。别人在玩，你却在刷必考点，进一步梳理自己的解题思路。"

我爸爸在清华大学读书时，建立了科学学习观，由于周边的同学不是某某省的高考状元，就是某某省的"题海之王"，所以状元离他太近的话，他就知道那些状元啦之王啦是怎样做题的，他说有的人高考时所有主科的经典题至少做了五遍。他说那些同学的智商不一定都很高，因为有些同学在清华电机系学习非常吃力，就是因为学习方法不够科学。

四十七、清华之子

在我爸爸眼里，题海战术绝对是学好高中课程的好方法。但是，他说他在清华每年做的题肯定比他在高三的时候做得多。他又说，科学学习观就是边学习边实践，甚至多学习多实践，快学习快实践，才能有更好的学习效果。

在清华大学电机工程系苦读六年，学习效果如何？每个学生是否能够成才？我爸爸就又提起老师叶企孙对学生的教诲，有三点：

一是叶企孙自己不但推崇应用科学，同时也很注重科学的崇高境界，所以他让学生牢记爱因斯坦的一篇应用科学演讲文《科学的颂歌》：

亲爱的朋友们：

我十分高兴地看到在我面前的你们——选择了科学作为职业，精力充沛的青年人队伍。

我将反复唱一首赞美歌，赞美在应用科学上我们已经取得的伟大成果，赞美你们即将带来的更大的进步。事实上，我们是在应用科学的时代，也是在这样一个应用科学的国度。

如果说我现在是在不合时宜地说话，那是错误的！恰像有人认为不开化的印第安人经济不丰富，生活不愉快一样，但我不这么想。事实上，开明国家的孩子是那样地喜欢玩"印第安人"游戏，这具有深刻的意味。

伟大的应用科学又使我们减少劳动，使生活变得安乐舒适。但为什么现在它带给我们的幸福这么少呢？简单的答案就是：因为我们仍然没有把科学置于合理的应用之中。

战争年代，科学为我们可能中毒和相互伤害服务；和平时期，它使我们的生活变得匆忙和不稳定。它从大规模的体力消耗的劳动中解脱我们，但它使人们成为机器的奴隶——人们大部分时间都用在了漫长单调的令人厌恶的工作上，且还要继续担心自己可怜的口粮。

你们可能觉得我这个老头儿唱的歌不中听，可是，我这么说具有一个良好的目的——为了指出科学的重要和前途。

为使你们的工作能够赐福于人类，仅仅懂得应用科学本身是不够的！对人类本身及其命运的关心必然总是培养出努力学习各种技术的兴趣，对尚未解决的物质起源和商品分配的问题的关心——为了我们思想意识的建立，将会给整个人类带来幸福而不是灾难。在你们的图表和方程式中千万不要忘记这一点。

叶企孙告诉学生们这篇演讲是爱因斯坦于 1931 年 2 月 6 日对美国加利福尼亚理工学院学生做的。

叶企孙还告诉学生，爱因斯坦发明了"相对论"，使科学和哲学研究发生革命性变革。爱因斯坦崇尚科学和民主，追求真理和光明，曾经获得哲学博士学位，是一位物理学家，在 1921 年获得诺贝尔物理学奖。我爸爸后来就把这篇演讲稿《科学的颂歌》手抄在自己的笔记本上。

叶企孙希望自己的学生牢记爱因斯坦的这篇演讲文，争取早日成才。

二是叶企孙常常对学生谈及美国高等教育的效果，学的都是方程组组成的模型，然后用模型计算出结论，美国的真实生活中用这个这么理论化的东西——靠统计量来估计模型的系数——用于各种领域，就是应用科学的意义。

也就是说，美国人几乎干什么都会用数学计算，比如你要开个超市或者快餐店，老板会找人去建立模型，然后按照模型去经营，因为他们相信这个是最科学的，最优化的。如果要是不用模型呢，凭自己的经验和感觉呢？美国人会说那基本上肯定是会破产的，因为感觉的东西靠不住，永远也不如数学计算的精确。而且他还说经营一个企业不用模型会破产，用错了模型，也会破产的。

我虽然是学医的，但医学也属于理工科，要学到计量统计学，属于应用科学，所以明白大学教育的实质就在于能够培养出能够对社会生产生活有帮助的知识分子。

我爸爸还向我和我弟转述叶企孙对学生的教诲："我们国家人们往往说的和

实际结合的意思是，不要去用课本学的东西，因为那个解决不了问题，还是在社会上学本领吧。其实我觉得不是课本的东西解决不了问题，是因为你学的不精不会解决问题，而美国人相信理论一定会指导实践的，他们如果发现理论不能解决实际问题，那么一定是理论不够完整和完善，所以他们会用更复杂的数学去完善理论，这就是为什么我们学美国的东西感觉那么难，因为他们要用理论解决实际问题，而被迫把理论改造得很复杂，实践证明这样复杂的理论确实可以解决问题。你们每个学期学到的知识，你们自我感觉自己是不是就可以做点东西的，实打实地应用到工作生活中。"

我爸爸说到的第三点，就是关于考试能力——我们国家的大学考试数学、物理这种计算为主的考试都是以大题的形式出现，这种大型综合计算题最能体现数学能力，一般都是考 3—4 道数学或物理大题，每道 25—30 分。但是因为数学物理这种学科确实太难了，所以用这种考试会使很多学生不及格的，少做一道就几十分没了，少做两道就不及格了，太过于残酷了。学数学和物理的很多都是要么满分，要么不及格。虽然很残酷，但是可以体现能力。就像语文老师说的，其实语文什么都不用考，什么花样都不用出，就考一篇作文就可以了。

……

就这样，清华学生在过于残酷的、纯大题考试中要都保持 80 分以上，难度有多大可想而知了吧！还好，我爸爸的专业课学得还不错，计算基本功还行，所有科目考试全部在 85 分上下。

相比之下，有一次，我爸爸对我和我弟说道："现在在国内本科的学校在全国的排名在前 100 的，至少是个以省名命名的大学，但是从中毕业出来的大学生确实是什么也没有学到的不在少数。在工作中，我让他们讲讲什么定律，或者让他们讲讲芯片怎么回事，基本都讲不出来。"

……

我爸爸在清华大学读书时仿佛一块缺水的海绵，努力地汲取知识，日夜苦读。对知识的渴求和迫切想要成才以及报答父母恩情的"童心"，帮助他抵抗住了来自生活的重重压力。

我父亲崇拜阿基米德、牛顿，崇拜叶企孙、王明贞，坚持自己的梦想，相信皇天不负有心人。

经过六年的刻苦攻读，我爸爸于 1964 年夏天从清华大学毕业了。他想着从毕业那一天起，他就可以视自己为一名"清华之子"。

事业篇

四十八、生存的本领

在我爸爸读大学期间和行将毕业时，他的几个哥哥姐姐由于事业原因都各奔东西，有的结婚成家生儿育女，我爷爷奶奶一边忍受生活的艰难，一边盼望子女早日成才。

我爷爷是较早接受实业救国思潮的民族企业家，组建了开放的新式家庭，本应过着晚年衣食无忧的日子，可是因为变故日子过得十分清苦。最困难时住在农村的旧房，冬天冰冷，夏天潮湿，生活上一边靠朋友接济，一边自己种点菜蔬，肉是吃不上的，可怜的时候时常把捏不拢的散窝窝头就着野菜充饥，生活落魄到这样的地步。

那是一段永远难忘的岁月，让我爸爸初尝了人生艰辛的一面。家庭经济一落千丈，常常饿肚子。他每天饥肠辘辘，最大的愿望就是每天能吃上一个白面馒头。而直到他大学毕业工作前，这个愿望都没能达成，倒是每天可以吃上几个小小的玉米饼了。用他的话说，"我后来才知道，这小小的玉米饼来之不易，是从爸爸妈妈和哥哥姐姐的嘴里抠出来的，我无以报答他们。家里所遭遇的一切，我都历历在目，我觉得痛心疾首，自己愧对父母。就想，如果真要做一个孝子，就得在学业上好好用功。"

在那艰难的岁月里，我爸爸看到我爷爷奶奶却默然依靠自己的力量在田间地头劳作，自食其力，他就坚定了生活和学习的勇气和信心；当他看到我爷爷奶奶历经苦难还能坚持活着，他悟到了什么是真正的活着，真正的自信从来只属于历经苦难还能坚持活着的人。这以后，他的意志力一步一步变得坚韧起来，个性也变得粗糙和"匪性"——对于他来说，磨难，在他心中烙下深刻印象，他想着用自己这一代的拼搏，再为邢家奋斗出一个春天。

在那艰难的岁月里，我爷爷不但形成了"活着就是一切"的信念，有着活下去的倔强，他还依然念念不忘要子女继续保持家风家德。我爸爸曾经给我描述我爷爷晚年对子女说过的一些话：

——当一个家庭真正败落的时候，都是从家庭内出现问题开始的。有三个家道中落的迹象，发现一个，就要重视了。首先，家庭失和，不能齐心。一个家庭最大的问题，往往是家人不能和睦。如果子女和父母失和，不仅辜负父母的养育之恩，而且在社会上也不会获得认同，没人愿意跟不孝之人打交道；如果兄弟姐妹之间纷争不断，会闹得家无宁日，不仅无法互相帮助，反而造成各种不快，还会给子孙后代造成错误的示范，影响到子女的言行；如果夫妻不能和睦相处，每天都互相猜忌，互相怨恨，不能同心协力一起奋斗，这个家庭绝不会兴旺，甚至可能因此而四分五裂。这就是家庭败落的迹象，一定要慎重对待。

其次，是家外纷争，是非不断。一个兴旺的家庭，和乡邻朋友之间，一定要维系良好的关系，这样才能守望相助。俗话说远亲不如近邻，讲的就是这个道理。一个家庭就怕与邻居之间出现矛盾，不能互相包容，总是互相找茬，大家都把精力放在纷争之上，怎么会有精力去振兴家声？例如，张英官居宰相时，他老家的邻居建房，要侵占他家的地方，于是家人修书向他求助。张英却写了一首诗回复：

千里家书只为墙，让他三尺又何妨。
长城万里今犹存，不见当年秦始皇。

家人收到信之后，就将自己的宅院让出三尺。邻居见状，心中有愧，于是也让出了三尺，这就是"六尺巷"的缘故。能够与邻里和睦，所以张氏家族才一直兴旺，千万不要让乡邻之争影响家庭的发展。

再次，是子孙骄奢，不思进取。贫寒人家都希望挣得万贯家财，富贵人家都希望财富能代代相传，其实对于一个家庭来说，积累财富并不困难，只要懂得勤俭，持家有道，日积月累，就能发家致富。但是一个家庭败落，往往是败在子孙的教育问题上，如果不能在家庭中形成良好的家风，就算再有钱，子孙各个都好逸恶劳，也会把家底败光。

我爷爷以《曾国藩家书》教育子女。虽然曾家已经大富大贵，曾国藩之后的一代人不用像他当初那样打拼，但却面临新的问题，那就是家族崛起后，子弟们难免骄奢淫逸，贪恋荣华。如果子弟们没教育好，没有良好的家风规训，那么，再大的家业也撑不过两代人。曾国藩一生两袖清风，个人修养极高，被称为晚清第一名臣，为官多年，每天都要看书，写家书。家书的内容劝导子孙"以苟活为羞，以避世为耻，以德求官，以忠谋政。"他把自己身上优秀的品质，借用家书的方式，传递给子女，形成了曾氏家风。教育子女"家败离不开一个奢字，人败离不开一个逸字，讨人嫌离不开一个骄字。"

我爷爷讲颜之推撰写《颜氏家训》培育子女成才，就是看透了家道兴败的根本。英才从来靠育化，不下苦功子孙废，一个家庭发达并不算成功，家庭代代出贤良才不会败落。积财以遗子孙，子孙未必能守，想要不家财败落，必须家庭和睦，乡邻亲善，子孙贤良。避免影响家庭兴旺的不利因素出现，一个家庭才会更加兴旺。

我爷爷说《劝世贤文》中有句话，兴家犹如针挑土，败家好似浪淘沙，讲的就是兴家难、败家易的道理，值得警惕。贫家子弟积土成金，败家子弟挥金如土。不要以为大富大贵之家就可以高枕无忧，败家往往是从富家子弟骄奢享乐开始的。钱这个东西，虽然很重要，但却不是最重要的。一个家庭的兴盛，可能需要几代人长久地奋斗和努力，但是一个家庭的败落，出一个不肖子孙，也许就会家道中落。

总之，我爷爷想要子女知道有远见的世家都特别重视家风传承，家风家德属于教外别传，可不立文字，但是直指人心，希望邢家家风的传承是一代人一代人之间心的传递。

1964 年，我爸爸从清华大学毕业了，在我爷爷的关注和教诲下。

"潮起潮落"，要知道一个人一生到头来很难说清楚怎么做是对、怎么做是

213

错。我爷爷晚年对我爸爸叹道："……你想要的是什么，并不是钱，而是你'生存的本领'，你要在什么状态下都能活，这是一种真正的能力。"

四十九、成才抱负

我爸爸毕业时，已经二十四岁了。毕业时的他给人的感觉是顺和温良、彬彬有礼的，又是崇尚科学、坚忍不拔和具有创造性的。毕业照上发型梳的是通常所说的"三七分"，戴着一架近视眼镜，面庞清瘦但是显得容光焕发。那时候，我爷爷十分注重我爸爸的外表，在我爷爷眼里，自己最小的儿子毕业了马上就要工作了，一定要有好的精气神，对外显得精明干练。

我爸爸说道："你爷爷希望我可以按照童心初心，按照梦想愿望，去施展个人力量。以后即便遇到了一些困难，也完全不要在乎。当人生有了巨大的转机后，就能够去完成自己的成才抱负、学问抱负。"

我爸爸对做学问有着很强的执念，可以通过他的笔记本上的一篇文章和附记的读后感体现出来。

这篇文章的题目是《中国公学十八年级毕业赠言》，是胡适先生的一篇演讲稿，内容如下：

诸位毕业同学：

你们现在要离开母校了，我没有什么礼物送给你们，只好送给你们一句话了。

这一句话是"不要抛弃学问。"以前的功课也许一大部分是为了这张毕业文凭，不得已而做的。从今以后，你们可以依自己的本心去自由研究了。趁现在年富力强的时候，努力做一种专门学问。少年是一去不复返的，等到精力衰减时，要做学问也来不及了。即为吃饭计，学问也绝不会辜负人的。吃饭而不求学问，三年五年之后，你们都要被后进少年淘汰的。到那时再想做点学问来补救，恐怕已经太晚了。

有人说："出去做事之后，生活问题急需解决，哪有工夫再读书？即使要做学问，既没有图书馆，也没有实验室，哪能做学问？"

我要对你们说：凡是要等到有了图书馆方才读书的，有了图书馆也不肯读书；凡是要等到有了实验室方才做研究的，有了实验室也不肯做研究。你有了决心要研究一个问题，自然会缩衣节食去买书，自然会想出法子来设置仪器。

至于时间，更不成问题。达尔文一生多病，不能多做工，每天只能做一点钟的工作。你们看他的成绩：每天花一点钟看十页有用的书，每年可看三千六百多页书，三十年读十一万页书。

诸位，十一万页书可以使你成为一个学者了。可是，每天看三种小报也得费你一点钟的功夫；四圈麻将也得费你一点钟的光阴。看小报呢？还是打麻将呢？还是努力做一个学者呢？全靠你们自己的选择！

易卜生说："你的最大责任是把你这块材料铸造成器。"

学问便是铸器的工具，抛弃了学问便是毁了你自己。

再会了！你们的母校眼睁睁地要看你们十年之后成什么器。

胡适曾留学美国，师从杜威，获哲学博士学位，提倡文字改革，是新文化运动中的知名人物，编辑了《新青年》杂志。

我爸爸很在意这篇演讲稿，他在读后感中写道：

虽然胡适曾经是北京大学校长，但是这篇演讲稿不但激励了北大学子，也同样激励了清华学子，无数学子在这篇演讲稿的激励下走进社会，施展抱负，报效祖国，报效人民。

我爸爸在读后感中还写道：

在选择事业的时候，受到了大姐邢淑敏的影响，选择了进入医疗器械行业，决心为提高民族健康水平贡献自己的力量，决心为提高中国医疗器械水平而好好做学问。

我爷爷十分支持我爸爸的事业选择，在他眼里，我爸爸的这一条梦想之路，会多颠簸——24岁时的邢松科，自己最小的一个儿子，内里仍是一个纯真学子，仍是大男孩的盛大和执拗——但是邢松科也能真正的凝望和静思，不仅是年少气盛时的孩子。

大学毕业了，我爸爸把那辆旧自行车骑回了家，把那个旧皮箱也拿回了家，舍不得换新的。在他眼里，他是希望当他通过个人努力，得到了一些收获后，自然会过上自己期待的生活，还能更好地孝顺父母。接下来，通过自己的努力，能够遇到真正的伯乐，可以在事业上面获得一份成就。

我爸爸大学毕业后被分配到当时北京仪表局下辖的北京医用射线机厂工作。当他的领导和同事们第一眼看见他这个从清华大学毕业的大学生，外貌清秀，举止和语言同样文雅，就都很喜欢他。在日后的工作中，大家也愿意带他，鼓励他。就这样，他安心工作，虚心向老同志求教，一丝不苟地做每件工作。

我爸爸晚年时自己手写的一份简历，部分内容如下：

现任职务：教授，高级工程师，主任工程师
1958—1964　清华大学电机工程系毕业（六年制）
1964—1974　北京医用射线机厂车间技术员
1974—1983　北京医用射线机厂研究所设计组组长，工程师。
1983—1985　北京医疗设备厂厂长。
1985—1986　北京医疗器械研究所技术研究室主任，主要任务是研发大型

X 射线诊断机组。

1964—1982 年工作期间，在医用射线机厂与工人相结合，一直从事医疗装备研发工作，先后设计出 10mA 军用 X 线机、30mAX 线机、50mA 床旁 X 线机，以及移动式 X 线机，产品大量销售国内外。与此同时，大搞技术革新，曾用业余时间为中央有关部门研发静电喷漆设备、静电织绒设备、静电除尘设备，深受行业内人士好评。此外，还大胆尝试，为特殊工作需要研发电磁冲击装置（电磁炮前身）以及激光打孔、激光扫描仪，受到极大重视。

1985—1986 奉上级调令，任北京医疗器械研究所技术研究室主任，在任期间，狠抓医疗装备技术情报工作和国内外先进技术信息，同时也狠抓新产品设计工作，对直线加速器、核磁共振和 CT 技术做深入研究。

在兼任《医疗器械杂志》主编、中国医学影像研究会常务理事、贵州医疗器械厂技术顾问期间，亲自组织技术人员，为贵州医疗设备厂设计 250KVP 深部治疗机。两次去该厂讲课，手把手对职工进行技术指导，使该产品牢牢落户贵州厂，为贵州医疗技术发展做出了贡献，受到贵州省人民政府好评。

其间，我爸爸在 1985 年获得中华人民共和国国家科学技术进步奖，获奖项目是 1250mA 心血管造影 X 线机，证书号：85—YY—3—014—5。该证书已经被清华大学档案馆收藏。

证　书

邢松科同志：

　　　为了表彰您为发展我国
　工程技术　事业做出的突
出贡献，特决定从一九九二年十月
起发给政府特殊津贴并颁发
证书。

政府特殊津贴第(92)4110560号　　　　　一九九二年十月一日

中华人民共和国国务院
国务院

五十、"突出贡献专家"称号

我爸爸在"四十而立"时当上研发组组长，对待工作兢兢业业。他手写的简历部分内容如下：

......

1987年因公赴日本东芝公司医疗部研修 D-850N 计算机控制 X 射线诊断机，并取得东芝颁发的研修合格证书。回到万东公司后，又研发 500mAX 射线诊断机组，荣获北京市科技奖。

1992年为美国 XRE 公司研发大功率高电压直流恒压装置（可用于军用电磁炮）批量出口美国，为祖国创收数千万美元外汇，并被美国政府科技部誉为世界一流水平。因此，在1992年10月被国务院授予"突出贡献专家"称号，并享受国务院政府特殊津贴。

1993年，赴美国波士顿进行售后服务并讲学，在回国前美方曾请人找我谈话并暗示优厚待遇，想挽留我，被我婉言谢绝。

1995年为中型 X 线机改为 60Hz 制式一次出口秘鲁 800 台，为祖国创汇1000多万美元。同年，获得北京市先进科技人员二等奖。

1995年被北京市科委评审为国家级医疗装备学教授、研究员，教授级正高级工程师，同年在中美影像医学专家研讨会上发表一篇重要论文。

......

在国际上，尤其在理工科技学界，公认的一条规律是：在有些科学研究领域必须精益求精，特别是要为年轻和中坚研究力量创造良好研究环境，因为90%的诺贝尔奖得主的研究成果都是在他们三四十岁的时候取得的。诺贝尔奖得主中，也有好些位来自于企业，例如索尼的江崎玲於奈、岛津制作所的田中耕一等，日本美国欧洲优秀的研究人员很多一直活跃在企业的研究所。

我爸爸深知这个规律，他也知道像杨振宁、李政道就是这样的，所以他努力钻研技术。他在1992年被中华人民共和国国务院授予"特殊贡献专家"称号，享受国务院政府津贴。

1990年，党中央、国务院决定，给做出突出贡献的专家、学者、技术人员发放政府特殊津贴。这是党中央、国务院为加强和改进党的知识分子工作，关心和爱护广大专业技术人员而采取的一项重大举措，对于进一步营造"尊重知识、尊重人才"的良好社会环境，加强高层次专业技术人才队伍建设发挥了重要作用。国务院政府特殊津贴是国务院对于高层次专业技术人才和高技能人才的一种奖励制度，获得者被称为享受国务院政府特殊津贴专家。

享受政府特殊津贴人员应具有中国国籍，热爱祖国，遵纪守法，有良好的职业道德和敬业精神，模范履行岗位职责，为社会主义现代化建设事业努力工作。

（一）专业技术人才。在专业技术岗位上工作，近5年取得的专业技术业绩、成果和贡献突出，并得到本地区、本系统同行专家的认可，具有高级职称，并具备下列条件之一：

1. 在自然科学研究中，学术造诣高深，对学科建设、人才培养、事业发展做出突出贡献，是学科领域的带头人；或者研究成果有开创性和重大科学价值，得到国内外同行专家公认，达到国内领先水平。

2. 在技术研究与开发中有重大发明创造、重大技术革新或解决了关键性的技术难题；或者长期工作在工农业生产和科技推广第一线，有重大技术突破，推动了行业技术进步和国民经济发展；或者在技术成果转化为生产力和新技术、新工艺、新方法推广中业绩突出，产生了显著的经济效益和社会效益。

3. 长期工作在医疗卫生工作第一线，医术高超，治疗疑难、危重病症成绩突出；或者在较大范围多次有效地预防、控制、消除疾病，社会影响大，业绩为同行所公认。

4.在经济社会发展重点领域、重点行业，为解决国民经济和社会发展的重大问题提供基础性、前瞻性、战略性的科学理论依据，具有特殊贡献。

5.在哲学社会科学研究中，成绩卓著，对社会发展和学科建设做出突出贡献，是学科领域的带头人。

6.在宣传文化领域，成绩卓著，对经济社会发展、精神文明建设、学科建设、宣传文化领域改革创新和推动文化大发展大繁荣做出突出贡献，是本领域的带头人。

7.长期工作在教育、教学、教练执训工作第一线，对学科建设、人才培养、教育教学改革发挥了重大作用，具有国际领先的教育教学理念、坚实的学科教学理论基础和丰富的教育教学经验，在所从事的学科教学和教练执训领域中，能力和水平处于全国领先地位，起到带头和示范作用，为同行所公认。

8.在其他行业、领域为经济社会发展、民生建设做出突出贡献。

……

我爸爸在1992年获得中华人民共和国国务院政府特殊津贴证书，证书号：政府特殊津贴第（92）9110550号。该证书已经被清华大学档案馆收藏。

我爸爸在1995年被北京市科委评审为国家级医疗装备学教授、研究员，教授级正高级工程师，走向了事业最为辉煌的顶点。

因为我的工作性质，我和我爸爸在中国医疗装备科研发展方面有很多思想交集。

就说基础研究吧！基础研究属于科学部分，它是以探索真理为终极目标的。我觉得基础研究可以和艺术类比，就是说它真正的价值就在于：以一个独特的视角来看自然界，以不同于别人的思路来理解这个世界。换句话说，基础研究的价值就在于倡导创新的精神。就像艺术，它也有不同的形式和载体，但它真正的价值应该体现在去创造和别人不一样的东西这个过程本身。与此类似，基础研究的价值就在于，我只是去做这个创造，并不在乎我最后能创造出什么，但是我是在试图与你不同。什么叫创新？这就叫创新。

与众不同，这本身就是对一个民族精神内涵的丰富。假如说一个民族都有这样的崇尚——我就是要做不同的认识世界的这样一个人的话，这个民族的希望就来了。在我看来，追求"与众不同"才是科学真正的价值。

我爸爸就很认同我的观点，我的观点不但代表我，也代表了国内很多大医院院长和一线医技人员的看法，因为中国国产医疗装备发展水平太慢，始终处在跟随地位。

还有一些学术垃圾，一天到晚高喊"弯道超车"搞学术造假，而他们自己却什么成就都没有，所以这个事情谁也不好捅破。但是那些人现在已经是占据这样的位置，即使他们半夜醒来心里偶尔会惊悚一下，但是他们会绝不认账的。

国家要自信，民族要自信，搞学术就不能造假，搞教育就不能急功近利。如果为了"弯道超车"，不惜进行学术造假，进行教育腐败，那国家哪里有脸来的自信？那民族自信从何谈起？我们中国人的灵魂在哪里？中国知识分子的良知在那里？

五十一、加入中国共产党

　　二十世纪 50 年代到 80 年代，技术人员对薪酬没有太高要求，不管是大学还是企业，对于大多数科学工作者来说，能够自由地全身心投入研究是最大的幸福，如果成功了，还会获得社会声誉，但收入和其他普通人并没有太大区别。但是，现在，科研人员要求巨额报酬的人渐渐增多。这大概体现出了国人整体价值观的变化，如果企业不能满足他们的要求，优秀的研究人才就很有可能流失到美国。

　　我爸爸历任研发组组长、技术部主任、厂长、研究所主任、教授、正高级工程师。他无论在什么时间段，无论在哪个岗位上，他都是操守品行严正无私，在工作中是个实实在在的工作狂，但却是因为热爱。

　　我爸爸工作一辈子不求名不求利，他牢记国内外先师学者的教导，一心扑在医学应用科学技术上，不敢有些微懈怠。他在工作期间，深深地感受到科学技术在应用方面落后的原因是我们有些人的良知出现了问题。

　　例如，我爸爸曾经有一次跟我聊到他的困惑：中国是否真的没有能力生产高质量产品？他的逻辑是：

　　如果说中国非常有能力生产高质量产品，这个说法得包含一个假设，而这个假设是错误的——假设中国制造劣质产品是因为中国不能制造高质量产品。但事实是，中国制造劣质产品是因为制造商获得的酬劳比较低，只能这么制造。也就是，比方说买方单位的采购明确要求卖方节约成本，即使买方单位知道这样制造的产品质量会更低，但这样利润会更高。

　　为了理解这一现象，消费者首先需要知道中国有多少产能过剩，政府不公开此类信息，但我们知道中国的制造业产能远远高出很多，钢材生产就是最好的例子，因此中国的生产能力是可以制造出高质产品的。

大部分买方单位看到的卖方制造产品是合同制造，即当一家公司需要特殊规格产品时，它会放出项目让卖方竞标，投标公司会选择一家或是更多家竞标的卖方来制造需要的产品，中标卖方便会获得酬劳。

以中国公司为例，中国公司董事会和股东主要通过利润增长来衡量企业运营能力，他们要求公司内每个部门缩减成本，增加营收，其中一个部门是采购，它负责选择竞标卖家。当采购人员拿到竞标人清单时，如果竞标的价格并没有比去年的竞标价格低，他们会怎么做？

中国公司（买方）想让销售额上升，成本下降，因此采购部门就被要求成本要从每件 0.93 元下降到 0.89 元。同时，卖家制造商表示他们希望买方支付酬劳从去年的每件 0.93 元上升到 0.95 元，因此肯定要有取舍。于是就有了"逐底竞争"的概念，越低端的产品越有吸引力。如此，中国厂家无论在国内，还是在国外，都倾向于彼此之间恶意竞争，代价是产品质量和服务质量的低劣。

例如，消费者可以在商店里以 20 元的价格买到产品，但如果有竞争对手以 18 元的价格提供类似产品，那消费者可能会转而购买竞争对手的产品，明知低价产品质量没有保证。

不过，消费者支付的产品价格和制造成本没有任何关系。消费者在终端购买了 20 元的产品，但制造成本可能低于 1 元。也就是说，卖方竞标以低于 1 元的价格制造产品，而且这个价格成本也足够让卖方盈利。即使是超级复杂又昂贵的产品，像 IPhone，制造成本可能低于 600 元。

这些卖方很聪明，非常聪明，他们对这个"游戏"非常熟悉，因为他们就靠这个存活。首先这些卖方会给买家一个更便宜的选择以赢得投标，之后他们会找出缩减成本的方法，也就是他们会创造性地寻找其他方式来操作，即不会给采购带来大麻烦，也能让成本降低。

由上，好的一面是中国非常有能力制造高质量产品，坏的一面是中国生产劣质产品是消费者想要便宜产品和买家单位试图让成本降低几百万元共同作用下的结果。

消费者总说中国商品质量低劣，就应该去问问卖家或者制造商采购环节，为什么会采购质量这么低劣的商品，他们花了多少钱来购买这样的质量低劣的商品或者原材料。假如，在市场本应 50 元一双的品牌旅游鞋，如果买家只花了 6 元采购这双鞋，你说说，能够有什么样的质量？现在中国的绝大部分卖家，都是用在欧美销售价格十分之一左右的价格，向上家购买商品然后以更高价格返销给国内终端消费者。国内消费者使用了低劣商品的真正原因，在于其卖家或者国内制造商采购环节的贪得无厌。

在中国，很多人在抱怨产品质量，民用产品如汽车、彩电，医疗设备如 B 超、CT，建筑方面如危桥、危楼，等等，为什么是中国呢，为什么不说其它国家呢？我爸爸觉得这才是一个需要思考的问题？他认为中国人的心态有严重的问题！

我爸爸就发誓在他研发出的医疗影像设备绝对要保证质量！他发誓要监督他所设计出的生产出的医疗设备都是高质量产品，毕竟也要出口到国外。为此，他在工作中强调科学证据与专业分析，对于各类技术数据报告文件，依法依规，多能从标准着手，带入宏观分析，让企业既能获得社会效益，又能获得经济效益。

我在 1998 年 5 月的第五期《电子产品世界》（该杂志创办于 1993 年，由中国科技信息研究所 ISTIC 和美国国际数据集团 IDG 合办，并与国际著名出版集团 ReedBusinessInformation 结盟，该杂志 2000 年被评为中国科技论文统计源期刊，2001 年被评为中国期刊方阵科技双效期刊，是目前国内最大的电子技术半月刊。）上发现了我爸爸写给该专业期刊的一篇感谢信：

我爱读《电子产品世界》

1964 年我清华大学电机系毕业后，一直从事医疗器械产品的研制开发工作。过去寻找信息，不管刮风下雨都要骑车去北京图书馆，有时几天也找不到理想的资料。我已 56 岁了，北京图书馆又早已迁至西郊，再那样奔波确实困难。自从有了《电子产品世界》，对我来说犹如雪中送炭。每期寄来后，我电视不看，觉也不睡，非一口气读完不可。它能解决我一个月奔波都查不到的信息资料，我觉得它确实堪称电子工程技术人员的良师益友。每次读后，结合本公司实际需要，我都作笔记、分类，最后把全年的《电子产品世界》装订起来，妥善保管。我觉得《电子产品世界》对我本人和我们公司在开发新产品、保证产品质量的工作中起着巨大的指导作用。例如，我们公司年产数千台医用 X 射线机，在控制电路中原来选用国内一些厂家的小型 24V 直流继电器，近年来往往出现接点动作不可靠的问题，通过阅读贵刊，我们选用了欧姆龙公司的产品，价格并不太高，便一举解决了这一质量问题，从而提高了企业信誉。又如诊断床的限位开关由于失灵，偶尔造成床体前倾伤人及损坏设备，我们仍选用欧姆龙的微动开关，结果顺利排除了风险。我们的 ±90° 诊断床，在床体起卧时电机突然启动和突然停止，给病人带来不适感，且原来选用国内厂家生产的变频器，在使用中经常出现故障。后来我们选用富士通公司的产品，通过变频启动和制动，使床体实现平稳的软启动和软制动，颇受用户好评。此外，如抗 EMI(电磁干扰) 问题、提高电源稳定度问题、中频逆变中的 IGBT 以及谐振电容选择等问题，我们都从《电子产品世界》中获益匪浅。目前，我正是以《电子产品世界》为主要依据之一，为我公司采购员和设备员在选购和引进精密仪器等问题上提供可靠的依据和资料。我衷心祝愿《电子产品世界》愈办愈好、愈办愈活。

这篇感谢信署名是"北京万东医疗装备公司教授邢松科"，邢松科就是我的爸爸。通过这封感谢信，我能感觉到他天生智商超群，富有商业头脑，懂得既能保证产品质量，又能帮助采购节约成本，进而增加产品销售额和客户认可度。

当然，我爸爸情商也很高，能力出众，颇具领导力。他在那段时间里，带领身边的同事一起探讨思考技术改革出路，如何走出困局，绝地反击。甚至，在他去工厂担任厂长之前，他就对我妈妈说："我肩负着巨大的重任，要为工厂负责，要为身边的人负责，自己也要做好榜样，做好表率才能影响别人，赢得周围同事的尊重。"

我爸爸在 1982 到 1985 年期间任北京医疗设备厂厂长时的情况，他在日记中写到刚去那家工厂不久就发生的一起意外事件：

　　刚去该厂，尚未正式交接工作，意外赶上厂内喷漆车间突发大火，当时的书记和管生产的厂长去河北某地加工店办事，我虽未正式上任，但为了减少损失和考虑周围居民的安全，我挺身而出，带领上夜班的工人舍生忘死进入现场灭火，积极配合东城、西城、崇文、宣武四个消防中队将火扑灭，并将车间地库内的二百多个大桶油漆稀料转移至安全地带，当时我自己满身漆和土，身上多处受伤，仍坚持到确认安全为止。周围工人高呼："我们就需要这样的厂长，这样的知识分子！"……不久后，在很多工人和党员的呼声下，在上级领导的推荐下，本人在北京市委礼堂宣誓加入了中国共产党。

　　我爸爸在急难险重事件关头，不惊慌失措，保持自带的一股强大镇静的气息，稳住局面，带领身边的人一起果断处置。让别人一看就觉得他能靠得住，是个有能力又担当的人，平时就身带"正能量"，能够做到不负众望。

五十二、念念不忘清华

我爸爸在日记中写道：

在正式接任厂长后，首先召开紧急会议，采用突击加班办法挽回火灾事故带来的损失，并立即起用原来"文革"时被"靠边站"的老技术员、老工人，全厂从上到下齐心协力苦干一个月，结果使当季产值比上年同期增长25%。由于严把质量关，产品合格率上升至97%，产品销售市场不断扩大，广大职工欢呼雀跃，决心再接再厉获得更好的业绩。

我爸爸除了本职工作以外，还需要去全国各地讲学授课，如泰安医学院、石家庄、吉林等地，为全国培养数千名影像医疗装备骨干技术人员；他还利用休息时间为北京市内各大医院免费维修 X 线机，颇受各大医院医技人员好评；他结交了一些医院的院长，帮助把在"文革"期间上山下乡的一些北京有为知青办回了北京，并为其中一些人找到适合他们的工作，来照顾他们年迈的父母，解决了他们的家庭困难；他把上届领导班子遗留的问题审查数遍，把"文革"期间被遣散回老家的职工全部接回，并安置住处，恢复工作，补发工资；他在厂内被评为"五好职工"，并多次获得奖励。

在我眼里，我爸爸更可贵的地方在于无论他走到哪里，都保持着清华大学的风清气正注重学问的烙印；他无论走到哪里，都不忘记自己是"清华之子"；他走到哪里，都忘不了曾经的老师对他的深刻影响，尤其在做人人格方面。

我爸爸一直念念不忘清华，还总惦记陈岱孙教授的身体，他称陈岱孙教授为"先生"。他有一次回忆着对我和我弟说"先生"的事迹——

……更为人称道敬仰的，乃是先生高尚的人格。先生性格温和，与世无争，和谁都能相处。早在联大时，教授之间也有龃龉发生，毕竟都是恃才傲物之人，彼此会瞧不顺眼。但陈岱孙和朱自清处得很好，先生还为此写了一付对联，

> 上联是"小住为佳，得小住且小住"，
> 下联是"如何是好，愿如何便如何"。

他后来回清华与一代物理学宗师叶企孙同住，亦是相交甚笃。

照理说，陈先生出生于簪缨世家，祖上属于大官僚阶级，母系又有清朝外交官，"十年内乱"该是容易受冲击的对象。正是因为先生一生平和，与人无争，那十年间居然没受到过于激烈的批判，旁人无非是给他戴了"资产阶级趣味"的帽子，连工宣队的人都尊称其"先生"，简直不可思议。

七十多岁时，他被下放到江西鲤鱼洲，本来先生已经做好了死的准备，结果临行前突然不用去了。随后他被安排到丰台庞各庄收割麦子，先生个子高，弯腰割一会儿腰就剧痛，但最终他还是忍受了过来。

那个时期过去后，人际关系仍旧紧张，人们内心的恩仇和对立尚未消失。先生却以博大的胸怀面对所有人，在"育人"领域起到了示范作用。当时人们心中对知识分子的轻慢犹存，一次先生出去排队买烟，别人提醒售货员："这是著名教授陈岱孙先生，先卖给他吧。"售货员翻了个白眼，让老先生好好排队，先生顺从不语。这件事第二天登上《参考消息》，一个学生见报，专门来找先生。先生看了呵呵一乐："买烟还登个报！怪难看的！"学生又道歉说："先生还记得我吗，以前我也批过先生。"先生摆摆手道："有吗？我不记得了。"

1976年，有学生几度报考研究生皆遭到阻力，最后一次报考北大经济系，导师便是陈先生。这学生当时战战兢兢，无比惶恐，陈先生对他说："我自己年轻时，也做过很多傻事、错事，也说过不少傻话、错话，谁不犯错误？错了，知道了，改就是了，应该有再学习的机会。"孔子推行的"仁教德育"，在先生这里，得到了最好的体现。

陈岱孙先生一辈子老老实实做教师，只给全职学生讲课，从不对企业家演

讲。碰到什么事儿，马寅初喜欢从经济学角度写文章，见诸报端，所以《马寅初全集》有十卷之多。陈先生一生专于讲义，直到晚年才写下专著。在政治思潮涌动时期，学术领域受到干扰，不少学者随风转蓬，昧着良心以谋个人富贵，陈先生屹立不动，整整二十年只字未写。

难怪有人说："先生写文章与不写文章，都彰显了一个真正爱国知识份子的人格。"先生一生留下的著作并不多，却是划时代的。

一个人过了一辈子，但先生生活自理能力极强，衣柜、箱子总是整整齐齐。先生虽出身贵族，生活上却极其简朴，常年素衣淡茶，一个手提箱用了半个世纪，住所里没有空调，出门都是赶公交车。要知道在二十世纪 30 年代，陈先生为法学院院长，一个月工资 400 大洋，400 大洋是什么概念？放在今日，就是一个月 5 万的月薪！但到了 1995 年，工资只有 860 元人民币，如此大的落差，先生却从不放在心上。

一位学生被错"划右"，精神失常，来找先生求救，先生早就不记得他了，但每个月给他寄钱，一寄就是整整 8 年！这就是一代宗师的高洁之风，怎能不叫人仰止？

直到先生晚年，我爸爸前去家中拜访他，发现他用的还是西南联大回来时，在地摊上买的旧家具。谈到金钱，作为经济学宗师，先生淡淡地说："人不能没钱，钱是需要的，但做事情完全为了钱，抛弃理想和事业，那是很危险的。"陈先生肯定钱应有的作用，但反对拜金。

1994 年，岱老给《教育艺术》杂志题词。

自 1928 年起，先生历经 70 年的岁月沉浮，直到 90 岁还在教书，终其一生，丹心可鉴，高洁其行，高山其才，世间罕见。他一生未婚，将自己毕生之思想、灿烂之光热，全都留给了三尺讲台，门下弟子及崇拜者遍及全球，学术卓越者堪称大师，仁教德育之光，长存世间，照亮之辈，何止千万？

穿过时光的重重迷雾，我们仿佛还能看到先生笃定的背影，为中国之教育，奔波在硝烟弥漫的大地上，其心中装的又何止一校？乃是整个愤愤将起的中华！

1997 年 7 月 9 日，先生因病住院，在家门口从容登车时，亲人劝他换一件衣服，先生笑微微道："不必了，过两天就回来。"27 日，先生悄然辞世……弥留之际，先生说的事情只有两件：其一，威斯康星大学和哈佛，联合颁发给他的那把小金钥匙，在"文革"时被人趁乱抄走，他想知道如今在谁的手里；其二，他念念不忘清华大学，去世前最后一句话是："这里是清华……"

　　我爸爸念念不忘先生时，都带着不舍的心情，都眼含热泪。

五十三、老骥伏枥

我爸爸参加工作后，一直从事医疗装备研发工作，设计出大量新产品，生产后畅销国内外。他在高电压技术方面的学识有独到之处，可为医疗装备、工程检测、大气环保和尖端武器研发提供有效的技术支持。他在事业上属于一个不争不抢的人，一生简朴，对自己的约束甚严。对于成绩，以及奖励的分配，他从无怨言。而且，他到时间时就主动办理退休了，选择了"闭关"。

由于我爸爸以往走到哪里都依然保持温文尔雅，待人也十分和气，很少疾言厉色，以理服人；由于他工作专业和为人处事都获得高度评价，在退休后容易被邀请做顾问。他"闭关"不到一年，就复出，被原单位返聘，继续工作了一个时期就惜别原单位，再次"闭关"。之后应各地同仁强烈请求再次复出，先后赴天津、福州等地开发区医疗公司，担任技术顾问之职，并参与那几家公司技术创新。

我爸爸之所以敢于担当，甘于担当，能够到处跑，还在于他一直有个很好的身体。他在上清华大学之后，每天晚上 10:30，自习教室关门后，就去到操场上跑半个小时再回寝室继续学习，几乎每天坚持，坚持了六年。最快时仅用 12 分 56 秒就能跑下 3000 米，再加上清华的体育课要求高，要求严格，就是逼着大家好好锻炼身体。在他眼里，最好每天跑个 1000 米。他相信，等自己到了需要熬夜做研究的时候，将会发现自己大学打下的身体健康根基是多么重要。

我爸爸努力帮助那几家公司的医疗设备通过 ISO9000 认证、CE 认证以及产品安全认证，并对他们的医疗设备、产品销售渠道予以强有力的支持，盼着他们能立足于世界同行之林。

在我爸爸给他们做技术顾问期间，他告诉那些敬业勤奋的年轻人说：每一个重大的突破都是需要经过一个不出重大突破的相对困难的沉默期，比方说十年二十年，这就需要有一帮人顶得住。像在国外，经常有的人十年二十年没有什么大的发现，但是因为他在这个领域的声望，个人收入并不受这个影响。大家都觉得他是这个领域的一个智者，只是说他还没有到时候、拿出东西而已，对他非常宽容。

我爸爸经常安慰或者引导那些创业公司说：就拿自然科学基金的评审来说吧，自然科学基金分几类，青年基金这一块，看的还是申请者的基本素质，我觉得它不会有恶性引导；但是当你申请面上基金和重点基金时，就不一样了。你要申请面上基金，就要证明你在这个圈子里小有影响，就得有拿得出手的东西来证明；当你要想去申请重点的时候，你就要拿出更多文章，证明你是这个圈子里能够数得出来的几个人了。总而言之，无论如何，你要有文章，要有比别人更多、更好的文章才成。

另外，我爸爸还对那些创业公司的技术高管说：无论是青年还是面上、重点基金，申请者都要说热点的话题、流行的话题，因为评委们会觉得：哦，这个人对前沿现状比较了解。你要是说一个冷门问题，很容易引起意见分歧。虽然基金委也有异议的项目，但实际操作中几乎没有可能，因为异议项目需要几个评委一起联名提出，认为它真好。但是，说句实话，那么多项目，看那些"差不多"的项目可能都来不及，根本没精力去看看被别人"枪毙"的项目里有没有金子。而且，只要是原创性的项目，就一定会和某些评委产生冲突。比方说异议项目拿到我手里审，我过去的工作证明这个杯子是圆的，你却说这个杯子其实不能够用"圆"来形容，而要从另外一个视角来看——那我这个评委本能地就会反感，本能的就会给你挑刺。但是你假如说：邢教授说杯子是圆的，这个理论真的很伟大，但我想在这个基础上看看它是不是严格意义上的圆，或者百分之九十九圆——这是个很有意思的问题。评委一看心情就很顺，就容易给你打钩。因此，凡是原创的东西就会冲击大家现有的观念，甚至会冲击到某一派人——他们过去已经靠这个获取过利益。所以我们经常会看到一些被PASS掉的申请书，理由就两句话："研究队伍不合理，建议不予资助"——其实评委们并没有去深入地了解，就是很武断地给你弄掉。我的理解是，这样久而久之，最后会让我们的科学家丧失对科学的鉴赏力。现在去开会评审的人，应该都是有帽子、有职位的人，但是你和他们来交流时会发现：不管是科学的思想、科学的审美或是对学科本身的整体把握，你会发现他们的能力越来越弱。我自己经常拿基础研究和文学写作来做比较：现在我国不光没有创造艺术的，而且缺乏有艺术审美力的鉴赏家——科学也是这样。结果就是：你画出来的画、写出来的书，那我一定觉得不如印刷品或者进口书，后者多么规范、多么与国际接轨啊，你那个曲里拐弯的啥玩意儿？

在我爸爸眼里，如果一个国家的科学鉴赏力丧失，怎么还能创新？

我现在想想，还有一个对我触动很大的是，我爸爸是清华大学毕业的，可是最近包括清华大学在内的各个大学都在争建世界一流大学。我就问他们老师：建世界一流大学，以什么为指标呢？他们老师说主要还是以论文为指标。

以论文数量为科技发展的衡量指标，在我爸爸看来，会把我们现有的相对完整的学科格局都打乱。他就觉得，按道理说，每一个学科都应该有一帮人在那里弄，弄的时候当然也要注意学科的更新，但大致上一个学科的格局还应该在那儿，更新也应该是间接的、渐进式的。但在现有的考评体系下，大家一看哪个地方热，就哗一下都跑那去了，把一个学科的体系冲击的七零八落、东倒西歪，剩下的就是一些头发花白的老先生在那里坚守、呼吁。这样，下一个科学的重大发现就和你无缘了，因为人都已经跑光了——目前，中国在医疗设备科研上集中了中国现在科研发展中的所有怪象。

我爸爸想想就觉得很可怕！他说过这么一句话：如果把你的孩子搁在这样一个环境里，你忍心吗？换了一个爸爸的话很可能就说：得了，爸爸给你挣点钱，你到国外去工作进修吧。

我爸爸勤勤恳恳工作一辈子，发表的文章只有三篇，他把精力都用在一线，最后发表的一篇文章是在 1995 年。

在 2009 年的春天，我爸爸行将离开位于天津杨村的某医疗装备有限公司时，在该公司为他举行的欢送宴上，他即兴做了一首词《踏归程》——

脚踏泉州路，手拂武清春。简居杨村近五载，铁骨炼真金。目扫八方雷电，呵斥地鬼邪神。滴滴汗水注业绩，铮铮傲骨战奇勋。功也罢，过也罢，酒酣高歌赋明月；冷也好，热也好，一惬清风挥浮尘，往昔如烟云！就此挥手归去也，身后恰黄昏！

词牌 "踏归程"

调寄（瑞鹧鸪）

脚踏泉州路，

手拂武清春。

简居杨村近五载，

铁骨炼真金！

目扫八方雷电！

呵斥地鬼邪神！

滴滴汗水注业绩，

铮铮傲骨战奇勋！

功也罢，过也罢，

酒酣高歌赋明月；

冷也好，热也好，

一惬清风挥浮尘，

往昔如烟云！

就此挥手归去也，

身后恰黄昏！

清华翰榜大学士

国家科技奖获得者

国务院突出贡献专家 邢松科

晨居乙丑年 春 共和国教授

公元二〇〇九年 题于杨村

见识篇

五十四、注重人文素养

在我们家里，我爸爸承袭了我爷爷的家庭教育作风。以前，我奶奶从来不管子女的学习，也不懂，我爷爷主抓子女的教育和功课学习成绩。到了我这一辈，我爸爸主抓我和我弟弟的成长教育和功课学习成绩。我妈妈从来不管我和我弟弟的学习，也从未参加过我和我弟弟念书那时学校开的家长会。

从念书经历来看，我喜欢读书，却由小到大越来越抵触各种考试。从现代教育来看，在我眼里，美国的教学体系，有很多地方值得称道，比如美国的高中和大学对成绩就不给出分数，只给出 A、B、C、D。我觉得这不是件坏事情，因为可以削弱学生之间不必要的竞争；我还觉得为分数而斤斤计较以及争夺班里的第一名，会破坏学生之间的合作，集体的力量得不到尊重。由于在国外的经历，得以让我知道美国最好的学生真是好得不得了，应该这样比较，不管是美国，还是中国，能进哈佛大学或清华大学的学生都应该是这两个国家最好的学生。而两类最优秀的人相比，美国学生的基础知识、人文知识绝对不会逊色于中国学生，相反是要强出很多。

有一次，我把我的上述看法告诉我爸爸，他则对我说道："清华的学生是一伙'高智商'的群体，清华大学学生的平均智商应该在 130 左右。或者说论'平均智商'的话，清华的学生肯定是高于常人的，像物理、数学这些专业的学生，智商也会更高。智商越高，意味着学习力、思考力越强；学习力、思考力越强，越意味着不会人云亦云，注重自己的独立判断能力。"

那次，我对他说："我自己通过英国托马斯人力测评公司做了个智商和情商测试，我的情商在 78，智商在 28，我简直崩溃了。我从来没想到自己的智商如此之低，难怪你长期以来总不满意我在各方面的表现。"

接下来是一阵沉默。

我接着说道:"我从来不承认自己有任何天赋,甚至曾经还很自卑,所以,我做事更强调努力和方法。在写作中,我也是这样的心态,要付出99%的努力,另外去依托1%的灵感。"

他评价我道:"嗯嗯,你这种心态是对的。有天赋的人,也在不断努力。什么叫天赋,其实很难说清楚,我的理解是'上天赋予的东西',是平常人通过努力达不到的,像姚明的身高决定了具有打篮球的天赋。比较而言,学校考试是一种全面的考查,你在某个方面有天赋,只可能成为怪才、偏才,但是要成为'全才',必须靠努力和方法。像姚明的天赋是打篮球,但是如果姚明想弹钢琴,就必须通过努力和方法;像你写作,我觉得你也要建立在多思考人文的基础上。"

我爸爸的观点是:所谓人文,即人性与教养,是人的精神文化——人文学科包含多种方面,其中,"文史哲"为其基础领域——人的直接经历是有限的,而文学作品可以帮助人们拓展视野、增加见识,导引乃至改变人生的走向。

那次,他继续说道:"首先,由于你是学医的,你要明白,医学是科学,医学更是人学。任何时代的医生都应当知道,在当代被视作高端的科学技术,在未来可能会被当成是粗浅甚至可笑的。患者可以从医生那里获取的,既有相对高端的医学技术,更需要从医生那里获得治病的信心,以及对生命的达观态度等。所以,医生千万不可以只关注技术问题。医学诞生于人类科学技术并不发达的蒙昧时期,那时候的医学模式是'神灵主义医学模式'。所谓'医巫同源',指的就是在技术手段缺乏的情况下,医生主要在精神上对患者施予影响、减轻病痛。古希腊医学家希波克拉底曾说,药物、刀械、语言是医生治病的三件法宝。其中,语言和其所代表的人文关怀对患者所起的作用永远超过百分之五十。"

现在想想,我觉得他能对医学有这样深刻的认知,既来源于他一辈子从事研发国产医学科学技术设备得到的感悟,也有他从经常与我那从事医学临床事业并双双做到正教授的大姑大姑父的不断交流中获得的智识。

难得的是,他把医生这个职业看得很透。他认为,作为医生的人,无论是了解一般的历史,还是医学史,都会让医生们对社会规律、疾病规律、医学发展规律、看病的规律有所思考和借鉴，使医生们更具有洞察力、领悟力——疾病都有其自然病程，大部分疾病都是自限性的，可以靠时间"治好"的——因此，医生要掌握对疾病干预的分寸和时机，掂量这种干预的作用和效果，适时、适法、适度地进行干预，而不可滥用医学技术对患者进行"过度治疗"。

我对他说到过："我的观点是，医疗的本质是照护，不应该是服务。照护和服务在内涵和境界上是截然不同的。医生与患者之间的关系不是对等关系，而是存在主从性的关系，医生要掌握主动，形成导引，才能照护好患者。借用荀子的话说：'水火有气而无生，草木有生而无知，禽兽有知而无义；人有气、有生、有知，亦且有义，故最为天下贵也。'我的理解是人都是有思想、有情义的。"

我在写作方面，出于多种原因，可以天马行空，但作为医生，在行医中更须知晓人文、富于义理，更主要的还是因为情怀。由于情怀的原因，使我在写作方面愿意投入时间、精力和思想。我知道，人文修炼可能让治疗产生不一样的结果，也是医生境界的重要体现。

我爸爸曾经嘱咐我和我弟弟："医学与哲学的关系密不可分。科学不可能洞悉万物，也需要有在它之上的统领。当代人不可能穷尽对自然规律的认识，但是患者对医生抱有希望。哪怕医生当前对疾病的规律解释不那么清楚，也必须给患者一个概要的、代表一般规律性的解释。这个时候，哲学就会发生作用。哲学是人类在不知就里的情况下，就大的规律的总体把握，是'不知而匡知之'。医生们不知道细节，但是可以依据有限的事件、亲身的实践与思想的思辨，大致知道事物总的走向与'势'，并且可以假之以理论，即成哲学。中医就是把握了这一点而形成其特色体系，阴阳五行理论源于中国古代朴素的唯物辩证哲学，在认识上注重整体观，治疗上遵循辨证论，这恰恰是中国古人智慧的地方。当科学和医学不能穷尽疾病和生命规律时，就需要进行哲学思考和把握，来探寻生命和健康的规律。"

由于大姑大姑父唯一的孩子是学中医的，是中医骨科医生，所以，我爸爸曾经当着我的面对大姑大姑父的孩子说："宗教自古与医学结缘就深。中医伦理道德观念的形成与发展深受儒、道、佛等哲学和宗教思想的影响，一般百姓在就医过程中也或多或少地产生与宗教有关的心理效应。医学实践中的宗教因素是在医学不能充分把握和解释、预测病情的情况下，患者所产生的一种心理依托和祈求。在产生心理效应的基础上，宗教还可能产生由心理而引发的行为和生理效应。这种现象及其背后的机制，当代医学远未明了。你在行医过程中，在和患者交流的过程中，应当在无形中向患者及其家属传达一种达观的生命态度，这不仅会对患者的治疗产生不一样的结果，也是你自己的精神境界的重要体现。"

在我爸爸眼里，一个医生要成为良医，人文素养至关重要。人文学科包含多种方面，其中，"文史哲"为其基础领域。医生一定要留些时间去学习，并广泛涉猎"文史哲"知识，才可能提升自身人文素养，人文素养对于医生成长成才的重要性不言而喻。

我从医多年，内心最深刻的感触——国人无法忍受太多真实，而医生这个职业，让有些人开始正视现实，医生们把生命的活着淋漓尽致地表达了出来。就像鲁迅深感医学只能解救病人肉体的疾病痛苦，要真正解救自己的民族，首先要救治人的精神，转而从文，在揭露人性丑陋的方面，简直是在做定点手术，没有人可以躲避他的锐利的手术刀，他是以怒骂的方式呐喊醒了这个民族麻木的灵魂。冯唐坦诚地说，学医的最后三年，在基因和组织学层面研究卵巢癌，越研究越觉得生死联系太紧密，甚至可以说，挖到根儿上，生死本来是一件事儿，而且多数病是治疗不好的，是要靠自身免疫能力自己好的。

我一直记着我爸爸对我的教诲："除了医学科技，医生还能给患者什么？医生照护患者的方式还有哪些？患者能从医生身上获得什么？医患关系不仅是治疗关系，而且还是极为重要的人文关系。患者不仅需要治病，还需要从医生那里得到精神上的尊重、心理上的关怀。"

事实上，国际上，毕业后医学教育的权威机构——美国毕业后医学教育认证委员会（ACGME）提出，医生必须具备六项核心能力，即医学知识、患者照护、人际交流和沟通技巧、职业精神、基于实践的学习与提高、以职业系统为基础的实践。此中包括大量与人文素养有关的内容。国际上所有的医学学会、医学教育学会以及医疗行业协会，无一例外地都在强调医学中的人文教育与医生的人文素养。

我作为医生，一直刻意给自己留些时间去读一些经典的文学作品。因为，历史承载着人类的经历和经验——"以史为鉴知兴替"，知晓历史的人，才会对人类和人类社会的规律有所了解。

有一次，我对我的一位名叫尹梅的朋友聊起了我的家庭，给她讲了我爸爸和我妈妈都是怎样的人，她听得非常认真，但是在听我说了我爸爸的话后，她却支持我爸爸的立场。她说，一直以来，"弃医从文"是非常艰难的一个选择，而且意味着会付出比常人大得多的人生代价。

我对她说道："我们都是搞医学的，确实如此。你也出了书，写得很不错……在与病人沟通时，我能高度精确地微调自己的用词，委婉地说明诊断结果，不仅能帮助厘清诊断，也对描述角色有益，对我的写作很有帮助……文学也是人文学科的有机组成部分，人类有很多无以名状的、非逻辑的感受，需要借文学加以表达，来通情达意。我自己在音乐、绘画摄影、戏剧影视等方面虽然有所爱好，有所感悟，但还是喜欢写作，这对于形成自身优雅高尚的情志和启发思维很重要。"

尹梅教授就说道："你爸爸说得很对。真的，弥补医生人文素养的缺失，事实上需要在住培阶段加强人文教育。人文素养的培养要贯穿于医学教育的各个阶段，包括医学院校的院校医学教育、毕业后医学教育含住院医师规范化培训和专科医师规范化培训、继续医学教育。然而，现实情况是，在院校教育阶段，医学人文的教育是明显不足的。在现行的医学教育体系中，贯穿始终的主要是科技方面的教育，如解剖学、病理学、药理学、微生物学等。按照教育部发布的我国医学院校人文课程的比例来看，我国的比例是 7.54%，远远低于欧美国家的比例 20%—26%。而在更需重视医学人文的临床教育阶段，我们的人文课程只有 5%。如此，我们培养的医生更多的是在关注技术。"

五十五、追求"大师范儿"

我爸爸生于传统时代，所以多少年来，他身上有着很重的传统知识分子的烙印，如精神、气节、面貌、习性、礼仪，他气质上追求"传统范儿"，学术上追求"大师范儿"。

我爸爸经常对我和我弟回忆：传统时代虽然社会政治上动荡不堪，却是中国历史上人文精神和思想解放的时代。在新旧文化、东西文化的碰撞与交融中，中国历史上第一次出现了"人的觉醒"，觉醒之后的中国文人，尤其是知识青年，追求活得有价值，纷纷尚人格、尚风骨、尚教养、尚自由、尚平等、尚率真、尚明净、尚优雅。

有一次，我爸爸告诉我和我弟："在那种风尚的日久浸润之下，传统知识分子孕育出了一种独特的精气神，这种独特的精气神作用于外表和气质，便形成了一种颇具审美的'大师范儿'。简单地说，优雅而有灵魂，正直而不做作，追求思想多元，实干，追求成就感！"

优雅，是一个人灵魂的样子，但不是所有的中国人能具备的。我爸爸就是一个优雅安静的知识分子，他总强调人要有不老的趣味和真实的情怀。他很崇拜传统时期的那些个"大知识分子"和他们的格言——

鲁迅：哪里有天才，我只是把别人喝咖啡的工夫都用在学习上了。

梁启超：人生百年，立于幼学。

林语堂：人生在世，还不是有时笑笑人家，有时给人家笑笑。

朱自清：热闹是他们的，我什么也没有。

沈从文：凡事都有偶然的凑巧，结果却又如宿命的必然。

周作人：我们于日用必需的东西以外，必须还有一点无用的游戏与享乐，生活才觉得有意思。

闻一多：人家说了再做，我是做了再说。人家说了也不一定做，我是做了也不一定说。

钱锺书：目光放远，万事皆悲。

我爸爸曾经告诉我和我弟："传统知识分子范儿！唉！那叫一个——儒雅之河，静水流深。有知识，更有情趣；有性格，更有风骨。"

我爸爸崇尚的"大知识分子"很多，尤其是搞教育、搞启蒙的，还包括：

蔡元培：与其守成法，毋宁尚自然；与其求划一，毋宁展个性。

陈寅恪：独立精神和自由意志是必须争的，且须以生死力争。一切都是小事，惟此是大事。

傅斯年：一天只有21个小时，有3个小时是用来沉思的。

梅贻琦：所谓大学者，非谓有大楼之谓也，有大师之谓也。

钱穆：仰不愧，俯不怍，只是一心。

冯友兰：人对外部世界首先应当尽力而为，只有在竭尽所能之后，才沉静接受人力所无法改变的部分。

叶企孙：我教书不好，对不住你们。可是有一点对得住你们的就是，我请来教你们的先生个个都比我强。

梁漱溟：不要在人格上轻易怀疑人家，不要在识见上过于相信自己。

竺可桢：教授是大学的灵魂，一个大学学风的优劣，全视教授人选为转移。

胡适：怕什么真理无穷，进一寸有一寸的欢喜。

时到今日我还记得，我爸爸崇拜那些有真才实学的人，无论他们学历高低，他也常常给我和我弟讲述他们的事迹，我和我弟从中受益匪浅。

五十六、七十不逾矩

众所周知，孔子的人生历程是：三十、四十、五十、六十、七十！孔子云：吾，十有五，而志于学，三十而立，四十而不惑，五十而知天命，六十而耳顺，七十而从心所欲，不逾矩。

"五十而知天命"，我爸爸就认为这个境界是由道德境界进步到了天地境界。

我爸爸是一个安静而又注重思考的知识分子，他告诫我和我弟："此所命，与世俗所说的命运不同。为什么呢？仔细想想就会知道，命运侧重点在人间和人事，而这个天命乃是人所通遇之宇宙间的事变，在人力权限之外，为人所无可奈何者，不随人的意志为转移者，乃是天命。有人把命运和环境混淆不清，常听人说：我要战胜天命，这大概是战胜环境之误，因为天命是人力所无可奈何的，你再厉害，能战胜生老病死吗？所谓人力所能做到的，都不是天命。"

我爸爸承认能生在我爷爷奶奶家是天命，但在自己 52 岁时在 1992 年能被国务院授予"有特殊贡献专家"称号，并享受专家津贴，完全是自己努力得来的，是依靠"志于学""而立""不惑"一步一步成长学习积累得来的，是靠遵守"法度"得来的。

在我爸爸眼里，在做人做事方面，需要"慎独"，他就经常举年羹尧的例子——年羹尧是一位称职有功力的书法家，而不能算是一位有思谋有成就的臣工。年羹尧的失误在于"人品"，年羹尧的成功在于"书法"，所以阅读年羹尧的人生和书法，可以看出他的臣工成就，都被他无视法度的骄傲给嘚瑟光了。以书法识人，无法参透年羹尧的结局；以行为识人，才可以看明白年羹尧的归宿。

想到这，我突然想起，孟子所谓"知命者不立于危墙之下"。如果你以为自己的命好，站在危墙之下，不会压死的，结果墙倒终于压死了，这个与天命的命无关，因为人力还没有尽到。知命者，就是了解自己个人的能力总有限度，在个人能力所及之外，余下来的一点才是天命。

如今，我也是五十岁出头了，也到了知天命的年龄。虽然我从身体方面慢慢老了，但是心也跟着熟透了，拥有了人生丰富的阅历，但重要决策还是要听取五十岁以上的人的意见，听我爸爸的意见。

六十岁：耳顺。我爸爸过了六十岁以后，不再对我和我弟发脾气，不再经常指斥我和我弟没出息没成就了。因为他已经理解了"乐天知命故不忧"。

七十岁：从心所欲，不逾矩。孔子的人生修为到此，已经达到了最高点。至七十岁时，顺从心之所欲而不逾越法度，顺心而为，自然合法，也就是动念不离乎道。人到七十古来稀，七十就已经是糟老头了，人生已经走到了尽头，还有什么不能放下和释怀的呢？到了七十岁可以从心所欲，随便一言一行就都合乎道了。

举例，孔子说过"三年无改于父之道，可谓孝矣"。有人问为什么是三年而不是两年、四年？这点值得我们沉思。

五十七、崇尚欧洲足球

我爸爸从小喜欢踢足球，他曾经自己组建过胡同里的小学生足球队。踢足球的爱好一直维持到他大学毕业。工作后，他虽然没时间踢足球，但是会通过看《参考消息》和电视来了解国外足球的信息。

我爸爸喜欢欧洲球队，喜欢德国队、荷兰队和意大利队，他喜欢的球星是克鲁伊夫，他认为意大利防守是全欧最强，他认为球队赢球最重要，他认为球星的作用很重要。

"我认为在那里，球员为能够进球感到开心，但是那里的球员却认为球队永远是第一位的，真正重要的是团队赢得比赛。意大利队是一支很强大的队伍，德国球员的个人素质是他们最大的优势，荷兰队可以在一对一的时候对你形成威胁。但是无论哪个球员在拿到球的时候他们都想着必须要互相配合，以此来形成威胁。"很早前，有一次，我和我弟在看中甲比赛时，我爸爸就评价道，然后说道："人家一直以来都是那样，虽然每一场比赛都是十一个人在场上拼搏，但是替补席上的十二个人也都想上场厮杀。而他们的身后还有更多的人，他们每一次穿上国家队队服时，他们就懂得他们在那一刻在以团队之力支撑着整个国家，支撑着既往的荣誉，支撑着球迷对他们的信赖，所以他们必须要努力赢得比赛，能够共同在国家队效力，他们会互相激发精神力。"

我就告诉我爸爸："在欧洲球队，看谁的防守很出色，我认为他们的防守是全世界球队中最好的。"

可是我爸爸就皱着眉头告诉我："他们的比赛比起来，对抗防守任务会重一些，但是比赛会很紧张，因为他们需要抓住对方的漏洞，努力的同时也在不断等待对方犯错误，关键时刻必须有球星站出来。"

我爸爸认为欧洲的足球比赛之所以让人激动，主要是因为那里场场都是矛与盾的较量。他不喜欢弱队，他不喜欢年轻球队、"小鲜肉"球队，他喜欢平均年龄更大的球队、"老腊肉"球队。他很少看中国队比赛，基本不看中超比赛，他觉得中国球员学历低没文化素质低，没有国家意识，没有激情，没有对抗意识，没有灵魂，如此就不会注重比赛经验，再怎么踢也不会有任何长进。所以，他觉得中国队跟强队比赛更像是一场足坛"腊肉"与"小鲜肉"的比拼。不看，也能知道结果。

"中国队缺乏星味，'屌丝'气息浓厚，又都缺少大赛历练，更没有自己的足球哲学——或者打经典防守反击，或者全攻全守。"我爸爸曾经对我说道，然后补充说道："普遍没有担当意识，没有开拓意识，不喜欢竞争，只爱占小便宜，还有一种无可救药的'枪打出头鸟'意识，所以表现在球场上，就是很难找出在前场能作为中场组织核心的球员，又难找出中前场的万金油的天才球员。如果我是主教练，我就找既有身高又兼具抢点能力的前锋，中国人更适合打防守反击长传冲吊战术。"

我知道，我爸爸特别喜欢欧洲那种身强体壮的空霸级头球机器，脚下能力也相当不俗，能射能传，有很强的向前意识和不错的速度，还有一脚远射和定位球功夫。在他眼里，中国球员只有范志毅符合他的球星标准。

球星总是闪亮登场，而真正伟大的人物，却总是以一种不起眼的方式进入人们生活，然后润物无声地影响人们、激发人们对另一种可能的思考。我爸爸从没想过，克鲁伊夫会以很淳朴的方式出现。

《参考消息》曾转载欧洲足球记者报道，在1970年的某一天，在海布里的一场比赛，双方分别是阿森纳与阿贾克斯，那是一场欧洲博览会杯的半决赛。在北伦敦的泛光灯下，克鲁伊夫几乎没形成几次像样的射门。一个名为彼得·斯托瑞的老派英式中卫，整场比赛对荷兰人围追堵截，导致后者每每拿球，便被不讲理地放倒在地。最后的结果3比0，开心的阿森纳球迷迟迟不愿在比赛后迅速散去……而球场边，一个还未脱下脏球袜的荷兰球员，那个在比赛中被阿森纳后卫屡次踢倒的瘦弱前锋，正在一个角落低头默默地抽烟发呆，他就是克鲁伊夫。

没想到之后的三年，克鲁伊夫带领的阿贾克斯称霸欧洲，让世人看到了足球的另一种可能，让球迷看到了什么叫"全攻全守"大开大合式的足球。

我爸爸中年以后在看世界杯时也和年轻人一样能熬夜看球，后来养成边看球边抽烟的习惯。他年轻时从不抽烟，可是每次一看欧洲足球比赛或者世界杯，他就一定要一支接一支地抽。他第一次抽烟是从熬夜看一场世界杯比赛开始的，边抽烟边锻造自己的足球见解。

克鲁伊夫抽烟，或者说他必须抽烟，一天八十根同样不在话下。这个清瘦的荷兰人后来成为世界杯决赛场上的队长，巴塞罗那传奇，还在职业生涯的尾端和乔治·贝斯特一起去到了美国——过滤嘴卷烟的故乡。

在克鲁伊夫成名的年代，正值全球社会文化运动的高峰，年轻人思考着如何将肉体和精神世界打通，而最快最流行的方式无疑是化学。与危害健康的吸毒相比，抽着带有过滤嘴的新款卷烟，被认为是一种有风度的叛逆，而这也被克鲁伊夫展现在了球场上。那时，我爸爸认为，克鲁伊夫已经不再是个单纯的球员，他的步伐和假动作，与当时日益滋长的艺术气息相映成辉，让足球成了当代艺术。

我爸爸喜欢荷兰人的气质，他说："荷兰人酷爱争论，但绝不会在交谈时将烟圈吐在别人脸上，他反叛得优雅，无论对足球还是生活——你或许认为我不该这么做，但我不管怎么样都要去做。1991年的心脏手术让他不得不放弃这一爱好。于是改咬棒棒糖的荷兰人意识到，自己可以牺牲任何东西，除了足球。"

足球越来越讲究团队配合，和这个互联网一统天下的时代一样，越讲究个性，却又容易陷入相同的集体思维。这就好比，观众期待球员有个性，但同时职业球员抽烟又总会成为媒体口诛笔伐的共同对象。所以，每每看到荷兰人嘴上叼着一支烟的老照片，我爸爸总能回味起那个烟雾缭绕的旧时代，当时的一些外援赛后抽烟时总是窝在一个角落，和克鲁伊夫一样。

他们是异类，喝酒是关闭大脑，而抽烟则是开启思考，中国足球可能在那个时代就与现代足球有些格格不入，因为中国球员有人酗酒有人是瘾君子，但就是从不思考。我爸爸认为，中国人踢足球之所以很失败，在于中国人骨子里就没有把足球当成一种真正的文化，不认为踢足球需要动脑子，也不认为踢足球是高尚的事情，或者说不认为赢球是件高尚的事情。

相比之下，和每个荷兰人甚至每个欧洲人几乎一样，克鲁伊夫对于世界有着自认为正确的认识——他总是非常乐意分享自己对于足球的理解——在任何场合谈论任何事时，他总会绕到足球（一个国家的足球是否成功，就能看出这个国家是否成功；一个国家是什么样，这个国家的足球就是什么水平），不管别人愿不愿意听。他这样的脾气，或许为他之后二十年成为教练打下了基础。

抽烟甚至成了克鲁伊夫的一种"自我认同"，代表着他不愿为任何事牺牲自我的态度，哪怕是自己的健康。

我爸爸始终认为，没有场外一根根点燃的香烟，就没有克鲁伊夫场上一次次的以假乱真。但伟人总是孤独的，用脑子踢球，而不是用肺——这或许是他留给未来足球，最好的一支烟……等着无数后人去点燃。

现在想想，如果我爸爸也是一名足球运动员的话，他应该会与克鲁伊夫一样。我和我弟都反对我爸爸抽烟，虽然他也知道我们从心里讨厌他抽烟，也知道吸烟对身体极为不利，可是，他一直不想戒掉当时被他视为"佳品"的香烟，不想放弃那种"自我认同"，直到他被我送到医院。

我爸爸无数次纠正我的观点，他告诉我的是克鲁伊夫并没有发明"全攻全守"，即便是他的精神导师米歇尔斯也不是这门足球艺术的创造者，但克鲁伊夫却是第一位完美诠释这门艺术的"全攻全守"型球员。在严苛的战术体系中，他选择个人解放，激发了每名球员内心中的领袖气质——哪怕只有三分钟。

我爸爸生前的愿望之一就是想有机会去趟巴塞罗那，他认为今天的巴塞罗那队，是一支用现代艺术来诠释足球的球队——瓜迪奥拉曾说："克鲁伊夫搭起了寺庙，我们都只是在维护它。但这座寺庙无法被复制，因为'全攻全守'总不断被人误解。"

251

五十八、收养"自来猫"

1996 年的冬季，在一个月明星稀的夜晚，当我爸爸去到院子里水龙头打水时，发生了一件让他意想不到的事情，他就感觉到有什么东西在他的脚边蹭来蹭去，他低头定睛一看，竟然是只猫咪。

我爸爸一开始没理会它，以为它是邻居家的猫，所以打完水就拔腿往家里走，没想到那只猫咪竟然跟着他进了外屋，不愿意离去，他就停下脚步，问它道："咪咪，你是谁家的猫？"

"养吾——"猫咪才发出一声叫声，不同于"喵呜"的声音。

我爸爸喜欢猫，可以说是宠爱猫，先前家里养过的几只猫的名字都是他给起的，如"鸳鸯""笔尖"。

我爸爸随即蹲下身，仔细打量着那只猫咪，在灯光下那只猫咪浑身毛色黝亮，从前额往颈后顺到背部再到尾巴如黑缎子一样是黑色毛，却从鼻梁下颚开始往颈下延到腹部及至四肢爪子竟然洁白的毛，于是他怜爱地摸了下那只猫咪的头部两下。

"养吾——"猫咪又发出一声叫声。

听着这叫声，在里屋的我妈妈和我都像浑身过了电一样腾地从椅子上起来，从里屋到了外屋，猫咪见到我们出来，不但没有被吓跑，反而当着我和我妈妈的面又蹭我爸爸的裤脚。

我妈妈看到猫咪，非常欢喜，但是觉得不像流浪猫，就要求我爸爸把猫咪抱到胡同里挨家挨户问邻居谁家丢了猫，我爸爸心想该如此，便把猫咪抱起来走出了屋子。

或许，我们不得不承认，从科学上说，猫根本不喜欢和人类相处。那么既然不愿意与人相处，又不能被人类所驯化的猫，到底是怎么从驰骋野外的杀手摇身一变，成为拯救中年危机的萌宠？答案或许只有一个：猫是自己驯化自己的。虽然说后来的猫依然保持了高冷的本色，但和祖先非洲野猫比起来，确实是温顺了不少。

没一会，我爸爸就回来了，我和我妈妈本以为已经给猫咪找到了主人，没想到我爸爸腿后边竟然还跟着那只猫咪。我爸爸就对我妈妈和我说道："胡同里没有邻居丢猫，没办法，我就把它放在胡同口，我自己回家，可它一看我回来，它居然一路跟着我回来，不离开，我也没办法。"

如此，我们一家人一边面面相觑，一边看着面前蹲坐着的猫咪，猫咪的一双眼睛如宝石一样晶莹光亮，反复翘首看着我们，更多地是看着我爸爸。随即，它又"养吾——"一声，起身走到他身边，蹭他的裤脚。

我们全家人听到那"养吾——"的叫声，心里都酥了。我们全家人都爱猫，尤其我爸爸，此刻他明白了眼前的猫咪是一只"自来猫"。

我爸爸觉得猫是天生的"声优"——一只小奶猫就能发出超过 50 种不同音调、不同频率的叫声，不过这似乎是为我们人类特别定制的。猫叫虽然是猫与生俱来的能力，却不是他们赖以交流的工具。对于常年在外的野猫，除了发情期，几乎都是沉默的潜行者。而家猫就不同了，一旦发现主人对于猫叫有特别的反应，便会开始实验和学习，通过不断变化各类叫声，测试主人最喜欢的是哪一种，甚至在不同的场合定制不同的叫声，时间一长，就能归纳出一整套让主人言听计从的猫咪语言学了。

事实上，科学家使用声学仪器的分析得出了更为惊人的结论。猫的叫声其实是一曲两重唱，低频的那个和大多数猫科动物类似，而高频的那个却是家猫独一无二的频率。这个频率显然起不到与其他猫科动物沟通的作用，那存在的意义是什么？

来自英国的 McComb 进行了实验：选择了 50 名志愿者听两种猫叫，一种是只保留了低频段的声音，另一种则是混合了高低频的声音。所有的志愿者都表示，第二种声音让他们迫切地觉得被需要了，坐立难安，要立刻查看声音的源头。这种被称作"教唆式"的声音，可以让人类铜墙铁壁般的感情防线，瞬间溃不成军。深究这背后的原因，将猫咪的叫声与其他各类声音对比，竟与婴儿哭声的频率惊人相似，能够天然引起人类照顾的欲望。

为什么其他猫科动物都没有出现过这样的叫声？我爸爸得出一个猜想，或许在猫与人相伴的漫长岁月里，慢慢学习了婴儿哭声的频率，并将这一频率逐渐融入了猫叫之中。利用人类保护婴儿的天性，甚至激发人类投食幼儿的本能，从而达到"喵喵几声，饱腹不愁"的驯化人类成就。

也就是说，当你的猫冲着你喵喵直叫的时候，你感到的两脚一软，浑身酥麻，只想跪下来把一切都给它的情况不是吸猫成瘾，是完全正常的——你我都是"被驱使的愚蠢人类"。

我爸爸认为，喵乐之声远不是猫驯化人类的唯一武器，形态的进化才是驯化人类的终极手段。在"颜值即正义"的时代里，猫的长相是其在一众宠物中脱颖而出的法宝。

那天晚上，我爸爸决定收养那只猫咪，并给它找了个大纸箱子做猫窝，给它准备了棉褥子御寒，我妈妈当晚还给它洗了澡。洗完了澡，我爸爸拿吹风机给它的毛吹干，之后把它抱到床上，在灯光的映衬下，再看它，我们一家人顿时看得目瞪口呆——太漂亮了！它太漂亮了！

我爸爸边称赞着边抚摸猫咪的脑袋，而猫咪"养吾——"叫了一声，然后顺势用头蹭起我爸爸的手来。

在猫的世界里，每样东西都有着独一无二的气味，在你身上蹭来蹭去，实际上是在向天下昭告，"你是我的私有财产"。但不要以为这是什么"霸道猫咪爱上我"的言情故事，在宣示完主权后，猫最喜欢做的就是舔舐自己的皮毛，努力清洁自己，去除掉人类的气味。

那天晚上，我爸爸在开心之余，就给那只自来猫起名字叫"黑子"，"黑子"是只公猫，我爸爸按照"黑子"的毛色特点形容"黑子"是"乌云盖雪"，属于奶牛猫。

我爸爸对猫咪很有研究，在他小的时候，我奶奶养了只大白猫，据我爸爸回忆，他把那只大白猫当成好朋友，比起家人和朋友，他更愿意向那只白猫倾诉心事。在他眼里，虽然猫咪听到自己主人呼唤的声音依旧爱答不理，但它们确实产生了移动头部、瞳孔扩张、移动爪子的行为特征；虽然它们时不时偷偷溜出去抓点野味，但期待被投食小鱼干也成了习惯；虽然它们生性放荡不羁，但也愿意和人类重组新家庭。

在我爸爸眼里，虽然猫咪听到自己主人呼唤的声音依旧爱答不理，可以说是嘴上说着不要，身体却很诚实的代表。而一系列动作行为，很可能又要追溯到我们视猫如神的古埃及人民。研究显示，猫的驯化过程与人类农业的发展过程几乎完全吻合，猫解决人类鼠患的技能使得大量的猫被圈养，得以密集地与人类交往。

我爸爸还相信猫治百病，他心里装着很多已被科学证明的养猫好处：如养猫的人较容易与他人产生共鸣；养猫、爱猫的人会比较习惯性地去体谅和理解他人的想法与感情，因此让小朋友从一出生就接触猫咪会有助于塑造他们长大后乐于助人的性格品质；如果在选择宠物时你更倾向于猫咪，那么说明你的性格更开明、敏感，而且不容易墨守成规；如猫的碳排放比狗低，狗狗一生消耗的资源对环境的影响等同于一辆悍马，而猫咪大概只相当于一辆高尔夫。

我是学医的，也是搞心理学的，我知道家里有猫的小孩子身心更健康，尤其一生下来就有猫咪陪伴成长的儿童几乎对哮喘免疫。而家中养有猫咪的小朋友免疫力更强。另外还有国外报告称，相比不养猫咪的孩子，养猫的孩子每年少缺课九天。

"黑子"陪伴了我们一家四年，在2000年我大爷邢松令去世的那一年，"黑子"有一天出去，就再也没有回来。

在之后的一些年里，我爸爸一直怀念"黑子"，怀念"养吾——"的叫声。

后记篇

五十九、与我爸爸的一次对话

1940年6月28日，老邢家诞生了一个男婴，他就是我爸爸，他后来成为一个科学家、工程师；2018年11月12日上午11时26分，这对于他来说是一个最好的时刻：长舒一口气，不再纠结自己留下什么样的遗产，带着永不磨灭的气质长眠了。

说到关于气质的问题，或许这是最能区分一个男人是否具有领导力或者是创造力的因素。在美国，曾经的一位最高法院大法官评价富兰克林·罗斯福，并发表了那句著名的评论，他说罗斯福"具有二流的智慧，一流的气质。"

我由于性格的原因和工作的原因，和我爸爸交流不多，我自己是个很有主见的人，认为自己从来都不需要我爸爸妈妈为我操心各种事情。在我爸爸退休后他第一次"复出"时，他精神焕发，我觉得他适合继续工作，他有知识，有能力，有经验，有气质，身体好，显得年轻，对我的内心触动很大。

那时候，有一次我拿着我爸爸年轻时的照片对他说道："别看您退休了，但是您依然风度翩翩，清华出来的教授就是不一样，呵呵！"

他听了后很开心，乐呵呵地回答道："那是当然！你还得努力才成！"

"您如何形容自己的气质，您觉得为什么您的这种气质适合成为科学家？"我就故意难为我爸爸道。

他笑着回答道："啊！是否适合？这得由外人去评说。我想，公平地说，我的气质比较平稳啊，并且比较蓬勃。有人因为所谓的社会地位而痛苦，但迟早有一天一切归于尘土。"

我问他道："那您觉得自己是一个性格外向的人吗？"

他略做思考继而回答道："不是。就成功的人士而言，我不像有些人那么内敛，不过我也不像有些人那样持续地喜欢被关注……"

我就说道："需要人们的关注，现在的中国人最应该关注您这样的科学家，或者说国家的脊梁。"

他随即摇了摇头，继而回答道："……像那些歌星影星网红那样被人群包围并且乐在其中吗？我喜欢有属于自己的安静时段。有的时候我内心会有一个作家的敏感，我会置身事外地思考。但我确实觉得我总体上属于乐观的人。我看到过悲剧、喜剧、痛苦、讽刺，所有一切。但最终我还是觉得生活很迷人，我觉得人们的善意多过恶意，我觉得进步的可能性确实存在。"

我马上说道："我觉得这应该是人们与生俱来的品质。我爷爷十几岁的时候就出外谋生了，我奶奶小的时候更不幸。但是即便有这些悲痛的经历，我觉得我爷爷奶奶仍然是乐观主义者。那种乐观精神也是他们留给您的最大的财富——对生活的那种激情，帮助您度过所有难关。"

他就认真地回答道："是的……我究竟是一个什么样的人？这个问题就留给外人去评价吧。但是我能告诉你，对我成功帮助很大的一种气质是什么，就是基本的乐观主义，以及能够长远地看问题的能力。这种乐观精神并不是那种一直在渲染说一切多美好、我多成功这类天花乱坠的吹嘘，而当人们说'这是场灾难，他完蛋了'的时候，这种精神让我也不至于太沮丧。举例，金字塔是那种能够经得起任何吹捧的事物之一，尽管它们质朴得难以用言语来形容。而当你进入那些墓穴，看着那些象形文字，你会对创建了这些图形的文明浮想联翩。我暗自思忖，在金字塔建立的年代里，一定有很多人认为自己是很重要的人物。当时也会有相当于电视新闻、报纸和推特之类的传播渠道，任何时候，都会有人因为所谓的知名度或者地位或者成就而痛苦不堪。而现在一切都归于尘土，如今人们记得的只有金字塔。有时候，我会提醒自己用这样的角度想问题，它告诉我，我每天的担忧和焦虑——谁对我发表了什么评价……无论是赞扬还是贬低——都并不重要。真正重要的是：我能否给这个世界带来一些什么可以流芳百世的东西？而在中国，我所建立的不是金字塔或是什么法老的标志，但愿我建立的是一种科学定律，一种共同发展的科学技术，当人们回顾时会觉得非常好。包容、善良、具有革新精神、能够尽量满足国家的需要，我觉得我的这部分气质对我帮助很大。"

我继续问他道："说到作为男人气质的重要性，您对现在的歌星影星有什么看法？"

他笑着回答道："你知道，我把他们视为一种现象，他们代表了某些特定的忧虑与厌恶，这种情绪在中国历史上也曾经占据过主流。对！总是会有人作为那种恐惧与憎恶的代表符号出现在公众面前。这样看来他们也并没什么特殊。如果我说我觉得他们的气质仅是刻意营造出来的，应该也不会让人觉得意外。"

我又说道："他们那样每天需要曝光刷自己的存在。"

他就认真地回答道："或者他们只需要把精力用在将自己的脸对着记者的摄像头，或者在娱乐上流露自己的智慧，如果所有这些都集中在我一个人身上，也许事情会变得不同。另一方面，当我阅读历史书籍的时候，我也看到过动荡时期会有哪些典型的情形会发生在名人身上，以及经济崩溃时名人们作何反应，他们失去了家，失去了养老金——这些基本上也会让我知道之后会发生什么，因为有些后果确实是人性使然。所以我想要说的是，总会有一些事情我希望我能做得更好，总会有一些事情比娱乐更重要。我希望在某些事情上我能更耐心地让周围人明白，不要理所当然地去享受一些事情，因为很多人在实验室在默默无闻地工作，做着比刷脸靠脸吃饭更有意义的事情，不要忽略这些人。当我回顾往事的时候，我并不会认为我所做的决策或者我追求的事业是错误的。"

我明白我爸爸的意思，他辛苦了一辈子，并没有熬出豪车别墅，也没有几千万上亿人民币的资产，但是他并没有什么不知足的。

"就像您曾经说过的'我回想我白天处理过的工作以及我做出的结果数据，我对自己说——好吧，我已经尽力而为，然后就翻身睡觉了。'还有印象吗？您觉得科学比一切都重要吗？正确很重要吗？"我笑着问他道。

他略作思考，认真地回答我道："没错。另一个很好的例子就是高压电磁技术，一直让我感到不安。在我接触的所有科技项目里，这个是最危险的，一旦被应用于军事，会有几十万人被杀，几百万人流离失所，就让我问自己，过去一二十年中我如果做了其他的什么，才会让成就感或许有所不同。关于如何能做得更好，很多传统观点都是错误的。有人对我说，如果你不做——或许就能更安逸；有人对我说，如果你离开企业去国家部委机关工作，能做官的话，而不是搞科研——那也会有不错的生活。对于这些观点，我都保持怀疑态度。但我确实问过自己，是不是有什么我还没有想到的？有哪些可能超出我目前所知的范围，但或许别的科学家能看到，或者哪个研究能够指出，所以当我有时间回想的时候，这类事情会更多占据我的头脑——主要是因为我觉得在工程师这个职位上你需要明白的一件事情是，有些问题就是很难处理，而且从职责来说：通常只有那些别人无法解决的问题，才会被送到我办公桌上。通常，我很擅长罗列出各种选择，然后根据我的智识，做出我所坚信的最好的决定。但是有时候，我也希望自己能够发挥不一样的想象力，得出不一样的洞察。"

……

我爸爸不是一个十全十美的父亲，但是他在某一方面确实干得不错。他自己没事时就爱遐想，喜欢双臂交叉在胸前，右手夹着一支烟。

六十、"童心"＋训诂＝超越

我爸爸从四岁起在教书先生的侍读下学习写毛笔字练书法识字，背诵四书五经，上中学后已经能像个"小大人儿"一样，敢于和自己的哥哥姐姐论学，而且能坚持自己的观点是对的。

我的看法是我爸爸从一小就被二姑奶奶灌输了"要强"的意识，他从小就被我爷爷灌输"能读书，会读书、肯读书"的意识，上小学时就被我爷爷灌输长大后要考清华大学的意识。他的"童心"不断地被强化，被淬炼，如果用一个字来形容他的"童心"，就是一个"强"字。而当他长大初为成人后，他依然维持着些许"童心"，甚至还略微带有童年的形象，只是说在"童心"的基础上，他对自己的学习成长的看法悄然地发生了微妙的变化——关于读书是为了什么？关于读书是为了自己还是为了别人？

从"童心"的角度讲，我爸爸知道在很早前，读书人可是一种非常尊敬的称呼，是一个非常体面，非常有地位的群体。谁家要是出个读书人那可是光耀门楣的事。读书人一旦取得功名可以免赋税和徭役，就是见了县官都不用跪，哪怕遇上土匪一般也能安全脱身。据说大清才子纪晓岚曾经在路上遇到劫匪，差点被劫匪给杀了，但劫匪知道他是大名鼎鼎的大学士马上毕恭毕敬赔礼道歉，放他回去。

过去人讲究尊师重教，重学风气非常高，读书是一种非常高尚的事。尤其在古代，就有"万般皆下品，唯有读书高"的训诂。可能还有一点就是过去人迷信，认为读书人就是天上的文曲星，是不能得罪的。他们把读书人视为神明，毕恭毕敬，连土匪山贼对他们都很尊敬。劫匪们多出身草莽，他们对读书人存在深深的敬畏，要是有个读书人愿意留在山寨入伙那是烧高香的事，读书人要是不愿意留下他们也不会为难，毕恭毕敬的送下山去。万一得罪读书人，别说官府不答应，就是他老娘和老爹这一关也过不去，非用鞋底子抽死他们。过去读书人惹不起啊！

在长达两千年的儒家统治时代，读书是最被官府和社会推崇和认可的事，读书人也是最受尊敬的人，及至民国，虽然是等级社会，社会等级森严，主要分为士农工商四等，但排第一的依然是士，也就是读书人。读书人不仅能享受种种特权，还能当官，一旦金榜题名那就发达了，就步入了统治阶层，因此读书人的地位自然要高人一等，受世人尊敬也是理所当然的。

等到我爸爸上了大学，他逐渐懂得读书对自己意味着什么，逐渐懂得读书对社会意味着什么。

有一次，我和我爸爸交流时，他在回答我的问题时说道："过去教育落后，读书识字的人少之又少，所以读书人非常金贵。民国时期，一个村没有一两个读书人，平时办私塾、写信、记账等写写画画的都得请读书人来做，在哪个村、哪个大户要请个先生那可是了不起的事，谁也不敢怠慢，都得对先生客客气气。这或许就是传说中的物以稀为贵，不像现在满大街都是土得掉渣的大学生，大学生多了自然就不值钱了。我小时认为读书的目的就是很简单的，就是为了成为一个你将来能够自己掌握自己的人生命运。但是在读清华期间，我突然明白了，读书的目的是为了让自己能够成为某一方面的科学人才，懂科学，和过去的人读书单纯是为了当官儿有很大区别。"

那次，我继续问我爸爸道："当前社会上出现国学热，您是怎么看待的？您怎么看待过去的年代儿童读经？"

我爸爸回答道："过去的中国既没有生产关系概念，更没有生产力概念，生产力不发达；或者说社会分层简单，一层是官员，一层是百姓，无论是农工商，都属于百姓。无论谁家的孩子，从小读经、读书就是为了以后长大当官儿光宗耀祖。不懂得科学是'第一生产力'，自然会落后。官员不注重科学，蔑视科学，百姓不懂科学，国家难以强大。"

现在想想，那次我爸爸很好地回答了我的问题就是关于"读书的目的"和

"读书是为了谁"。

那次，我还继续问了我爸爸："您是如何看待现在社会儿童读经的？"

我爸爸就告诉我道："儿童读经没什么不好，我小时候读经是一样的，都一样，哪个年代都是，因为伦理道德都在里面，你读了你就知道善莫大焉。我大学毕业开始工作后，我能做到的就是'学而时习之'。但是现在呢，目的不一样，读经的方式值得推敲，第一不行跪拜礼，再一个没有穿上古代的袍服，摇头晃脑在那里很享受地读经。念就好好地念，规规矩矩地念。不过，现在要不要让小孩读经，是家长们的自由选择。有人愿意倡导，有人愿意参加，都是自愿的，无可厚非。很多家长愿意让小孩子读一些经典，不管是文学的还是文化的。也有人比如王财贵推广读经很热心，在台湾已经成功运作了很长一段时间。我作为一个外人觉得读经有必要，正好我们现在也需要。现在反对读经的理由是你让那么小的孩子只去背诵不求甚解，我觉得很多东西即使诗词，即使当时讲解弄懂了，也是很表面的懂。小时候背的东西要到后来长大了才能渐渐加深理解。这句话什么意思，这句诗什么意境，要表达怎样的感情，理解需要一个过程，悟性很重要，家庭环境很重要。"

听了我爸爸的说法，我的理解是，他认为应该更尊重自己孩子的兴趣、选择和心智所在。当然，孩子很小的时候就开始阅读的话，无论是中外名著和科幻故事，还是中国古代经典，有兴趣的话就会问父母，父母会给他讲解，能让孩子大开眼界，产生了更浓厚的兴趣，钻研了，在同学中表现出的语言能力和思考能力就不一样，会给自己带来一种超越的感觉，追求读书的品质也会有区别。

我就接着问道："那我爷爷让您从小写毛笔字背诵四书五经，您现在怎么理解的呢？"

我爸爸笑着回答道："过去和现在不太一样。过去人接收的信息相对少，你只要具有儒家经典的知识，能讲出个条条道道，你就有一种自信，读书人吗，在传统社会度过一生基本是够用的，故有'半部论语治天下'之说。所以过去会强调从小先把经书背下来，然后在成长的过程中慢慢去悟、理解古人的目标志向，比如'鸿鹄之志'。另外，古代有科举制度，而考的就是人在少年时代有什么样的理想、情怀和才华，这时候背经书对应试是有好处的。但今天的社会环境很不一样了。信息时代的知识广博如烟海，仅仅学习儒家经典是不够的，所以教育得强调根据孩子不同年龄段的心理、兴趣和特点来安排读书。从这点出发，我觉得一开始比较复杂的经典就不要让孩子读了，《三字经》背一背还行，唐诗宋词背一背还行，或者一些古人写得好的文章。等到一定年龄段之后再来读经典会更好。"

那次，我爸爸继续补充道："我觉得儿童读经是一个很好的启蒙教育，儿童读经对其成长是有帮助的，从小的知识积累也好，国学功底也好，都是有帮助的。当然也有不同的声音，但是我觉得总的来讲还是利大于弊。孩子从小读经是有利于他们成长的，基于童心未泯的道理，是好是坏的东西，他们以后慢慢会分辨出来的。因为经典在价值观上是没有对错的，读经能够帮助孩子从小识大体，睿智大气，容易结交很多贵人和朋友，气质就起来了，聪明不容易被骗。"

听了我爸爸说的话，我的理解是，儿童读经是童心教育的一种形式，但这个形式又是必要的。因为现在是个互联网的时代，比较浮躁，特别是当今这个社会对于经济利益最大化的追逐，每个人都是自私的，也不必苛责，但是确实人们对中华文化和传统礼仪越来越淡薄，那么从小读经就会有帮助。所以有人从小学开始，从儿童开始读经，觉得这是必需的。因为小时候读的以后很难忘记，当时虽然不理解，长大后生活阅历多了回味起来会有共鸣，产生作用。

我爸爸那次还谈到了"学而时习之"的"时"非常要紧，训诂的会告诉你"时"不是时时，而是"一定条件下的某一适当时机"，就是孩子对学习这个有动力的时候，有这个心的时候，这个动力或许是你提升起来的，这个心或许是他自愿的，那他就愿意去学习复习。

我爸爸认可"一念之本心"的重要性，他认为自己在儿童时代就有了梦想、理想，他坚持认为从小树立理想的孩子长大后的表现就能区别于普通的孩子，能一直表现出独有的专注和情怀。如果能从小学习和接受良好的训诂的话，就很容易加强"童心"。

那次，我就问我爸爸道："为什么要训诂？"

我爸爸很认真地回答道："首先，训诂就是解释古代的语言，现在的孩子对训诂的学习，应该是体现在老师或教育者讲解古代诗文的具体过程中，是你要应用正确的训诂方法，要讲出所以然，让他们听得明白清楚，从而形成正确的方法。比方说'汽车跑得快'，'快'是速度快；成语'大快人心'，'快'是愉快、高兴。'快'字是个形声字，竖心旁，所以它的本义就跟心理状态有关，本义据《说文解字》说是愉快、高兴，而速度快是引申义。怎么从高兴引申到速度快了呢？因为人一高兴的时候，时间不知不觉就过去了，《西游记》里小猴子对孙悟空说'天上一日，下界一年'，这种神话反映着古人的心理，天上比人间舒服欢乐，所以神仙活得快，人间一年在天上只当一日过。这样的解释不仅可以弄清楚了'快'的本义和引申义的联系，而且懂得了'欢乐感就是无时间感'，明白了人生的某一种心理状态。讲清楚所以然，不能随心所欲，而要遵循语言规律，这就要求老师或教育者认真深入学习，懂得正确的训诂。总之，孩子的兴趣理想就是其'内在的'，可遗传的，不完全是后天的。但是，家长如果不懂得训诂，不训诂，孩子很难好。其次，训诂的目的，就是要帮助实现超越。我觉得，能够懂得超越的孩子，都是不凡的孩子；能够做到超越的孩子，都是有着不同于常人家孩子的思维和行为的。"

我爸爸虽然去世了，但是通过他的学习成长经历，可以看出，对于当代中国学生而言，提高教育有效性的关键在于如何把童心教育自然而然地融入教育的全部过程之中。这是一个巨大的挑战——显然需要超越，超越他人，超越自我。

目前，由于"不能输在起跑线上"的比拼心理，对儿童的早期智力开发正进入史上最狂热焦躁的阶段。童心教育被忽视，越来越多的孩子从教育中不能享受到快乐，不快乐的时间一再提前，容不得自己思考，从一出生就注定了会成为一种"工具"。应试教育提供给他们的，除了类似"标签儿"的一张张毕业证书外，越来越难以使他们感受到精神的愉悦和心灵的平和，很少有人提书香抱负和成才抱负。相反，厌倦读书和反社会的行为越来越严重。

六十一、"童心教育"的目的

我曾经问过我爸爸道："您十八岁的时候考上清华大学，您觉得那时实现了儿时的梦想了吗？大学毕业后刚工作时还带有孩子的形象吗？因为很多成人刚从青少年进入成人世界，他们身上依旧带着强烈的童年精神和形象。"

我爸爸笑着回答道："据说每一个人都有属于自己的独特的理想，童心都是独特的，从小自带的。我在某一个时期，内心发生了转变，形成的最大的理想就是为人民奉献出我的价值，并因此得到人民对我真正的尊重。但是后来，在很多时候，我陷入严重的抑郁情绪中，用我自己的话来说就是，'我更愿意去死'，但是我'还没有做出过任何成就，足以让全人类记住我。'很不可思议，对吗？你是如何看待这种理想的变化，而你又会怎样形容你自己的'独特的理想'？它是从何时萌生的？其实我是觉得，你年轻的时候，理想或者说抱负是很常见的事情——你只是想证明自己。一个人的理想和抱负来源于每个人不同的生活经验。如果你有个'望子成龙'的爸爸，你可能不想辜负他的期待；如果你的爸爸跟你关系很疏远，你可能想要证明自己值得他更多的关爱；你还可能想证明自己比那些比你富有而且经常取笑你的孩子或者邻居们更有出息；你可能想要证明你值得拥有远大前程。但是我同时也认为，有一种年轻时代的理想，来自于童心的，使你想要在这个世界上留下你自己的印记。很多在自己的领域中做出过突出贡献的人们，应该都有类似的经历。我想，随着你年纪增长，你的理想终究会变得独特起来……"

那次，我就继续对我爸爸说道："您这辈子没白过！过去的读书人通过反复阅读经典的经书来完善自己的道德，管理家族和宗族事务，进而服务于国家和天下苍生。在我看来，古人的追求就是两个方面，要么能安身立命，要么能经略天下。"

我爸爸认真地回答道："……因为我觉得到特定阶段，那些早期的雄心壮志就会被消磨掉了，部分原因可能是你已经取得了某些成绩，完成了某些工作，有了一些名气。然后，你这个人的独特之处，以及你内心最深处的责任感，就开始自然而然地显露出来。你追求的并不只是要证明'自我很重要'那么简单，你是在追求某种独特的热情。"

我接着问我爸爸道："某些时候，工作或者学习都可以作为沟通理解和施展才华的渠道，对吧？"

我爸爸笑着回答道："是的。比如说，梁启超就是个相当独特的人，他在大学里似乎没干出过什么惊天动地的事情，没有高学位。但他在得到人生第一个机会后，不知道什么原因，当他开始走上人生之路的时候，在某些事情上才突然开了窍。就像威廉姆·詹姆斯说过的：就在那些时刻，我心里有一个声音响起来，在说，'这才是真正的我'。而罗斯福也是在二十八岁时，在工作过程中才知道自己想要成为什么样的人。赵元任是一个很好的例子，如果你看他早期的生涯，那就是为了'有理想'而产生的理想……"

我听完我爸爸的说法，就点头回答道："绝对是。"

如此来看，"童心"教育的好坏确实可以贯穿在成长过程中的心境。孩子在成长过程中，"童心"以及对其的理解似乎随时随地会与之前截然不同，而最大的变化是哪天突然发现自己或许并不会再像过去时的那样时间多多，选择多多，反而突然发现自己真正想要的是什么，属于自己与自己的一种博弈。

应该清醒地认识到，人生不是一场由他人设计好程序的游戏，只要投入时间和金钱，配置更强大的"装备"就可以通关。一旦通关完成，游戏结束，人生就会立即面临无路可走的境地，始终都难逃"工具"的命运。人生是一段发现自我的旅程，路要靠自己一步一步走出来。认识到自己未来会成为一个什么样的人，"童心"就像是内心深处的一颗星星，闪闪发光，能够不断指引前方的道路。童心教育能展现出超越性的一面，能实现的目标是成为精英。

举两个"童心"教育例子。

第一个例子是梁启超家族。在梁思礼的心中，父亲梁启超的影响伴随了他的一生。

尽管梁启超子女众多，但他对子女们没有偏爱。为了平衡，不让子女们因偏爱而闹小情绪，梁启超有时会给在海外的子女们统一写一封信，让大家传阅，而且在信中对每个人都会夸奖一番，甚至对儿媳林徽因、大女婿周希哲也时常夸奖。

在家书中，梁启超对子女们读书、写字、学习课程，选择学校、选择专业、选择职业等各方面都给予指导，却从不强迫命令。孩子们也向他坦诚地诉说学习和思想上的困惑，并发表自己的观点，提出不解的问题及个人前途的选择，这一切梁启超均能逐个给以详尽的解答并予以鼓励。

梁启超在家书中，从没有疾言厉色的训斥，也没有居高临下的口气，更没有顽固不化的面孔，反而处处浸透着炽热的情感、亲切的称呼、细致的关怀、深情的思念、真诚的告白、娓娓的诉说、谆谆的教诲，体现的是深深的父爱。

梁思礼是最小的一个，名副其实的"老九"。能够成人成才，除了自身勤奋努力之外，更重要的是家庭教育的结果。梁思礼于 1924 年 8 月 24 日出生在北平，很受梁启超的宠爱，也是梁启超最大的精神安慰。

梁启超虽然担负繁杂的社会事务，但这并没有影响他对子女的关爱和教育。在家书中，他对子女们的为人、治学、立业等都给予了细致的指导，他既是孩子们的慈父，又是导师、亲密的朋友。

梁思礼四岁半的时候，父亲就去世了，他主要是从父亲给哥哥姐姐们的家书和父亲的著作中传承了梁家的家风。他说："其实，在我的记忆中，我只是觉得父亲很疼爱我，当时我年纪很小，认识的字不多，很多事情也是后来看到父亲书信集的时候了解到的。"

正是父亲梁启超的这些信札记述，让梁思礼院士能够追忆更多在"饮冰室"的时光。在梁启超的笔下，梁思礼小时很灵巧，两岁时，梁启超只要一要香烟，梁思礼就会把抽烟的一套用具送到父亲面前，每次都让梁启超非常高兴。

1941 年，十七岁的梁思礼赴美求学，因为第二次世界大战，与家庭断了联系，没有了经济来源，只好去餐馆刷盘子，去食品厂装豌豆罐头。八年中，他勤工俭学，刻苦攻读，主修无线电专业，后来又读自动控制，先后获得了硕士及博士学位。

1949 年，梁思礼得到中华人民共和国即将成立的消息，放弃在美国的各种优越条件及优厚待遇，凭着那股纯洁坚定的爱国热情，毅然决然地回国参加新中国的建设。

他在乘船归国的途中，预感到"十一"这天会有大活动，就天天用无线电收音机收听，听到新中国成立了，国旗是"五星红旗"。当时他和同船的归国人士想象不出是怎样的"五星"，就找出一块红布来，把大五角星贴在红布的中央，四个小星贴在四角，他们就是在这样一面想象中的"五星红旗"下，开了一个热烈而又特别幸福的庆祝会。这种对新中国诞生的热爱、欢欣、鼓舞，是由衷的，他那颗爱祖国的心，是看得见、摸得着的，表现得非常具体动人。

有一次，梁思礼赴美访问，在西雅图遇见了当年的同窗好友，也是华人，也是研究导弹的专家，他的年薪是三百万美元，而当时梁思礼一年的工资还不到一万元人民币。许多年之后，有人咄咄逼人地问过他：别的你不计较，但当时这件事对你一定有很大的刺激吧？

已经八十五岁高龄的梁思礼面对提问，十分冷静，极为沉稳，掷地有声地回答道："我那位同学研究出来的导弹，当时也许就瞄准中国；可我研究出的导弹，却是保卫祖国。我为此非常自豪！"老人铿锵有力的回答，让在场的嘉宾感动得热泪盈眶，并报以敬重的掌声。

梁思礼的许多心态做派，对人对事，都体现了爸爸基因的传承，比如积极向上、豁达乐观、不计待遇、对亏待自己的事情从不耿耿于怀等。他多次谈道："父亲说过，人的一生活在苦恼里，跟生活在沙漠里一样，有什么意思？我也是这么想的，人的一生应该达观、乐观。"

梁启超在 1916 年 1 月 2 日写给思顺的信中说："处忧患最是人生幸事，能使人精神振奋，志气强立。两年来所境较安适，而不知不识之间德业已日退，在我犹然，况于汝辈，今复还我忧患生涯，而心境之愉快视前此乃不啻天壤，此亦天之所以玉成汝辈也。"

梁启超在 1928 年 5 月 13 日致思顺书中说："你们在爹爹膝下几十年，难道还不知道爹爹的脾气吗？你们几时看见过爹爹有一天以上的发愁，或一天以上的生气？我关于德性涵养的功夫，自中年来很经些锻炼，现在越发成熟，近于纯任自然了，我有极通达、极强健、极伟大的人生观，无论何种境遇，常常是快乐的。"

粗略地了解了梁思礼院士的一生，不仅深深地感悟到，童心教育对他成长的重要。

另一个例子，就举例《傅雷家书》，我更加明白：为什么童心教育很重要？

《傅雷家书》是著名翻译家学者傅雷写给在大洋彼岸留学的儿子傅聪的信件。书中的每一句话都浸透着作为父亲的汗水和智慧，字里行间流露出的舐犊情深。

傅聪少小离家前往波兰学习，临别时，傅雷赠言：做人第一；其次才是做艺术家；再次做音乐家；最后才是做钢琴家。其后在父子多年家书来往中，"做人第一位"是傅雷反复强调的，希望儿子傅聪修得一身浩然正气，如梅兰一样高洁，即便耄耋之年不改一颗赤子之心。

多年后，傅聪继承着他父亲身上中国文人的傲骨，也拥有着音乐家的悲情。

傅雷在家书中教育儿子内容丰富：

从为人修养的谆谆教导，到学业的监督建议；从东方传统文化知识的积累，到西方先进思想的学习；从文史哲的熏陶，到艺术音乐雕刻的建树；从家庭婚姻经营，到事业巅峰攀登。一本家书饱含了作为一个父亲，对儿子全方位的栽培。

一本《傅雷家书》让世人学习如何做父亲，如何做子女，如何修身、齐家、打拼天下。傅聪在艺术界的成就，可以说功勋章上有他的一半，也有父亲傅雷的一半。

我回想贾玲表演的小品《真假老师》，有多少父母只顾着赚钱，却忽视对孩子的教育，最后拿着成堆的钱，却培养出没有修养、为所欲为的儿子。

我曾经思考过：为什么很多家族打破不了富不过三代的魔咒？

我也曾思考过：为什么《红楼梦》里的贾府，贵为皇亲国戚，却顷刻间化为乌有？

我更思考过林则徐说过的那段警句："子孙若如我，留钱做什么，贤而多财，则损其志；子孙不如我，留钱做什么，愚而多财，益增其过。"

……

那次，听了我爸爸的长篇大论，我觉得我自己有很多想要表达的却表达不出来，不知道怎么的。但是有一点，我明白了，那就是"童心教育"的目的简单地说是为了让子女变得"独特"起来。

六十二、读万卷书不如行万里路

我爸爸彻底退休放弃邀请的工作后，他就和妈妈一直住在工作单位分配的一套小房子里，他告诉我说："身边的朋友都在买车买房，但我觉得没意思，单位分的房子也挺好，住住够了，朴素些的好。"他还常常说自己是：君子自安，虽居陋室，自谐芬芳。

由于我和我弟喜欢折腾，我爸爸就叮嘱过我和我弟道："人这一生，如果用1%的力气选择，99%用心重复，每一次都能感受到新鲜的力量。如果用99%力气选择，用1%重复，他只能不断重复失败。"

有一次，我爸爸对我说道："你过去这三十年漂泊在外，见识在身，虽然还是默默无闻，但毕竟读万卷书不如行万里路，边走边思考，这也是好事！我也不指望你和你弟以后能够光耀门楣，振兴家族，只要有思想就好。邢家人有自己的家学，无论什么情况都能坚定读书就能出头的信心。有这种坚韧之心，性格也是如此。你和你弟经历了不少坎坷，越是经历过坎坷的人，越应该处世有定力。'天生我材必有用'！对你来说，你用你的人生经历证明了你走过的三十年，只不过是走错了，走了一条不适合自己的路。原来真正适合你自己的，是当一个知识思想学者，追求'著作等身'。也许一辈子默默无闻，但是有自己的韬略和独立的价值观。在关键时刻，能做到'儒门出将，书生知兵'。不管你以前读书多少，如何跨界，以后在乱极之时能站得定，才是有用之学，才是经世之学。'不忧无术以资生，而忧无术以济天下'。"

我爸爸晚年在家，除了无微不至地照顾我妈妈的病体，还会拿出时间研习书法尤其是研习宋徽宗的"瘦金体"；还依然阅读；再是翻看过去留下来的日记。

长相思

前也雨，後也雨，中間碧空艷陽舉，
心頭愁雲去，天亦喜，地亦喜，山青水綠，
花欲語，彩蝶翩々起。

之二

東湖行，東湖行，手挽同學笑吟吟，
傾訴潤別情，汽車停，汽車停，依々惜，
別踏歸程，雙眼淚盈々。

江南春

波浩渺，身穿行，錢毛壓碧瓦，芳草
綠茵々，江南春好興未盡，朱碑亭前
蕩笑声。

校友 吳晚靖九一年五月写於北京
邢松科书长延抜友興
为纪念三十周年延抜友興

我爸爸有记日记的习惯，他说受达·芬奇影响。世人已知的达芬奇笔记，始制于 1482 年，这一年达芬奇三十岁，直到 1519 年去世，他一直坚持做日记，日记内容类目涉及专业、家庭、读书、诗词、书法等，但是家庭的笔记极少。

"文人不随性则文采艳致人生穷困，文人若随性则文采乏反致人生腾达。君子好做，七事万烦。不得时日，珠玉蒙羞。孔圣人年迈仍奔波于各国，扣门登堂，求得半生抱负。困于途道，不得已鼓琴御饥寒，权做稻粱充。徐渭穷困潦倒，众皆鄙夷，无人与语。家无存米，只得埋首笔墨，寄情山水，彼时万众鄙视，视为异类。活时贱若蝼蚁，死后书画皇帝。后来，唐寅、板桥、梵高等等，皆是活着万事不利，死后风生水起。人生，有大才不一定有大财，但没财寸步难行。儿时听你爷爷常说：大人物不可一日无权，小人物不可一日无钱。财富对一个人一生是多么重要，你们要有概念，要努力。"我爸爸曾经对我和我弟说过这些话。

我爸爸晚年依然注重保持人格力量，清高而纯粹，就像过去很多大师那样，有着真文人的信仰。

"信仰或许不在寺庙、教堂、圣地，信仰就在医院和墓地，在生与死之间的醒悟都有信仰的力量。医生是一个伟大的职业，不是救死扶伤，而是给了我们活着的可能性；作家则给了我们可能性的活法。你忙里偷闲，写作吧，写下你与生命相伴的过程。"我爸爸曾经鼓励我道。

我爸爸晚年曾提出以后老了走不动路的时候就去养老院住，但是由于我妈妈患有尿毒症，所以他只能全力以赴地承担起照顾我妈妈的义务，不愿意给我和我弟造成哪怕是一点点麻烦，还坚持不要我和我弟承担他们的养老费用。不仅如此，他还和我妈妈省吃俭用积累下了七十万元钱，在他临终前让我和我弟均分。

我爸爸去世后，家里除了一柜子藏书和几大箱子书籍及四五大包很多一尺多厚的设计稿件、工作文件、资料图纸，还有几幅画。另外，他还保留着我爷爷送给他结婚用的一套樟木衣箱、吴佩孚送我爷爷的写字台和书柜。一些工服，两件大衣，两套西服，这就是他的全部行头，其中一件工装上衣上签满了他的同事和徒弟的名字，做为他的退休纪念。现在每每想到这些，我就心疼得要死。

……

如今，回望 2018 年十一月，除了我爸爸去世了，2018 年，还失去了相声名家常贵田、斯坦·李、史蒂芬·海伦伯格、贝纳尔多·贝托鲁奇、老布什。

斯坦·李，如果说金庸的小说给无数中国孩子创造了一个武侠梦，那斯坦·李老爷子就是那个给西方孩子创造了英雄梦的人，虽然漫威英雄的创造过程中，他并不亲自绘画，而是负责提出概念和故事以及一些对白。漫威粉最津津乐道的就是斯坦·李在影片中的各种客串：卖热狗的小贩、惊慌的路人、看报纸的老人、保安、邮差、脱口秀主持人、货车司机……

史蒂芬·海伦伯格（Stephen Hillenburg），1999 年美国动画《海绵宝宝》的创作者，节目首次播出后到现在一共赢得了两座艾美奖以及十二座儿童观众票选大奖。他本来是一位海洋生物学家，后来他受委托制作海洋知识的儿童画册，借此机会创作出了海绵宝宝这个形象。《纽约时报》曾这样评价："这是电视上所曾出现的最有魅力的卡通，它有着干净单纯的快乐，集合了成人的幽默和儿童的纯真。"

贝纳尔多·贝托鲁奇（Bernardo Bertolucci）是因为拍《末代皇帝》被很多中国人知道的意大利导演，这部片子也是历史上第一部获准进入紫禁城实景拍摄的电影。他以独特的视角展现最后一位封建帝王溥仪的情爱与政治生活，影片获得了第60届奥斯卡金像奖最佳影片、最佳导演、最佳改编剧本等九个奖项，至今仍是获奖最多的作品之一。

美国前总统老布什（G.H.W. Bush），政治上很难有人能够做到不惹人非议，老布什也一样，但他在世人眼里还留下了一个温暖的形象。由170名美国学者组成的美国政治学会公布了《2018年历任美国总统评比结果》，老布什被评为仅次于肯尼迪的第十七位最伟大的美国总统。

回望2018年十二月，我们失去了天才型人物张首晟、相声名家尹笑声、著名作家二月河。

没有期待的告别又该如何……记住他们，包括我爸爸，并不意味着各人的生命就因此或重或轻，因为每一个人的成就，并不等同于他们生前带给旁人的幸福和帮助，而每一个人的离去，对于家人和朋友来说都是巨大的损失。

那些逝去的人，包括我爸爸，当他们不再闪烁时，愿他们也不会在我们心中陨落。死亡无法阻止一个伟大的灵魂，在人们心中竖起不倒的丰碑。

我爸爸在知道自己将时间不久于人世的时候，他没有留下什么豪言壮语，而是眉目舒展，仅仅是说："我已经做到最好了，求仁求德，了无遗憾。"

……

纪梵希曾说："真正的美是来自对传统的尊重，以及对古典主义的仰慕。"

洛夫在《葬我于雪》里写道：紧抱桥墩，我在千寻之下等你；水来，我在水中等你；火来，我在灰烬中等你。

米洛斯·福尔曼的作品《飞越疯人院》里面的有句台词："你们一直抱怨这个地方，但是你们却没有勇气走出这里。"

"所有的记忆都是潮湿的"，出自刘以鬯先生的小说《酒徒》，也是《2046》中的一句台词。

　　XXXTentacion 他在生前的一场直播中说："如果我死于非命，我希望那时的我，能给 500 万个孩子带来快乐。我爱你们，我相信你们所有人。不要让你的负面情绪控制着你的生活，不要让你的外表来定义你的灵魂，而让你的灵魂去指引你的生活。你值得比你想象中更好的生活，你只需要坚信你的梦想，并努力一点一点去实现。"

　　我想在我完成这部书的一刻，当我想起他们的那些话，我会更加深刻地意识到"童心"教育在于爱的逻辑：爱是恒久忍耐，又有恩慈；爱是不嫉妒，爱是不自夸，不张狂；不做令自己害羞的事情，不求自己的益处；不轻易发怒，不计算人的恶；不喜欢不义，只喜欢真理；凡事包容，凡事相信，凡事盼望，凡事忍耐。总之，"童心"的爱是永不止息的。

　　总体来看，无论在国内还是国外，"童心"教育还是被认为是人生立基之本。所以，但凡家规、家教、"童心"教育优良之家庭，其后代兴也勃焉。